論信達雅

嚴復翻譯理論研究

沈蘇儒 著

臺灣商務印書館發行

目　　錄

論信達雅

3

目

錄

序

　　「譯事三難信達雅」，嚴復在《天演論》初刻本「刻訖寄津覆
斠，乃為發例言」，破題這句話，可能連他自己也沒想到，以其
論譯幾於道，一言而為天下法！

　　「《天演論》為中國西學第一者也」（康有為語），其〈譯例
言〉在中國譯界也起了第一等作用。照李澤厚說法，《天演論》是
在馬克思主義傳播中國以前的所有譯作中影響最大的一本書。隨
著「向西方尋找真理」歷史作用的完成，嚴譯《天演論》在今天更
多具有歷史研究的價值，而其〈譯例言〉隨著譯事的興盛與譯學
的興起，不僅具有歷史價值，而且依然具有現實意義。

　　《嚴復傳》作者王栻經過考證，認為《天演論》是在甲午戰爭失
敗的刺激下開始翻譯，初稿至遲在光緒二十一年（1895）譯成。
「迨書成，顧惟探賾叩寂之學，非當務之所亟，不願問世也。而
稿經新會梁任公、沔陽盧木齋諸君借鈔，皆勸早日付梓，」至光
緒二十四年（1898）始出版，事見〈譯例言〉。從譯成到出書的
三、四年間，幾道先生一方面繼續「做」他的天演論，同時「將
全文神理，融會於心」，不斷推敲譯文。「如此書上卷導言十餘
篇，僕始翻『厄言』，而錢塘夏穗卿曾佑病其濫惡，謂內典原有
此種，可名『懸談』。及桐城吳丈摯甫汝綸見之，又謂『厄言』
既成濫詞，『懸談』亦沿釋氏，均非能自樹立者所為，不如用諸
子舊例，隨篇標目為佳。於是乃依其原目，質譯『導言』，而分
注吳之篇目〔如察變第一、廣義第二〕於下，取便閱者。」與師
友切磋中，集思廣益。具體到這本書的翻譯，可謂「自具衡

量」，備極謹嚴的。

至於總的譯書方法，魯迅先生說過，「嚴又陵為要譯書，曾經查過漢晉六朝翻譯佛經的方法」；六朝「達」而「雅」，「他的《天演論》的模範就在此」。六朝時期「譯界第一流宗匠」鳩摩羅什（344-413），其所譯經，「文雖左右，旨不違中」；嚴復對自己譯書，不云筆譯，題曰「達旨」，若合符契！又覺得自己太「達」的譯法，實非正法，便搬出「什法師有云：學我者病」，以為開脫。故幾道先生以羅什譯籍為考鏡，殆無疑義。

嚴復留英時期，博涉群籍，深諳西方的學術思想和學術方法，「他的思想主流是英國經驗論」（李澤厚語）。言理吐論，多處強調感覺經驗的重要，如1895年寫的《救亡決論》，論及「西學格致」：「一理之明，一法之立，必驗之物事。物事而皆然，而後定之為不易」；認為一切理法學術皆由經驗昇華而來。〈譯《天演論》自序〉（1896）中有一段講到西人名學〔邏輯學〕：「內籀〔歸納〕云者，察其曲而知其全者也，執其微以會其通也；外籀〔演繹〕云者，據公理以斷眾事者也，設定數以逆未然者也」；很注意於科學的思維方法。戊戌年在通藝學堂講《西學門徑功用說》，也說及思維邏輯，「合異事而觀其同，而得其公例」，通過歸納，得出科學「公例」，也即獲致普遍性規律性的認識。從其文章和按語，可看出譯界這位前賢勤於思考善於思考的特點。故譯《天演論》期間，譯事當是他經常考索的題目。「是編之譯，翻轉不易」：要意義不背本文，求其信已大難；西文句法，多者數十百言，詞句之間時有顛倒附益，凡此經營，皆以為達；又秉「行遠」之古訓，於信達而外，求其爾雅……《天演論》為嚴譯第一本書，新硎初試，感想必多，所以書刻出後，提筆寫〈譯例言〉，興發「譯事三難」之嘆！

幾道先生抉譯事精義以三言，表現出他譯理方面的睿智與卓識。見高於世，傑然自立。首先，三難說具有強固的奠基意義。

論信達雅

我國自有文字翻譯的千餘年裡，支謙倡言「因循本旨」在先，道安拈出「五失本三不易」，鳩摩羅什有「嚼飯與人」之喻，玄奘恪守「五不翻」之誠，不是「開而弗達」，就是偏於譯技，到嚴復才第一次揭櫫信達雅，道出譯事奧旨，進於翻譯之道，開創近代意義上的「譯學」。其次，三難說具有巨大的理論價值。嚴復在「辛苦逐譯」中，把自己的獨識與先覺，運用「內籀之術」，格物致知，將譯事經驗上升為理性認識，成為一種影響深遠的學說。上世紀末「例言」的譯事主張，在二十世紀我國翻譯理論中一直據有主流地位，其學術價值自有不可低估處。復次，三難說具有某種真言性質。梁啟超稱：「近人嚴復，標信達雅三義，可謂知言。」一百年裡，許之者眾，間有推衍引伸者，亦只出入三難，不易其說；即使攻之者，也不見深刻的駁詰，足以把三難推倒埋掉。翻譯理論與譯文標準，似應與時共進，而信達雅說，百年不衰，或許因其高度概括，妙在含糊，能推移而會通，闡揚以適今。思無定契，理有恆存；相信只要中國還有翻譯，總還會有人念「三字經」！

　　沈蘇儒先生平素尊仰嚴復譯學。八十年代初，其〈論「信達雅」〉一文，就某些對三難說的片面看法作出有力的辯正，而享譽譯壇。有鑒於「三難」研究長期來處於盤旋狀態，先生勤勉攻研，以嚴復譯論為坐標，縱的方面古今襯映，橫的方面中外比照，善發議端，精於持論，值此〈譯例言〉刊行一百周年之際，寫成我國第一部研究信達雅的綜合性總結式專著。全書的論述，從翻譯與文化的廣闊背景上展開，對翻譯（translation）的本質和譯事（translating）的階序，都作了深入的探討，不失為尋導譯學的津筏。不才對本書第三章各家評信達雅尤感興趣。信達雅說風行百年，沈老披沙揀金，輯出百餘位論者語要，雖各抒己見，卻互相發明。本世紀裡，我國學界很少就一種學理，出現真正意義上的百家爭鳴，可算得極一時之盛。百年百家，包羅無遺。其中

首肯者五十八家,肯定中帶保留者二十七家,持異論者二十四家,按聯合國表決法,已得三分之二以上的多數票!先生說得切中肯綮:嚴復並沒有一種超學術的權力來推行其信達雅,完全是靠提法本身的科學價值和指導意義而獲得廣泛的認同。沈老退歸林下之後,十幾年如一日,於三難說探本窮源,鑽研勿替,精神令人感佩。故承先生囑序,不敢以後學辭,謹贅數行,惶愧不勝!

羅新璋敬識
1997 年 8 月 12 日

第 一 章

緒 言

　　我國近代啟蒙思想家、翻譯家嚴復（1854-1921）的《天演論・譯例言》始刊於 1898 年（光緒二十四年），到 1998 年正值百年。在這篇譯論名作中，他提出了「信、達、雅」說。作為翻譯的原則（標準）①，它在我國翻譯界一直居於主流地位。那麼我們現在為什麼還需要研究它、又該怎樣來研究它呢？

一、「信、達、雅」說迎來百歲華誕

　　關於第一個問題，可以分三層意思來談。

　　首先，世界正在進入信息時代，中國正以前所未有的新姿態走向世界，翻譯事業在世界範圍內、在全國範圍內都在受到越來越大、越來越廣泛、越來越複雜的需求的挑戰。為了發展和提高我國的翻譯事業，必須努力開拓翻譯理論的研究。百年來對「信、達、雅」說的討論情況說明了這一點。本書第三章所提供的資料顯示，「信、達、雅」說作為一種中國的翻譯學說引起全國文化、翻譯界的注意和討論（有時出現爭論）有三次高潮，一在二十、三十年代，一在五十年代，一在八十年代（延續至今）。這三個時期都是中國吸收外國思想、文化、技術頗為興

---

　　① 　原則是就主觀上指導翻譯工作而言，標準是就客觀上評價翻譯工作而言，二者是一而二、二而一的關係。

盛、從而使翻譯事業趨於興盛的時期。翻譯事業的興盛要求翻譯理論的指導。

其次，由於中國文化傳統同外國的巨大差異（儘管隨著中外交流的開展這種差異正在慢慢發生變化），由於中國同外國在語言上的巨大差別（這裡主要是指作為中國主要語言的漢語同東西方若干主要語言之間的差別），而語言與文化又密不可分，我們在中國大陸、香港、台灣以及在世界各地從事中外翻譯事業的同行只能自力更生地去建立自己的翻譯理論和翻譯原則。我們應該、也可以吸收外國翻譯理論中正確的、有用的東西，但我們不能照搬。照搬來的東西，不適合中國國情，不能解決問題。中國近八十年來的翻譯史已昭示了這一點。

第三，作為指導翻譯實踐的原則，「信、達、雅」已有百年歷史，至今還沒有其他原則可以取代它。在這麼長的歷史時期中，中國社會和文化經歷了許多變化，「信、達、雅」也經歷了多次「風浪」，但始終打而不倒。僅這一歷史事實就非常值得我們很好地去審視和深思。

八十年代初在香港和北京相繼出版了兩部同名的《翻譯論集》。它們同中國譯協《翻譯通訊》編輯部編印的兩卷本《翻譯研究論文集》，都成為譯學研究的寶庫。兩部《翻譯論集》的編者劉靖之和羅新璋又都寫了概論式的長文，對我國翻譯理論的歷史演進作了系統的敘述和深入的分析，提出了自己的觀點。

劉靖之在題為〈重神似不重形似──嚴復以來的翻譯理論〉一文中，首先指出：

> 「嚴格的說來，中國的翻譯理論始自嚴復《天演論‧譯例言》⋯⋯在過去的八十餘年裡，絕大多數翻譯工作者或多或少地都本著『信、達、雅』這套理論來從事翻譯，並在這套理論基礎上發展他們的見解⋯⋯瞿秋白主要是反對嚴復的『用漢以前字法句法，則為達易』的觀點，對『信達雅』還

是深信不疑的。由此可見，嚴復在十九世紀末、二十世紀初根據《易經》和孔子有關辭令的原則所悟出來的翻譯理論一直在影響著中國的譯壇，而傅雷的『神似』和錢鍾書的『化』也就是『信達雅』的種子經過八十年來的孕育所開出來的花朵。」

羅新璋在〈我國自成體系的翻譯理論〉一文中說：

「嚴復的〈譯例言〉，客觀上起到繼往開來的作用，一方面，集漢唐譯經論說之大成，另方面，開近代翻譯學說之先河，所以他的譯論一出，備受學術界推重。」

「信達雅三字的意義和內涵，隨著譯事的昌盛和研究的進展，已有所擴大和加深，部分脫離嚴復的命意而獲得獨立的生命。嚴復的『三難』說，在五十年代和七十年代末八十年代初，再次受到挑戰，一度甚至岌岌可危，但之所以屢推不倒，積久而著，只有一個解釋，就是信達雅在相當程度上概括了翻譯工作的主要特點，說出了某些規律性的東西……〈譯例言〉問世以後半世紀裡，不論攻之者或辯之者，凡是探討翻譯標準的，基本上不脫信達雅的範圍，很少越出雷池一步！」

「一種十九世紀末葉提出的翻譯標準，到八十年後的今天，依然具有生命力，依然為人樂於引用作為衡量譯文的準繩，在其他國家恐怕也不多見；在各國同時期的譯論裡，也是引人注目的。他用信、達、雅的概念來概括翻譯工作的幾個方面，在世界翻譯理論史上也是別具一格的，或許也應記上一筆，占有尊榮的一席！」

許鈞在為紀念嚴復《天演論‧譯例言》刊行一百周年而寫的〈在繼承中發展〉[2]一文中尊嚴氏為我國近代「譯學」之父並分

---

② 載《中國翻譯》，1998年第2期。

析嚴復翻譯思想與學説的影響深遠，有三方面的原因。第一是
「從直覺到自覺到自律」，「嚴復的信達雅三難説，突破了直覺
而盲目的翻譯狀況，表現出了譯者主體意識的覺醒和對譯事的自
覺追求……並提出明確的標準來規範自己的實踐，嚴復邁出的這
一步，正是走向翻譯的必然王國具有歷史意義的一步。」第二是
「從譯技到譯藝到譯道」。「他提出的信達雅，以『信』為翻譯
之本，兼達兼雅，三位一體，正是他對翻譯之道探索的積極成
果。」第三是「從經驗到理性到科學」。「嚴復對翻譯的理性思
考突出地表現在……對信達雅三者主次先後關係的辯證認識……
『雅』的標準的提出，表明了他的鮮明的翻譯立場，體現了他對
翻譯服務對象、翻譯目的的明確定位。」許文最後指出，我們要
發揚「嚴復對翻譯探索的精神、對中國傳統譯論的繼承與發展的
精神」，「在繼承中求發展，為譯學建設貢獻我們的力量，是我
們對嚴復的最好紀念。」

　　許多人對「信、達、雅」説持有與上述引文相似或一致的觀
點，僅舉數例。

　　劉宓慶在〈中國現代翻譯理論的任務〉③一文中説：

　　　　「中國傳統譯論是我國珍貴的文化遺產，我國翻譯水平
　　和質量之有今天，我國翻譯事業之有今天，與傳統譯論的指
　　導是分不開的。特別是馬建忠和嚴復以後的近代譯論更有其
　　不可磨滅的歷史功績。『信達雅』三字風靡神州譯壇近百年
　　而不衰，這在世界翻譯理論史上是絕無僅有的。首先，這説
　　明翻譯實踐對理論的一種渴求……其次，『三難』之説積久
　　而著，還有其本身的原因。它承襲了我國文論與哲學─美學
　　結合長達二千餘年的傳統……做到了推陳出新……它的生命
　　力植根於實踐驗證，並與源遠流長的歷史定勢相結合……

---

③　載《外國語》（上海），1993 年第 2 期。

『信』『達』『雅』取三字，符合我國的倫理學—哲學命題法（如『仁』『義』『忠』『孝』）又與中國人的概念命名習慣和一字修辭格（如『甜』『酸』『苦』『辣』）吻合貼切，符合中國人的思維特徵和表現法。」

斯立仁在〈評《翻譯的準則與目標》〉④一文中說：

「半個多世紀以來，嚴復的『三難』說一再受到非難和挑戰，經歷了幾十年的風風雨雨，但它至今仍屹立不倒，仍具有旺盛的生命力和存在價值，我國廣大翻譯工作者仍把它作為自己翻譯實踐和理論研究的指南和衡量譯文成敗的標準，這主要是因為『信、達、雅』三字標準在相當程度上正確地概括和反映了翻譯工作的某些主要特點和規律。」

楊自儉在〈我國近十年來的翻譯理論研究〉⑤一文中說：

「從我國譯界實際情況看，『信、達、雅』作為翻譯標準，在短期內還沒有什麼標準可以取代它。」

當然，見仁見智，對同一現象，也會有截然不同的看法。有人認為「信、達、雅」說至今尚在發生影響，妨礙著翻譯水平的繼續提高、翻譯理論的發展和翻譯幹部的培養；有人認為對「信、達、雅」說的推崇已給我國文學翻譯事業造成明顯的危害。有一位學者認為中國翻譯理論的不發達，從翻譯界內部來說是由於經驗主義、教條主義和片面性，而對「信達雅」的尊奉則是教條主義的表現之一。他說：

「……不少人卻把它們奉為萬古不變的真理、包治百病的萬應靈藥，這就大錯而特錯了。當然，信達雅的提出，的確標誌著我國翻譯研究史上的一大突破，具有不可磨滅的歷史功績。但對這樣一個近百年前提出的、本有特定含義的標

---

④ 載《中國翻譯》，1990 年第 1 期。

⑤ 載《中國翻譯》，1993 年第 6 期。據了解，1989 年中國社會科學院建院十周年評選優秀譯作，標準仍是「信、達、雅」。

準，一直被那麼多人奉為神聖法度，這在世界翻譯理論史上
恐屬罕見。也只有在因循守舊、盲從權威的時代和地方，才
會出現這種怪事！」⑥

這樣的批判恐怕不能說是實事求是的科學態度，因為「信達雅」
之提出、傳播和傳世，完全是一種文化現象，從未受到政治或其
他非文化力量的推動或影響。歷代翻譯工作者接受和使用「信達
雅」是一種理性行為，既非「守舊」，更非「盲從」。建立中國
的現代翻譯理論體系無疑是十分重大的事情，但我們也只能在前
人所留下的寶貴基礎上（包括「信達雅」說）、吸收外國譯論研
究成果去建立，而不是在歷史的廢墟上去建立。

當然，「信達雅」說只是嚴復繼承了我國文論和譯論的遺
緒、總結自己翻譯經驗而得出的三原則，它不是、也不可能是一
種完整的翻譯理論，它還有著很明顯的歷史局限性（如認為「用
漢以前字法句法則為達易」）。凡十年來有關「信達雅」的論著
難以數計，以己意詮釋者有之、相互駁難者有之、代以己說者亦
有之，其中不乏真知灼見，但從總體上看似乎始終處於盤旋的狀
態。「有些翻譯家和理論家雖然企圖另創新的標準來代替嚴復的
三字標準，但翻來覆去，都無非是換湯不換藥，始終越不出
『信、達、雅』的範疇。」（斯立仁，見上引文）「由於方法論
意義上的先天局限，儘管仍不斷有新的翻譯標準提出來，其實並
無實質性突破。」（蘭峰〈觀念與方法——翻譯研究芻議〉）⑦
因此，對「信達雅」的研究不僅需要繼續，還應打破這種盤旋的
狀態，有所前進。我們研究「信達雅」不是為了「保衛」嚴復和
他的學說而是為了探究其生命力之所在，找出其「合理的內核」
予以繼承，加以發展。

　　「客觀地評說嚴氏理論，並不意味著我們把自己禁錮在

⑥　譚載喜：〈《神似與形似》概評〉，《中國翻譯》，1997 年第 4 期。
⑦　載《中國翻譯》，1986 年第 6 期。

『信、達、雅』的框子裡，只是作注解或抱殘守缺。……相反，我們倒是期望在歷史地、辯證地肯定嚴復的功績和地位的同時，參考嚴氏『信、達、雅』說的合理成分及一切前人有價值的觀點，在現有水平上把翻譯理論再發展一步。」（宋廣友〈我對嚴復翻譯理論的理解——也談「信、達、雅」〉⑧）

「無論是從翻譯的本質、翻譯的過程、翻譯的標準等涉及翻譯理論的核心問題來看，還是從『信達雅』說在中國近代至現代翻譯史上所起過的作用來看，對這一理論的合理內核及其歷史作用開展進一步的討論，從而得出正確恰當的估價，這在建立對於漢外互譯具有指導意義的翻譯理論的過程中無疑是件必不可少的工作……」

「我們在引進學術的同時，必須有一個清醒的認識，那就是在克服盲目排外、閉關自守、抱殘守缺等舊意識的同時，必須防止……變成盲目地推崇甚至照搬西方的一套，而對自己民族歷史上有價值的東西卻採取民族虛無主義的態度，不加分析地輕易加以否定。在建立中國的翻譯理論的過程中，介紹、研究、借鑒和吸收西方學者的翻譯理論當然是必不可少的，但這並不排斥我們同時要很好地挖掘和整理我們自己民族翻譯史上科學的、有價值的遺產，這也是一項十分艱辛、需要一定的氣力和水平才能完成的工作。」（傅國強〈對「信、達、雅」說的再思考〉⑨）

以上引文可以視為對第一個問題作了概括有力的回答。

---

⑧ 載《中國翻譯》，1989 年第 1 期。
⑨ 載《科技翻譯論著集萃》，頁 86，中國科學技術出版社，1994 年。

二、找出「信、達、雅」說生命力之所在

接下來談第二個問題：怎樣研究「信、達、雅」？

本書作者曾寫過一篇題為〈繼承、融合、創立、發展——我國現代翻譯理論建設芻議〉⑩的文章，提出了這八個字的主張，即：首先是「繼承我國翻譯界的先驅和前輩留下的寶貴遺產」，然後是「認真汲取國外各個學派的精華」（姜椿芳語）並使之與我國傳統的譯論相融合，創立我國自己的現代翻譯理論體系，並不斷發展。

對「信達雅」的研究作為建設我國現代翻譯理論體系的努力的一部分，應該也遵循這樣的思路。

作為第一步，必須正本清源，對嚴復「信達雅」說的本意以及與之有某種傳承關係的古代佛教譯論有一個正確的認識。在《天演論‧譯例言》中，嚴復沒有對「信達雅」作詳細、深入的分析和說明，因此後人就各依自己的體會來加以詮釋，並從而作出褒貶。誠如宋廣友所說，「對於『信、達、雅』，每個人可能會有各自的理解，這是正常的。但是不能把自己的理解當成嚴復的原意，更不能把他的觀點推到極端而加以批駁……」（見前引文）

第二步，把幾十年來對「信達雅」的評論，無論是肯定的、基本肯定的，還是基本否定的、完全否定的，集中起來，加以檢討。由此可以至少弄清楚：⑴在「信達雅」說百年歷史中，其主流是有益於我國翻譯事業的發展和翻譯水平的提高，還是「給我們的翻譯事業帶來莫大的危害並實際造成無法估量的損失」（引自八十年代一本翻譯研究著作）？我國幾十年來多數翻譯工作者

---

⑩ 載《外國語》（上海），1991 年第 5 期；《中國翻譯》，1992 年第 5 期。全文見附錄二。

和翻譯理論研究者對這問題的答案是什麼？⑵在對「信達雅」說的評價中存在著什麼問題？怎樣才能使研究深入一步？

第三步，把我們的目光移向國外，看看外國各家譯學理論研究中確立的翻譯原則是什麼？同「信達雅」有無或有何相通之處，從而有無融合的可能？

第四步，在國內外翻譯理論研究的啟示下，探討翻譯（translation）的本質和翻譯實踐（translating）的過程，並與「信、達、雅」說相印證。如果後者符合於翻譯本質及其實踐過程，那麼我們也就可以認為已經找到了「信達雅」說的「合理的內核」，從而解答了「為什麼『信達雅』百年不衰」這個令人或讚美、或惶惑、或憤怒的問題。

這樣的研究也許會對我國現代翻譯理論的建設有所裨益，而理論建設的推進又會使「信、達、雅」作為翻譯原則的學說得到不斷的充實、提高與發展。

這樣的思路是否正確要待實踐檢驗。本書作為一種探索性的實踐，其結構是按這一思路安排的。當然，主觀設想是一回事，實踐結果可能是另一回事，好在這是一種探索，而探索的意義往往不在探索的結果而在探索本身。

第 二 章

嚴復的「信、達、雅」說

一、中國古代翻譯家論翻譯原則

魯迅說，「他〔嚴復〕的翻譯，實在是漢唐譯經歷史的縮圖。中國之譯佛經，漢末質直，他没有取法。六朝真是『達』而『雅』了，他的天演論的模範就在此。唐則以『信』為主，粗粗一看，簡直是不能懂的，這就彷彿他後來的譯書。」又說，「嚴又陵為要譯書，曾經查過漢晉六朝翻譯佛經的方法。」①

錢鍾書曾引三世紀譯經大師支謙所著〈法句經序〉中關於討論翻譯原則的一段話：

> 僕初嫌其為詞不雅，維祇難〔人名〕曰：「佛言依其義不用飾，取其法不以嚴。其傳經者，當令易曉，勿失厥義，是則為善。」座中咸曰：「老氏稱『美言不信，信言不美』。仲尼亦云：『書不盡言，言不盡意。』明聖人意深邃無極。今傳梵義，實宜徑達。」是以自偈受譯人口，因循本旨，不加文飾。

接著指出，「嚴復譯《天演論》弁例所標：『譯事三難：信、達、雅』，三字皆已見此。」②

① 〈關於翻譯的通訊〉，《二心集》，《魯迅全集》第四卷，頁307，人民文學出版社，1958年。

② 《管錐編》，第三冊，頁1101，中華書局，1986年。引文中之「嚴」字據胡適考證「是當時白話，意為妝飾」（《佛教的翻譯文學》）。

從嚴復《天演論・譯例言》及其他文字（包括他同吳汝綸、夏曾佑討論翻譯問題的書函），我們也不難看到他從我國古代的翻譯實踐和學說中獲得了教益。

因此，在研究嚴復「信達雅」說之前，我們先簡略地回溯一下我國古代──主要是公元三至八世紀佛經翻譯中關於翻譯原則的一些主要論述。

◆

佛教的傳入對中國文化的發展產生了極為廣泛深遠的影響，而佛教的傳入與散播全賴佛經的翻譯。中國翻譯佛經一般認為從公元二世紀開始，日見興盛，十世紀後漸入低潮，其延續時間之長、譯場規模之大、譯者之眾、出經之多，堪稱世界翻譯史與文化交流史上的奇蹟。

譯經初期，大多由來自西域或印度的僧人用胡語或梵語口授（西域的佛教也是從印度傳來），另一人譯成漢語，紀錄後再作潤飾。故初時譯出之經「辭質多胡音」，就是文字質樸，力求保存原本面目，多用音譯。以後有了通漢語的外國高僧和通梵語的中國高僧，譯事達到新的水平。但由於兩種語言、文化的差異以及宗教的嚴肅性與普及性之間的矛盾，譯經大師們很早就產生了所謂「文」「質」之辯。梁啟超和胡適都把這「文」「質」之辯類比於後世的意譯與直譯之爭。范文瀾也認為「在初期，採取直譯法；在成熟期，採取意譯法」，並把道安、鳩摩羅什分別稱為「直譯派」、「意譯派」的代表人物。[③]如果按這樣的看法，那麼我國翻譯史上的這場爭論可算是人類文明史上歷時最長的爭論之一了，它從三世紀一直延續到了二十世紀，而且還可能繼續下去。

前面所引〈法句經序〉的作者支謙是三世紀的譯經大師。他本是西域月支人，故姓支，與師支亮及亮師支婁迦懺，世稱「天下博知，不出三支」。他祖父率眾歸化中國，所以他是在中國成

───────────

③ 范文瀾《中國通史》，第三冊，頁 90，人民出版社，1994 年重版。

長和受教育的，精通西域語言及漢語，「才學深澈，內外備通」。為了便於在當時「尚文」的中國傳播佛教思想，「故其出經，頗從文麗，然其屬詞析理，文而不越，約而義顯，真可謂深入者也。」④儘管如此，四世紀譯經大師道安對這位「文派」大師作了極為嚴厲的批評，說他是「斲鑿之巧者也；巧則巧矣，懼竅成而混沌終矣。」（〈摩訶缽羅若波羅蜜經鈔序〉）

◆

　　道安（314-385 年）是「質派」大師。他同前秦的秘書郎趙政一起主持譯場（古代翻譯佛經的專門機構）。趙政「謂譯人曰：『《爾雅》有〈釋古〉、〈釋言〉者，明古今不同也。昔來出經者，多嫌梵言方質，而改適今俗，此政所不取也。何者？傳梵為秦〔指漢語〕，以不閑〔同嫻〕方言，求知辭趣耳，何嫌文質！文質是時，幸勿易之。經之巧質，有自來矣，唯傳事不盡，乃譯人之咎耳』」。道安完全贊同這種見解，所以他和趙政主持譯事，都是「案本而傳，不令有損言游字；時改倒句，餘盡實錄。」（〈鞞婆沙序〉）道安把刪削原本的翻譯，斥之為在葡萄酒裡攙水。他說，「諸出為秦言，便約不煩者，皆葡萄酒之被水者也。」（〈比丘大戒序〉）⑤

　　他又在〈摩訶缽羅若波羅蜜經鈔序〉中提出「五失本、三不易」之說，可說是中國最早的較系統的翻譯理論，錢鍾書稱「吾國翻譯術開宗明義，首推此篇。」⑥道安指出，在把佛經從梵文譯為漢文的工作中，有五種情況不得不使譯文有異於原文（喪失

---

　　④　支愍度〈合首楞嚴記〉，轉引自馬祖毅《中國翻譯簡史》，頁 22，中國對外翻譯出版公司，1984 年。

　　⑤　均見羅新璋編《翻譯論集》，頁 26-28，商務印書館，1984 年。趙政之名，或作「正」，范著《中國通史》第三冊作「整」。錢鍾書在〈翻譯術開宗明義〉一文（《管錐編》）中引《全宋文》卷六二釋道朗〈大涅槃經序〉：「隨意增損，雜以世語，緣使違失本正，如乳之投水」，並解釋說，這兩個比喻「皆謂失其本真，指質非指量；因乳酒加水則見增益，而『約不煩』乃削減也。」

　　⑥　《管錐編》，第四冊，頁 1262。

梵文本來面目，故稱「失本」）。這五種情況是：

（一）梵語倒裝，譯時必須按漢文文法順寫。〔如「佛念」「鐘打」順為「念佛」「打鐘」〕

（二）梵語樸質，中國人好文，為了適合中國人的心意，非文不可。

（三）原文常反覆重言，多至數次，不嫌其煩，譯時裁斥。

（四）原文每段結束，往往又復述、解釋全段含義，或千字、或五百字，譯時劃而不存。

（五）梵經說完一事，在說他事前又將此事簡述一遍，刪之不失原旨。他接著指出，佛經的翻譯，難度很大，因為「⑴時俗既殊，不能強同；⑵聖智懸隔，契合不易；⑶去古久遠，徵詢實難。」⑦（即所謂「三不易」）所以，他的結論是：「涉茲五失經，三不易，譯梵為秦，詎可不慎乎！」

◆

時代稍晚於道安的譯經大師鳩摩羅什（字童壽，即其名之意譯）（344-413 年），父親是印度人，因逃避做官，入西域，龜茲王以妹妻之。羅什長大後，精研佛法，在西域頗有聲望，故道安晚年曾勸秦王苻堅迎羅什來長安，什在西域也聞道安之名，稱之為「東方聖人」。後因戰亂，羅什滯留涼州多年，直至公元401年底始到長安，已是道安辭世十五年之後了。

道安不懂梵文，鳩摩羅什則精通梵漢，所以他比較注重譯文的文字水平。下面這個常被引用的故事，可以說明：

> 時有僧睿法師，甚為興〔後秦王姚興〕所知，什所譯經，睿並參正。昔竺法護〔約 230-308 年，月支人，世居敦煌，一生譯經一百五十九部〕出《正法華・受決品》云，「天

---

⑦　「五失本、三不易」的詮釋參見湯用彤《漢魏兩晉南北朝佛教史》，中華書局，1955 年重印本及范文瀾《中國通史》，第三冊，頁 93。道安原文載羅編《翻譯論集》，頁24。

見人，人見天。」什譯〔係重新訂正舊譯〕至此，曰：「此語與西域義同，但在言過質。」睿應聲曰，「將非『人天交接，兩得相見』乎？」什大喜曰，「實然！」（載《蓮社高賢傳》）⑧

羅什還不同意那種認為梵經無「文」的觀念，指出：

> 天竺〔指印度〕國俗，甚重文藻。其宮商體韻，以入弦為善。凡覲國王，必有贊德。見佛之儀，以歌咏為尊，經中偈頌，皆其式也。但改梵為秦，失其藻蔚，雖得大意，殊隔文體。有似嚼飯與人，非徒失味，乃令嘔穢也。⑨

他在這裡提出了譯文應該保存原文文體、風格的問題，無疑是一種卓見。他自己在翻譯實踐中也努力這樣做並取得一定成就，贊寧稱他譯的《法華經》「有天然西域之語趣」⑩。

與道安相對而言，鳩摩羅什可稱是「文派」的譯經大師了，不過他在內容上則恪保本旨。在圓寂前對眾僧告別時，他發重誓說：

> 自以暗昧，謬充傳譯，凡所出經論五百餘卷，惟「十誦」〔指《十誦律》〕一部未及刪煩，存其本旨，必無差失。願凡所宣譯，傳流後世，咸共弘通。今於眾前發誠實誓，若所傳無謬者，當使焚身之後，舌不焦爛。⑪

◆

關於「文」「質」之辯，也有人提出一些新的意見。道安的弟子、鳩摩羅什的同時代人慧遠（334-416 年）認為不宜各持一端，而應兩者兼顧，允執厥中。他在為僧伽提婆所譯《三法度經》的序中說：

> 自昔漢興，逮及有晉，道俗名賢，並參懷聖典，其中弘

---

⑧ 轉引自前引馬祖毅書，頁 35。
⑨ 《全三古三代秦漢三國六朝文・全晉文卷一六三》，中華書局，1995 年。
⑩ 《宋高僧傳》，卷三。轉引自羅編《翻譯論集》，頁 61。
⑪ 《高僧傳》，卷二，頁 54。中華書局，1992 年。

通佛教者，傳譯甚眾，或文過其意，或理勝其辭，以此〔指
提婆所譯經〕考彼，殆兼先典。後來賢哲，若能參通胡晉
〔指中外語文〕，善譯方言，幸復詳其大歸，以裁厥中焉。
（《出三藏記集》卷十）

「文過其意」就是過分重「文」使原來的意義走樣，「理勝其
辭」就是過分拘泥原文（「質」）使譯文不能充分表達原意，所
以正確的做法應是兼顧「文」「質」。在〈大智論鈔序〉中，他
談到譯者「童壽〔即鳩摩羅什〕以此論深廣，難卒精究，因方言
易省，故約本以為百卷，計所遺落，殆過參倍。而文藻之士，猶
以為繁，咸累於博，罕既其實。譬大羹不和，雖味非珍；神珠內
映，雖寶非用。『信言不美』，固有自來矣。若遂令正典隱於榮
華，玄樸虧於小成，則百家競辨，九流爭川，方將幽淪長夜，背
日月而昏逝，不亦悲乎！」這段話大意是說：鳩摩羅什已在譯本
中將原文刪節了約四分之三，而講究文辭的人還認為太繁，不究
其實。忠實於原本而不講文辭，則如不和之羹、不亮之珠，「信
言不美」，是古來就有的。但如為行文優美而捨棄了原文中許多
重要內容，則將造成言人人殊，真理不明，那是可悲的。他接著
分析了這個問題：

於是靜尋所由，以求其本。則知聖人依方設訓，文質殊
體。若以文應質，則疑者眾；以質應文，則悅者寡〔意謂原
文質樸而譯之以華麗文辭則讀者會懷疑其忠實性，如原文有
文采而譯之以質樸之辭則讀者會失去閱讀的興趣〕。

所以他「與同止諸僧，共別撰以為集要，凡二十卷」。他們的做
法（也就是編譯原則）是：「簡繁理穢〔將過於繁瑣的地方簡
化、蕪雜的地方淨化〕，以詳其中〔著重闡明中心意思〕，令質
文有體，義無所越〔正確地恰當地表述原意〕。」[12]

_____

[12] 以上引慧遠文均見羅新璋編《翻譯論集》，頁 40-41。引文中「正典隱於榮華，玄
樸虧於小成」句當自《莊子・齊物論》「道隱於小成，言隱於榮華」演化而來。

稍後的梁朝（六世紀）僧祐也有類似的觀點。他認為譯經的要旨是要使「尊經妙理，湛然常照」，「文過則傷豔，質甚則患野，野豔為弊，同失經體。」⑬意思是說，過分地講究「文」，就會有「豔」的弊病；過分地講究「質」，又會有「野」的弊病，兩者都不合經體，必須兼顧文質。

◆

隋朝的彥琮（557-610年）是又一位譯經大師，所著《辨正論》，羅新璋推為「我國第一篇翻譯專論」，他自己在文章一開頭也說，作此文是「以垂翻譯之式」，儼然有權威的氣勢。

論文一開頭引述了道安「五失本」「三不易」之說，並推崇道安「獨稟神慧，高振天才，領袖先賢，開通後學……詳梵典之難易，詮譯人之得失，可謂洞入幽微，能究深隱。」

接著，他說明胡、梵之辨，強調譯經必依梵本，指出研習梵文的必要（「研若有功，解便無滯，匹於此域，固不為難……向使……才去俗衣，尋教梵字；亦沾僧數，先披葉典〔古印度的典籍書寫在貝多羅樹葉上，中國習稱『貝葉經』〕⑭……人人共解，省翻譯之勞；代代咸明，除疑網之失」）。在介紹了道安對梵經特點的闡述及對前代譯人的評價之後，他綜論歷代譯事之得失及佛典翻譯之難（「儒學古文，變猶紕繆；世人今語，傳尚參差。況凡聖殊倫，東西隔域，難之又難，論莫能盡。必殷勤於三復，靡造次於一言……宣譯之業，未可加也」）。正因為譯經如此艱難，他列舉了譯人必須具備的八個條件，即著名的「八備」說：

㈠「誠心愛法，志願益人，不憚久時。」（誠心愛佛法，立志幫助別人，不怕費時長久）

㈡「將踐覺場，先戒牢足，不染譏惡。」（品行端正，忠實可

---

⑬　轉引自前引馬祖毅書，頁50。
⑭　見方廣錩《佛教典籍百問》，今日中國出版社，北京，1989年。

信，不惹旁人譏疑）

㈢「筌曉三藏，義貫兩乘，不苦暗滯。」（博覽經典，通達義旨，不存在暗昧疑難的問題）

㈣「旁涉墳史，工綴典詞，不過魯拙。」（涉獵中國經史，兼擅文學，不要過於疏拙）

㈤「襟抱平恕，器量虛融，不好專制。」（度量寬和，虛心求益，不可武斷固執）

㈥「耽於道術，澹於名利，不欲高炫〔衒〕。」（深愛道術，淡於名利，不想出風頭）

㈦「要識梵言，乃閑正譯，不墜彼學。」（精通梵文，熟習正確的翻譯法，不失梵本所載的義理）

㈧「薄閱蒼雅，粗諳篆隸，不昧此文。」（兼通中國訓詁之學，不使譯本文字欠準確）⑮

這八條中，第一、二條講思想品德，第三、四條講文化素質，第五、六條講工作態度，第七、八條講語文修養，確是完善的經驗總結，就是現代的翻譯工作者，也仍然可以把它們作為座右銘。

　　在論文的最後，作者再次提倡學習梵文，徑讀原經（「直餐梵響，何待譯言」），這可能同他本人擅長梵文有關（自稱為「通梵沙門」），難怪梁啟超要說「彥琮實主張『翻譯無益論』之人也」。⑯當然，彥琮不是完全否定翻譯，他自己就曾在京師大興善寺掌管翻譯業務，譯經二十三部、一百餘卷，被稱為「翻經大德彥琮法師」。他大概對於那種不鑽研梵文，不嚴格依據梵本的現象不滿，所以他在文中說，「若令梵師獨斷，則微言罕革；筆人〔指「筆受」之人〕參制，則餘辭必混。意者寧貴樸而近理，不用巧而背源」。根據他的論點，那麼彥琮可說是激進的「質派」。

⑮　「八備」的詮釋據范著《中國通史》，第三冊，頁 96-97。
⑯　〈翻譯文學與佛典〉，載羅編《翻譯論集》，頁 62。

　　我國古代最偉大的、也最為人所熟知的翻譯家自然要數唐朝的玄奘（602-664年）。他西行求法，往返十七年，行程五萬里，從印度帶回梵文經典共六百五十七部。以後他在長安主持譯場（先在弘福寺，後遷慈恩寺，又遷玉華宮），十九年中共譯出經論七十五部、一千三百二十五卷，其中許多都是因舊譯本有缺點而重新翻譯的。

　　遺憾的是，我們迄今尚未能看到這位偉大翻譯家關於翻譯理論方面的資料。[17]現在引用最多的，一是他的同時代人、曾參加譯事的佛教史學家道宣（596-667年）有關玄奘的記述；一是宋朝法雲（1088-1158年）所編《翻譯名義集》由周敦義作的序。道宣的文章中說：

　　　　自前代以來，所譯經教，初從梵語，倒寫本文，次乃回
　　　　之，順同此俗。然後筆人觀理文句，中間增損，多墜全言。
　　　　今所翻傳，都由奘旨，意思獨斷，出語成章，詞人隨寫，即
　　　　可披玩。（〈唐京師大慈恩寺釋玄奘傳之餘〉）[18]

這段話是說，以往譯經都先口授，按梵文文法倒裝，記錄下來後按漢文文法理順，再作文字的整理加工，常增損不當，影響原意。現在玄奘因精通梵漢，佛學深湛，由他主譯，出口成章，記錄下來便可誦讀。道宣又說：

　　　　世有奘公，獨高聯類，往還震動，備盡觀方，百有餘

---

　　[17]　不少譯學論著中稱玄奘提出了「既須求真，又須喻俗」這八個字作為翻譯標準，但均無出處。這八個字見於梁啟超〈翻譯文學與佛典〉（載羅新璋編《翻譯論集》）及〈佛典之翻譯〉（見《梁任公近著第一輯》中卷），是梁對道安「三不易」說中「一不易」「撮其大意」而來。道安原文為「然《般若經》，三達之心，覆面所演，聖必因時，時俗有易；而刪雅古，以適今時，一不易也。」與梁之八字似不盡合。無論如何，此八字真言非出玄奘（至少迄今為止尚無確證）。陳福康在所著《中國譯學理論史稿》（上海外語教育出版社，1992）對此作了考證。《中國翻譯簡史——五四以前部分》原有此玄奘八字，該書作者馬祖毅1997年3月7日函告本書作者，在該書修訂本中已將此刪除。
　　[18]　見羅編《翻譯論集》，頁48-49。

國，君臣謁敬，言義接對，不待譯人，披析幽旨，華戎胥悅。唐朝後譯，不屑古人，執本陳勘，頻開前失。（〈大恩寺釋玄奘傳論〉）[19]

這段話是說，玄奘西行求經，歷百餘國，均直接與人交流，備受欽敬。他所譯經，不囿於前人之譯，與梵本詳行查勘，凡有缺失，均加訂正。

道宣的記述表明，玄奘的譯經，由於他本人在語言和佛學兩方面的修養，在前人的基礎上達到了一個更高的水平。梁啟超稱譽道，「若玄奘者，則意譯直譯，圓滿調和，斯道之極軌也。」（〈翻譯文學與佛典〉）[20]近人呂澂還指出，玄奘「創成一種精嚴凝重的風格，用來表達特別著重結構的瑜珈學說，恰恰調和。」（〈慈恩宗〉）[21]

周敦義〈翻譯名義序〉[22]記錄了玄奘提出的「五種不翻」（由於五種原因，梵經中一些詞語只能譯音而不能譯意）：

唐〔玄〕奘法師論五種不翻：

一秘密故，如「陀羅尼」。〔教內的密語〕

二含多義故，如「薄伽」，梵具六火（自在、熾盛、端莊、名稱、吉祥、尊貴）。

三此無故，如閻浮樹（勝金樹），中夏〔中國〕實無此木。

四順古故，如「阿耨菩提」（正偏知），非不可翻，而摩騰〔迦葉摩騰，一名攝摩騰，相傳為印度僧人，公元67年自西域來洛陽講經譯經〕以來，常存梵音。

五生善故，如「般若」尊重，「智慧」輕淺。〔般若為

⑲　見羅編《翻譯論集》，頁48-49。
⑳　見羅編《翻譯論集》，頁62。
㉑　轉引自前引馬祖毅書，頁58。
㉒　載羅編《翻譯論集》，頁50。

梵語音譯，智慧為意譯〕

以上「五不翻」中，第一種是宗教教義教規的緣故，第四種是由於約定俗成的考慮，第二、三、五種則都涉及到如何處理對原文含義的表達問題。玄奘的原則顯然是，如果沒有完全恰當的漢語詞匯來表達原文梵語詞匯的全部含義，則寧可使用音譯（即使讀者會感到理解的困難），也不用意譯。從這個原則上看，玄奘在譯事上似乎還是「質」重於「文」的。

◆

我國古代在佛經翻譯上的「文」「質」之辯，其理論意義在於揭示出翻譯的基本矛盾，即原文（出發語 source language）與譯文（歸宿語 target language）㉓之間的矛盾。前面提到過的法雲有一段話相當明確地指出了這一點。他說：

> 夫翻譯者，謂翻梵天之語轉成漢地之言。音雖似別，義則大同。宋僧傳云：如翻錦繡，背面俱華，但左右不同耳。譯之言易〔交易之易〕也，謂以所有易其所無，故以此方之經而顯彼土之法。

問題就在於如何做到以「漢地之言」寫成的「此方之經」能顯示原來以「梵天之語」寫成的「彼土之法」，做到梵漢之間如錦繡的兩面，花紋相同，只是「左右不同」。換句話說，就是如何做到既忠實於原文，又使譯文合乎其文法、具備可讀性和語言美。偏重前者（必要時犧牲後者）是「質」派的主張，重視後者（忠實於原文的實質而非其形式）是「文」派的主張。這裡就又出現了一個如何才算忠實於原文的問題。實踐證明，在形式上也要完全忠實於原文是不可能的，因此道安這位「質」派大師也提出

㉓　談論翻譯經常要用 source language 和 target language 這兩個詞，前者在漢語中稱「原語」或「譯出語」或「出發語言」或「原作語言」等，後者稱「目的語」或「譯入語」或「歸宿語言」或「譯作語言」等，尚不統一。本書除引文外，一般用「原語」（「原文」）、「譯入語」（「譯文」）。

「五失本」，主要是在文體上認為不必囿於原文。至於玄奘的「五不翻」則是企圖用引進外來語的辦法來解決兩種語言間的某些矛盾。當然，上面試作的粗淺分析，都是後人的看法，甚至於「文」「質」之辯的說法也是後人所作，在當時，譯經大師們並未劃出明確分野，實際上「文」「質」的概念也不是很清楚的，如同近代的「直譯」「意譯」之辯，儘管有長期的爭論，而何謂「直譯」、何謂「意譯」，各家說法不同，莫衷一是。

真正有價值的，是在「文」「質」的討論中，揭示出了翻譯的基本矛盾，即原文與譯文在語言和文化兩個方面的矛盾。分解開來，就是〈法句經序〉中所提出的如何做到「當令易曉，勿失厥義」的問題和如何解決「美言不信、信言不美」的問題。嚴復的獨到和可貴之處也就在於他從我國古代豐厚的翻譯經驗中抓住了這個基本矛盾，提煉出「信、達、雅」三字而創立了他的「三難」說。

二、嚴復的時代、生平及其翻譯業績

嚴復㉔於 1854 年——鴉片戰爭後十四年——生於福建福州一個貧寒的知識分子家庭，幼時從師讀四書五經。十三歲時父親病故，家計艱難，他不能應科舉、入仕途，乃參加福州馬尾船廠附設的船政學堂的招生考試，以第一名錄取。十四歲入該校駕駛科學習，十八歲畢業，考列最優等，在艦上實習，曾遠航至馬來亞、日本等地，並到台灣作業。二十四歲奉派赴英留學，兩年後

㉔　嚴復原名宗光，字又陵，登仕籍後改名復，字幾道，晚年號「瘉〔同『愈』字〕壄〔古『野』字〕老人」。有關他的書籍中常見的名字是嚴復、嚴又陵、嚴幾道。關於嚴復的生年以前作 1853 年。他的生日是清咸豐三年（癸丑）陰曆十二初十。清咸豐三年為公曆 1853 年，但到他的生日已是公曆 1854 年 1 月 8 日，故生年按公曆算應為 1854 年。近年出版的有關嚴復的書籍大多已改作 1854 年。1994 年 1 月 7 日福州市各界曾舉辦紀念嚴復誕辰一百四十周年學術討論會及其他活動。

學成歸國，回母校任教員，不久李鴻章在天津辦北洋水師學堂，被調去任總教習（教務長），時年二十七歲。十年後，由會辦（副校長）升總辦（校長）。在其後的第二個十年裡，他在任北洋水師學堂總辦的同時，又奉李鴻章之命辦俄文館，任總辦，協助張元濟等在北京創辦通藝學堂，提倡西學，培養人才；在天津《直報》上發表時事論文，並與王修植、夏曾佑等創辦《國聞報》。他曾先後短期擔任過上海復旦公學（復旦大學）校長、安徽高等學堂監督和京師大學堂（北京大學）總監督。㉕

十九世紀的後半，也就是嚴復的青壯年時期，太平天國革命失敗，帝國主義列強對中國的侵略步步加緊，中國面臨著被滅亡、瓜分的危局，愛國知識分子蒿目時艱，奮起尋求救亡圖強的道路。1895 年中國在甲午戰爭中被新興的日本所擊敗，喪師辱國，割地賠款，變法維新運動由此進入高潮，成為一時的主流。嚴復是維新派中最有影響的人物之一。

嚴復自幼從宿儒讀經，少年即入船政學堂，沒有像當時書香門第多數子弟那樣以八股為業，而是學習英文和西方科學技術（包括哲學、自然科學和社會科學），並在歐洲進行了實地考察。誠如嚴復研究專家王栻所說，「1895 年（光緒二十一年）時，這一位四十三歲的北洋水師學堂校長，對於西洋學問造詣之高，對於西洋社會了解之深，不僅遠非李鴻章、郭嵩燾、張之洞等洋務派人物可比，就是那些甲午戰爭前曾經到過外國的維新派人物，如王韜、鄭觀應、何啟之流，甲午戰爭後領導整個維新運動的人物，如康有為、梁啟超們，也都不能望其項背。」㉖

在他所理解和掌握的中西文化學術的基礎上，形成了他的政治理念。這一政治理念最鮮明地表現在他 1895 年──甲午戰敗的

㉕　1998 年北京大學百年校慶時，該校福建校友會特贈送嚴復銅像，以資紀念。
㉖　《論嚴復與嚴譯名著》，頁 4，商務印書館，北京，1982 年。

一年——發表、次年修訂的〈原強〉一文中。[㉗]他說，「蓋生民之大要三，而強弱存亡莫不視此：一曰血氣體力之強，二曰聰明智慮之強，三曰德行仁義之強。……是以今日要政，統於三端：一曰鼓民力，二曰開民智，三曰新民德。」嚴復不是一位政治家，而是一位學者、思想家、政論家，所以他對於此三者之中，特別重視「開民智」，而「欲開民智，非講西學不可」。他身體力行，為了「開民智」「講西學」，從事西方學術名著的翻譯紹介工作。

中國經歷了長期閉關鎖國的封建統治，以官僚士大夫階層為主的知識界固步自封、抱殘守缺，於世事昏昧無知，而又以天朝自居，傲慢自大。像林則徐這樣願意虛心了解外部世界的人，當時真可以說是鳳毛麟角。但他所留心收集並組織力量翻譯成中文的只限於外國的概況和法律方面於對外交涉有用的資料。以後洋務派設立的同文館（外國語學校）以培養翻譯人才為主，同時進行譯書的工作，其範圍為自然科學、法律、外交、歷史等；江南製造局的翻譯館，譯書較多，主要是科技書籍。與此同時，外國教會在華也進行了翻譯出版工作，除傳教外也有一些關於外國歷史、科技、醫學的書籍。這些情況說明，在甲午戰敗之前，中國知識界中不像頑固派那樣顢頇無知的人也只知道西洋各國之所長不過是船堅炮利、機器精奇，只要把這些學來，就可以強國。甲午戰敗，不啻給這些人以當頭棒喝，因為這次打敗中國的不是西方列強，而是東方新興的日本。日本是 1868 年明治維新後才強大起來的國家，其海軍軍力與清朝新建的北洋海軍相若，然而北洋海軍大敗虧輸。這就不能不引起舉國震撼，知識界一部分維新派開始認識到徒恃船堅炮利不足以強國，而非變法維新不可。要變法維新則又非衝決舊的思想網羅不可，這又需要有新的思想武

　㉗　《嚴復詩文選注》，頁 28-54，江蘇人民出版社，1975 年。

器。

嚴復翻譯西方哲學和社會科學名著就是為了提供這樣的思想武器。他的主要譯著有八種，共約一百九十萬字：

㈠哲學

《天演論》(《進化論與倫理學》)

Evolution and Ethics, published in 1891 in England

〔英〕赫胥黎 T. H. Huxley 著

初版為 1898 年，沔陽盧氏慎始基齋木刻本，1905 年由商務印書館正式出版，至 1921 年印行二十版。（約七萬字）

㈡經濟學

《原富》(《國富論》)

An Inquiry into the Nature and Cause of the Wealth of Nations, published in 1776 in England

〔英〕亞當·斯密 Adam Smith 著

初版於 1901-2 年，由上海南洋公學譯書院出版。（約五十五萬字）

㈢法學

《法意》(《論法的精神》)

L'esprit des Lois (*The Spirit of Law*)，published in 1743 in France

〔法〕孟德斯鳩 C. L. S. Montesquieu 著

初版於 1904-9 年，由上海商務印書館出版，至 1913 年印行四版。（約五十二萬字）

㈣邏輯學（論理學）

《穆勒名學》(《邏輯體系》)

A System of Logic, published in 1843 in England

〔英〕穆勒 John Stuart Mill 著

初版於 1912 年，由上海商務印書館印行，1921 年出新版。

此書僅譯出原著的半部。（約二十九萬字）

㈤社會學

《群學肄言》（《社會學原理》）

The Study of Sociology, published in 1873 in England

〔英〕斯賓塞 Herbert Spencer 著

初版於 1903 年，由上海文明編譯書局印行，後由上海商務印書館印行，至 1919 年共出十版。（約二十一萬字）

㈥哲學

《群己權界論》（《論自由》）

On Liberty, published in 1859 in England

〔英〕穆勒 John Stuart Mill 著

初版於 1903 年，由上海商務印書館印行，至 1920 年共出七版。（約八萬字）

㈦政治學

《社會通詮》

A Short History of Politics, published in 1900 in England

〔英〕甄克思 E. Jenks 著

初版於 1904 年，由上海商務印書館印行，至 1915 年共出七版。（約十一萬字）

㈧邏輯學（論理學）

《名學淺說》

Elementary Lessons in Logic（*Logic the Primer*），published in 1870 in England

〔英〕耶芳斯（傑文斯）William Stanley Jevons 著

初版於 1909 年，由上海商務印書館印行，至 1921 年共出十一版。（約十萬字）

本書不是全面研究嚴復的專著，不可能對嚴復的翻譯業績，連同他所處的時代背景和思想發展作深入細緻的分析探討，但從

上面這個簡表，我們也不難看出嚴復作為一位偉大翻譯家所作的巨大貢獻。「嚴復是將西方資產階級古典政治經濟學說和自然科學、哲學的理論知識介紹過來的第一人。從而嚴復在中國近代思想史上開創了一個新紀元，使廣大的中國知識分子第一次真正打開了眼界……中國近代先進人士向西方尋求真理的行程便踏進了一個嶄新的深入的階段……從嚴復同代或稍晚一些的人，到魯迅的一代，到比魯迅更年青的一代，無不身受其賜。……其後，資產階級革命派和其他人介紹……西方資產階級理論學說，儘管政治路線可以有所不同，翻譯形式可以大有發展，但就介紹西學、新學的整個理論水平說，卻並沒有超過嚴復。」[28]對嚴復這一歷史地位，他的同時代人梁啟超當時就已看到，推崇他「於西學中學，皆為我國第一流人物」，並指出「西洋留學生與本國思想界發生關係者，復其首也。」[29]

◆

　　正因為是「第一人」，嚴復在翻譯中所需克服的巨大困難是不難想像的。大家都熟悉他的自白式名言「一名之立，旬月踟躕」，非常形象地描繪出他的艱辛和嚴謹。作為翻譯家，嚴復的偉大業績首先是把西方學術思想引進到中國來，產生了巨大的影響，其次是把翻譯事業在中國近代社會中的地位提高到一個新的層面。

　　海通以後，通譯應運而生。但「今之習於夷者曰通事，其人率皆市井佻達遊閑、不齒鄉里、無所得衣食者始為之，其質魯，其識淺，其心術又鄙，聲色貨利之外，不知其他。且其能不過略通夷語，間識夷字，僅貨目數名，與俚淺文理而已，安望其留心

---

[28]　李澤厚〈論嚴復〉，《論嚴復與嚴譯名著》，頁 128-129，商務印書館，1982 年。又請參閱楊正典《嚴復評傳》（中國社會科學出版社，1997 年），該書對嚴復的生平及思想學術作了相當全面、系統、深入的分析並提出了一些獨到的見解。

[29]　分見〈介紹新書《原富》〉，《新民叢報》第二期，1902 年；《清代學術概論》，頁99-100，商務印書館，1930 年。

學問乎？惟彼〔指外國人──引用者〕亦不足於若輩，特設義學，招貧苦童稚，兼習中外文字。不知村童沽豎，穎悟者絕少，而又漸習於夷場習氣，故所得仍與若輩等。」[30]

這是就那些為洋人服務的、以口譯為主的「通事」而言。至於文字翻譯的情況又如何呢？精通外文、我國近代第一部文法書《馬氏文通》作者馬建忠說：

「今之譯者，大抵於外國之語言，或稍涉其藩籬，而其文字之微辭奧旨、與夫各國之古文詞者，率茫然而未識其名稱，或僅通外國文字語言，而漢文則粗陋鄙俚，未窺門徑；使之從事譯書，閱者展卷未終，濁惡之氣觸人欲嘔。又或轉請西人之稍通華語者為之口述，而旁聽者乃為彷彿摹寫其詞中所達之意，其未能達者，則又參以己意而武斷其間。蓋通洋文者不達漢文，通漢文者又不達洋文，亦何怪夫所譯之書皆駁雜迂訛，為天下識者所鄙夷而訕笑也。」[31]

這種情況自 1898 年嚴譯《天演論》問世而丕然大變。《天演論》因其學術價值和文學價值得到當時知識界的認同和讚譽而取得了很高的社會地位。關於這個問題，在下一節中還將作較全面深入的探討，這裡只是想指出，《天演論》當時之所以能風行海內，固然因為它闡述了「物競天擇、適者生存」的「天演」思想而歸結到以人持天、自強保種，符合於當時的人心所求，但如果不是嚴復的中西學術造詣，特別是他的中文文學修養，那麼仍然是不可能如此風行的。換句話說，當時的知識界是從它的文學價值來認識它的學術價值的。這一點在名重一時的桐城派文學大師、後任京師大學堂總教習（教務長）的吳汝綸為《天演論》所作

---

[30]　馮桂芬〈采西學議〉，《校邠廬抗議》下卷，《中國近代思想史參考資料簡編》，三聯書店，北京，1957 年。

[31]　〈擬設翻譯書院議〉（1894 年作），《適可齋記言》卷四，張豈之、劉厚祜校點，中華書局，1960 年。

的序中説得非常明白。他説：

「今議者謂西人之學，吾多所未聞，欲淪民智，莫善於譯書。吾則以謂今西書之流入吾國，適當吾文學靡敝之時，士大夫相矜尚以為學者，時文耳、公牘耳、説部耳，捨此三者，幾無所為書，而是三者，固不足與文學之事。今西書雖多新學，顧吾之士以其時文、公牘、説部之詞，譯而傳之，有識者方鄙夷而不知顧，民智之淪何由？此無他，文不足焉故也。文如幾道，可與言譯書矣。

「往者釋氏之入中國，中學未衰也。能者筆受，前後相望，顧其文自為一類，不與中國同。今赫胥黎氏之道，未知於釋氏何如。然欲儕其書於太史氏揚氏之列，吾知其難也。嚴氏一文之，而其書乃駸駸與晚周諸子相上下。然則文顧不重耶！」[32]

魯迅曾很風趣地描述這一情況道：

「最好懂的自然是《天演論》，桐城氣息十足，連字的平仄都留心。搖頭晃腦的讀起來，真是音調鏗鏘，使人不自覺其頭暈。這一點竟感動了桐城派老頭子吳汝綸，不禁説是『足與周秦諸子相上下』了……他〔嚴復〕為什麼要幹這一手把戲呢？答案是：那時的留學生沒有現在這麼闊氣，社會上大抵以為西洋人只會做機器——尤其是自鳴鐘——留學生只會講鬼子話，所以算不了『士』人的。因此他便來鏗鏘一下子，鏗鏘得吳汝綸也肯給他作序，這一序，別的生意也就源源而來了。」[33]

這樣，嚴復以《天演論》使翻譯者儕於士人之林，使譯作進入文化的殿堂，《天演論》從而風靡天下。魯迅記他青年學生時代讀

---

[32] 嚴譯《天演論》，1898 年初刻本，載《嚴復集》，頁 1318，中華書局，1986 年。
[33] 《二心集·關於翻譯的通信》，見前，頁 307。

這本新書的情狀道：

> 「看新書的風氣便流行起來，我也知道了中國有一部書
> 叫《天演論》。星期日跑到城南去買了來，白紙石印的一厚
> 本，價五百文正。翻開一看，是寫得很好的字……哦！原來
> 世界上竟還有一個赫胥黎坐在書房裡那麼想，而且想得那麼
> 新鮮？一口氣讀下去，『物競』『天擇』也出來了，蘇格拉
> 底、柏拉圖也出來了，斯多噶也出來了……一有閑空，就照
> 例地吃侉餅、花生米、辣椒，看《天演論》。」[34]

葉聖陶也説過，「至於接觸邏輯、進化論和西方民主思想，
也由於讀了商務出版的嚴復的各種譯本……我的情況決非個別
的，本世紀初的青年學生大抵如此。」[35]

《天演論》在我國近代翻譯史上開闢了一個新紀元。

三、嚴復「信、達、雅」[36]説詮釋

嚴復在翻譯理論上的最偉大貢獻是他提出了「信達雅」學
説，把「信」「達」「雅」作為翻譯的原則（標準）。如果説嚴
譯名著當時曾風靡一時並產生深遠的影響，那麼現在這些名著已
隨著時代的演進而成為只具有歷史價值的學術文獻，只有從事研

---

[34] 《朝花夕拾·瑣記》，《魯迅全集》，第二卷，頁268-9，人民文學出版社，1958年。

[35] 〈商務印書館〉，《人民畫報》，1982年第5期。

[36] Achilles Fang, *Reflections on the Difficulty of Translation*（1959）（*ON TRANSLA-TION,* edited by R. A. Brower）一文中曾這樣寫道：

Yan Fu set up as desiderata of translation 信達雅 "Accuracy, Intelligibility, Elegance"。

本書作者所見到的「信、達、雅」三字英譯尚有以下幾種：

Faithfulness, Comprehensibility, Elegance;

Faithfulness. Intelligibility, Readability;

Faithfulness, Expressiveness, Elegance;

Fidelity, Intelligibility, Literary Polish.

看來很難有「等值」的譯法。

究的學者會去閱讀了。但他的「信達雅」說卻在我國文化界翻譯界流傳至今，無處不在，可以說直到現在還沒有一種有關翻譯的學說（不論是本國的還是外國的）能夠具有如此持久、廣泛的影響力。（請參閱第一章）

當然，也有不少對這一學說的批評以及不同意見的討論。由於嚴復對「信達雅」說的敘述十分簡略，因此人們對這三個字作為翻譯原則的理解頗有出入，見仁見智，各持一端。為了正本清源，下面全文照錄「信達雅」說所由來的《天演論·譯例言》並就其本意試作較為全面的詮釋。為了幫助青年讀者理解和研究，對文中一些較為古奧的字詞作了注釋，並附全篇的現代漢語譯文，供參考。

1.《天演論·譯例言》（1898 年）

一、譯事三難：信、達、雅。求其信已大難矣！顧信矣不達，雖譯猶不譯也，則達尚焉。海通以來，象寄之才，隨地多有，而任取一書，責其能與於斯二者，則已寡矣！其故在淺嘗，一也；偏至，二也；辨之者少，三也。今是書所言，本五十年來西人新得之學，又為作者晚出之書。譯文取明深義，故詞句之間，時有所顛倒附益，不斤斤於字比句次，而意義則不倍本文。題曰達旨，不云筆譯，取便發揮，實非正法。什法師有云：「學我者病」。來者方多，幸勿以是書為口實也！

一、西文句中名物字，多隨舉隨釋，如中文之旁支，後乃遙接前文，足意成句。故西文句法，少者二三字，多者數十百言。假令仿此為譯，則恐必不可通，而刪削取徑，又恐意義有漏。此在譯者將全文神理，融會於心，則下筆抒詞，自善互備。至原文詞理本深，難於共喻，則當前後引襯，以顯其意。凡此經營，皆以為達；為達即所以為信也。

注　釋

象寄之才──翻譯的人才。《禮・王制》：「五方之民，言語不通，嗜欲
　　不同，達其志，通其欲。東方曰寄，南方曰象，西方曰狄鞮〔音 dí，
　　知也〕，北方曰譯。」

傎到──傎，同「顛」，見《穀梁傳》。到，通「倒」，見《莊子》。

不倍本文──倍，通「背」，見《戰國策》。

達旨──旨，亦作「恉」，音 zhì，意義、用意、目的。《晉書・裴頠
　　傳》：「頠退而思之……及其立言，在乎達旨而已。」

什法師──指鳩摩羅什法師，常略稱「羅什」或「什」，請參閱本章第
　　一節。

◆

　　一、《易》曰：「修辭立誠」。子曰：「辭達而已」。又
曰：「言之無文，行之不遠」。三者乃文章正軌，亦即為譯
事楷模。故信、達而外，求其爾雅。此不僅期以行遠已耳，
實則精理微言，用漢以前字法、句法，則為達易；用近世利
俗文字，則求達難。往往抑義就詞，毫釐千里，審擇於斯二
者之間，夫固有所不得已也，豈釣奇哉！不佞此譯，頗貽艱
深文陋之譏，實則刻意求顯，不過如是。又原書論說，多本
名數格致及一切疇人之學，倘於之數者向未問津，雖作者同
國之人，言語相通，仍多未喻，矧夫出以重譯也耶！

注　釋

修辭立誠──《易・乾》：「修辭立其誠，所以居業也。」「誠」謂真
　　誠、真實。魯迅在《域外小說集・略例》中所說的「任情刪易，即為
　　不誠」中的「誠」字也即此義。

辭達而已──《論語・衛靈公第十五》：「子曰，辭達而已矣。」「達」
　　謂通達、表達。

言之無文，行之不遠——《左傳·襄公二十五年》：「言之無文，行而不遠。」劉勰《文心雕龍·情采第三十一》：「贊曰：言以文遠，誠哉斯驗。」意謂語言文字如不講究修辭、缺少文采，就流傳不遠不廣。

爾雅——謂近於雅正。《史記》《漢書》的《儒林列傳》均載公孫弘上書中「臣謹案詔書律令下者，明天人之際，通古今之義，文章爾雅，訓辭深厚，恩施甚美」一段。對「爾雅」的解釋，《史記·索隱》（唐司馬貞）「謂詔書文章雅正，訓辭深厚也。」《漢書》顏師古注：「爾雅，近正也。言詔辭雅正而深厚也。」

不佞——「佞」，音 ning，才能。自謙無能稱「不佞」。《左傳·成十三年》：「寡人不佞」。

疇人——疇，通「籌」。疇人謂曆算家。

矧——音 shěn，況。《詩·小雅·伐木》：「矧伊人矣，不求友生」。

◆

一、新理踵出，名目紛繁，索之中文，渺不可得，即有牽合，終嫌參差。譯者遇此，獨有自具衡量，即義定名。顧其事有甚難者！即如此書上卷導言十餘篇，乃因正論理深，先敷淺說，僕始翻「卮言」，而錢塘夏穗卿曾佑病其濫惡，謂內典原有此種，可名「懸談」。及桐城吳文摯甫汝綸見之，又謂「卮言」既成濫詞，「懸談」亦沿釋氏，均非能自樹立者所為，不如用諸子舊例，隨篇標目為佳。穗卿又謂，如此則篇自為文，於原書建立一本之義稍晦。而懸談、懸疏諸名，懸者玄也，乃會撮精旨之言，與此不合，必不可用。於是乃依其原目，質譯「導言」，而分注吳之篇目於下，取便閱者。此以見定名之難！雖欲避生吞活剝之誚，有不可得者矣。他如物競、天擇、儲能、效實諸名，皆由我始。一名之立，旬月踟躕，我罪我知，是存明哲。

一、原書多論希臘以來學派，凡所標舉，皆當時名碩，流風緒論，泰西二千年之人心民智繫焉，講西學者所不可不

知也。茲於篇末，略載諸公生世事業，粗備學者知人論世之資。

　　一、窮理與從政相同，皆貴集思廣益。今遇原文所論，與他書有異同者，輒就謭陋所知，列入後案，以資參考。間亦附以己見，取《詩》稱嚶求，《易》言麗澤之義。是非然否，以俟公論，不敢固也。如曰標高揭己，則失不佞懷鉛握槧，辛苦迻譯之本心矣。

注　釋

卮言——卮，音 zhī，古盛酒器。卮言，源出《莊子・寓言》：「卮言日出」。後人常用為對自己著作的謙詞，如《諸子卮言》、《經學卮言》。

內典——佛教徒稱佛經為內典。

謭陋——淺薄，謭音 jiǎn。《史記・李斯列傳》：「能薄而才謭。」

嚶求——嚶，音 yìng，鳥叫聲，《詩・小雅・伐木》：「嚶其鳴矣，求其友聲。」嚶鳴喻朋友同氣相求。

麗澤——《易・兌》：「麗澤兌，君子以朋友講習。」麗，連也。兌，悅也。後比喻朋友相切磋。

懷鉛握槧——鉛，鉛粉筆；槧，音 qiàn，木板。皆古人記錄文字之具。漢劉歆《西京雜記三》：「揚子雲〔雄〕好事，常懷鉛提槧，從諸計吏，訪殊方絕域四方之語，以為裨補輶〔音 yóu〕軒所載。」輶軒為使臣所乘之車。

迻——音 yí，通「移」。

◆

　　一、是編之譯，本以理學西書，翻轉不易，固取此書，日與同學諸子相課。迨書成，吳丈摯甫見而好之，斧落徵引，匡益實多。顧惟探賾叩寂之學，非當務之所亟，不願問世也。而稿經新會梁任父、沔陽盧木齋諸君借鈔，皆勸早日付梓。木齋郵示介弟慎之於鄂，亦謂宜公海內，遂災棗梨，

猶非不佞意也。刻訖寄津覆斠，乃為發例言，並識緣起如是云。

> 光緒二十四年歲在戊戌四月二十二日嚴復識於天津尊疑學塾
> —— 盧氏慎始基齋《天演論》初版木刻本
> 〔轉錄自羅編《翻譯論集》〕

注　釋

賾——音 zé，精微，深奧。

梓——音 zǐ，一種落葉喬木，木材可作刻版之用，付梓就是付印。下文「遂災棗梨」，棗梨指刻版用的木材，也是付印的一種自謙說法，猶言書無價值，浪費木版了。

斠——音 jiào，通「校」。

2.《天演論・譯例言》現代漢語譯文

　　一、翻譯工作有三項不容易做到的事，即：「信」（忠實於原著）、「達」（譯筆明達）、「雅」（文字水平高）。要做到「信」本來就很不容易，而如果只注意「信」卻忽略了「達」，那麼，即便是譯了出來也等於沒有譯，可見「達」是應予重視的。自從海外交通開放以來，具有翻譯能力的人才，幾乎到處都有。不過，我們隨便取哪一本譯作來看，要求它把「信」和「達」兩者結合得很好，卻並不多。按其原因，一是由於對原著只作粗略的瀏覽；二是對原著缺乏全面的了解；三是不能真正理解原著。現在這本《天演論》所闡述的，原都是五十年來西方科學界嶄新的研究成果，又是作者晚年出版的著作，我的譯文著重在揭示它的理論精髓，因此，詞句之間，就時而不免會有所顛倒或增益，不拘泥於原文字句的排列次序，但意義則不與原文相違背。我稱這種做法為「達旨」而不稱為「筆譯」。這樣為了方便

而隨意發揮，實在不是做翻譯工作的正當方法。正如名僧鳩摩羅什法師所說，「學我會產生流弊」。以後，從事翻譯的人將會更多，千萬不要以我這本書為口實，以為我這種做法是翻譯的正途。

一、英文句子中的名詞術語，一般都在首次出現時隨作解釋，插在中間，就像中文的引證、旁注一樣，後文再遠遠地與前文相接，把前後意思貫串起來，組成一個完整的句子。因此，英文的句子結構少則二、三個字，多則數十、成百字為一句，假如機械地照原文譯出，就必然會使中文不通；假如為圖便易而砍削原文，又會損害原意。這全靠譯者先將原文的全部精神實質融會貫通，而後下筆，自然就能使譯文完善。至於那些原著的文字、理論過於深奧，難以被一般讀者所領會的，那就只好在這些地方前前後後多下些引證、襯托的功夫，以闡明它的含義。譯者所有這一切努力，無非為了一個「達」字，而為了「達」，也就是為了「信」。

一、《易經》指出：做文章要真誠，孔子也說過：「做文章，把意思明白充分地表達出來就行了。」又說，「語言、文字不好，就不能擴大影響」。這三條乃是做文章所必須遵循的原則，也是做翻譯工作的楷模。因此，譯文除了做到「信、達」，還要達到很高的文字水平（「求其爾雅」）。這不僅僅是為了吸引盡可能多的讀者，其實，那些包含著深奧的理論和含蓄深沈的思想的著作，用中國漢代以前的語法句法去譯述，倒還易於表達些，若用現時代大眾所通用的文字語言譯出，反而不容易表達出來。如果這樣做，往往難免為了湊合詞句而不得不損害原意，使得譯文同原文差之毫釐，謬以千里。用漢以前字法句法，還是用近世利俗文字，我必須在這二者之間作出仔細的考慮和選擇。這實在是出於不得已，決不是為了沽名釣譽、自命清高。我這個譯本，曾經很引起一些人的議論譏諷，說文字過於艱深，又失之粗糙。

實際上，我只是力圖做到明白表述原著的內容罷了。另外，原著的各種論述多半來自哲學、數理以及自然科學各部門的研究，倘從未接觸過這類科學，那麼，即使與作者是同國的人，語言文字相通，恐怕在理解上仍然會有很多困難。何況這是用異國文字輾轉翻譯過來的譯本呢？

一、新的學說一個接著一個地不斷出現，新的名詞也隨著多了起來。這些新的名詞，從中文中很難找到，即使勉強湊合，總嫌不夠貼切。從事翻譯工作的人遇到這種情況，只有依靠自己，按照新名詞的含義去確定中文的譯名。但這樣做是很困難的，就如這本書上卷的十幾篇導言，因為正文的理論很深，才以導言的形式先作一番淺顯的解說。我起初把「導言」譯成「卮言」，錢塘人夏穗卿（名曾佑）嫌譯得不好，說「這是佛經中曾經用過的作法，可譯成『懸談』。」後來桐城人吳摯甫先生（名汝綸）見了，又說：「『卮言』既然已是陳詞濫調了，而『懸談』也是沿用佛家的，都不是具有獨創能力的人所應遵循的，還不如採用過去諸子百家寫書的老辦法，給每一篇加上個題目好些。」夏穗卿又說：這樣做，就成了一篇篇相對獨立的文章，對於原書作為一個有機整體的用意就顯不出來了。至於「懸談」、「懸疏」這些名詞，「懸」就是玄妙的意思，是集中概括全書中心思想的話，在這裡不適合，一定不能採用。於是就依照原來的篇目，乾脆譯為「導言」，並把吳摯甫所擬定的各篇的題目，分別注在下面，使讀者讀起來方便。從這裡可以看到確定一個譯名的困難，即使想避免因生吞活剝而引起別人的譏笑，還是避免不了。其他如「物競」、「天擇」、「儲能」、「效實」等等這些譯名，都是由我首創的。有時為了確定一個新的中文譯名，往往要花上十天或一整月時間反覆琢磨、推敲。至於我工作的是非功過，那只有等待明哲之士來評說了。

一、原書論及希臘以來的學派很多，所介紹的都是當時的名

人碩儒，他們的思想言論，關係到西方二千年來的人心和民智，研討西學者對他們不可不知，所以在書末簡介他們的生平和業績，供研討西學者了解和研究之需。

一、研究學問和從事政治一樣，貴在集思廣益。凡遇到本書作者的理論與他人著作有異同之處，我就自己有限的知識，在文末寫了按語，供讀者參考。有時也寫入自己的見解，無非是同道之間互相切磋的意思。是否恰當正確，不敢自專，等待公論。如果以為我這樣做是自以為高明、自我表現，那就抹殺了我伏案握管、勤苦翻譯的本心了。

一、本書翻譯之初，因知西方科學書籍難譯，故曾就此書內容陸續向學生講授〔按嚴復時任北洋水師學堂總辦〕。譯稿完成後，前輩吳摯甫先生見到，很感興趣，提出不少修改意見，幫助很大。但我想這種探求精奧之理的冷門科學，不是當務之急，不願公諸於世。譯稿後經梁啟超、盧木齋諸君借去抄閱，他們都勸早日印行。木齋又把譯稿寄給他在湖北的弟弟慎之，慎之也認為應該公開出版，因而雕板付印，原不是我的本意。刻成後將樣張寄到天津來交我校核，因此寫了這篇譯例言，並說明此書翻譯出版的經過。[37]

3.「信、達、雅」說要旨

這篇〈譯例言〉相當於現代譯作的〈譯者前言〉，它說明了譯者在翻譯本書中所遵循的原則和翻譯的宗旨，以便和讀者溝通，有助於讀者的閱讀。這篇〈譯例言〉中所表述的要點是：

㈠翻譯要做到「信」「達」「雅」。（「求其信」「求達」「求其爾雅」）這是翻譯的原則和標準。

[37] 中國對外翻譯出版公司1983年出版的《翻譯理論與翻譯技巧論集》載有《天演論‧譯例言》的「供參考的現代漢語譯文」（缺原文最後三段），此處採用了一部分譯文，特向譯者（未署名）致謝。

㈡「信」是最重要的。（「求其信已大難矣」「為達即所以為信也」「信達而外，求其爾雅」）「信」的最基本要求是做到「意義則不倍本文」。（按《說文解字》對「信」字的解釋是「誠也。從人從言會意。」用現代話說，就是忠實、誠實。嚴復用這個字顯然就是著重在忠實於原文的意思。）由於用中文來表達西文的意義有時很困難，所以譯文「詞句之間，時有所顛倒附益，不斤斤於字比句次」，目的是為了表達原文的意義。但是這樣的「取便發揮，實非正法」，所以他對《天演論》的翻譯不稱作「筆譯」而稱作「達旨」，並且希望以後的譯者「勿以是書為口實」。他自己以後在譯《原富》時也採取了不同的態度，「是譯與《天演論》不同，下筆之頃，雖於全節文理，不能不融會貫通為之，然於辭義之間，無所顛倒附益」。由此，可以認為嚴復所說的「信」有形式和內容上都應力求忠實於原文的意思，但往往為了內容上的忠實而不得不犧牲形式上的忠實。

㈢由於西文的文法不同於中文，所以譯者須「將全文神理，融會於心，則下筆抒詞，自善互備。至原文詞理本深，難於共喻，則當前後引襯，以顯其意。凡此經營，皆以為達；為達即所以為信也。」達，就是通達、明達，就是把原文的內容（意義、信息、精神、風格等）在譯文中很好地表達出來，使譯文的讀者能夠充分理解原意。這樣做到了「達」，才能說做到了「信」。「信矣不達，雖譯猶不譯也」。這就是「信」和「達」的關係。

㈣譯文除了「求達」，還要「求其爾雅」，就是要講究修辭、要有文采、要「雅正」。這樣做有兩個相互關聯的目的，一是為了「行遠」，即盡可能廣泛地獲得譯者心目中的讀者的認可和喜愛，二是為了「求達」。（嚴復認為「精理微言，用漢以前字法、句法，則為達易；用近世利俗文字，則求達難。」這一點下文將加闡釋。）

㈤西方新學中名詞很多，中文無現成的詞語可用，「獨有自

具衡量，即義定名。」「一名之立，旬月踟躕。」

㈥書中提到許多西學「名碩」，我國「講西學者不可不知」，故於篇末略作介紹。

㈦為了「集思廣益」，凡「遇原文所論，與他書有異同者」，寫入按語，「間亦附以己意」，以資切磋。

4. 「信、達、雅」的整體性

以上七條中除最後兩條外前面五條是嚴復「信達雅」說的要旨。[38]值得指出的是，他認為「信達雅」是一個相互密切聯繫、相互依存的整體，但三者之中又有相對的主次關係，即：總的說來，「信」是最主要的，但信而不達，等於不譯，在這種情況下，「達」就成為主要的了（「則達尚焉」）。「雅」是為「達」服務的。認識「信、達、雅」的整體性是很重要的，因為正如在後面幾章中所要分析研究的，「信達雅」作為一個整體是符合翻譯的本質，從而具有其科學價值的，儘管它還不是一種完整的、系統的理論（如果尊重歷史，那就不會對嚴復提出這樣的要求）。關於「信達雅」的整體性，吳存民在〈論「信達雅」的有機完整性——兼評譯論中的一種錯誤傾向〉一文[39]中用「化學

---

[38] 早於嚴復一個多世紀的滿漢文翻譯家魏象乾在乾隆五年（1740年）刻行的《繙清說》（清指清文，即滿文）一書中提出了翻譯原則（標準）。他說，翻譯的正道是「瞭其意、完其辭、順其氣、傳其神；不增不減、不顛不倒、不恃取意，而清文精練，適當其可也。間有增減顛倒與取意者，豈無故而然歟？蓋增者，以漢文之本有含蓄也，非增之，其意不達；減者，以漢文之本有重複也，非減之，其辭不練。若夫顛倒與取意也，非顛倒，則扞格不通；非取意，則語氣不解。此以清文之體，有不得不然者，然後從而變之，豈特此以見長哉?!」（據王若昭介紹，《中國翻譯》，1988年第2期）與嚴復同時代的馬建忠在光緒二十年（1894年）發表的〈擬設翻譯書院議〉中也對翻譯原則（標準）提出看法。他說，譯者對兩種文字必須有深湛之研究，「夫如是，則一書到手，經營反覆，確知其意旨之所在，而又摹寫其神情，彷彿其語氣，然後心悟神解，振筆而書，譯成之文，適如其所譯而止，而曾無毫髮出入於其間，夫而後能使閱者所得之益，與觀原文無異，是則為善譯也已。」（載羅編《翻譯論集》）他們的觀點同嚴復都相通。魏的原則似更接近於佛經翻譯中的「質」派。馬的原則則可說是半世紀後費道羅夫「等值」論與奈達「等效」論的先行者。在中國以至世界的翻譯史上都應有他們的地位。

[39] 載《中國翻譯》，1997年第5期。

狀態」來比喻。他說：「嚴氏『信達雅』三字說就本質而言，它是一個『化學狀態』下的『信達雅』，絕不是一個『物理狀態』下的『信達雅』……〔如果是後者〕其譯文就必然不是顧『信』而失『達』『雅』，就是顧『達』『雅』而失『信』……〔如果是前者〕其譯文就一定會是『信』『達』『雅』三者兼而有之。倘若譯家又能根據不同的要求對『信』『達』『雅』的成分比例作適當調整的話，其結果，則是他能夠獲得一個比較滿意的合格譯品的。」

四、歷史地正確地理解作爲翻譯原則的「雅」

　　長期以來，對「信達雅」說中的「雅」，在理解上分歧最大、受到的批評也最多，因此我們有必要專門討論一下這個「雅」字。

1.「雅」作爲翻譯原則的本意是什麼？

　　《辭源》對「雅」字的釋義一是「正確」、「規範」，見《荀子・王制》；二是高尚、文明，見漢賈誼《新書・道術》及唐王維詩；三是美好，見《史記・司馬相如傳》；其他還有一些不同的字義。前面對《天演論・譯例言》的注釋中，引了《史記》和《漢書》的《儒林列傳》中「文章爾雅，訓辭深厚」一句並介紹了古人對「爾雅」一些詞的解釋是「近正也」，也就是文章要正確、規範的意思。我們再看《辭源》對下面一些詞的釋義：「雅士，猶言正人，見《三國志》」；「雅言為標準語，見《論語》，或正確之言，見諸葛亮〈出師表〉」；「雅樂，用於郊廟朝會的正樂，見《論語》」；「雅儒，正道的儒者，俗儒之對，見《荀子》」。由此可見，「雅」的本義是「正」，對語言文字來說，就是必須正確、規範，合於正道和正統。在嚴復看來，當時的桐城派古文（也就是他說的「用漢以前字法句法」）就是「文章正軌」。這樣的文辭顯示出文化的高水平，用於翻譯的譯文，就可為文化水平高的

社會階層所認可和接受，從而達到「行遠」的目的。

如果嚴復當時把「雅」與「信、達」共列為翻譯原則的本意在此，那麼後人對他所說「雅」的解釋或理解有不少就顯得片面，或有「望文生訓」之嫌了。我們最常見的「雅」字是在「文雅」「高雅」「典雅」「風雅」這樣一些詞中，因此我們很容易從這些詞形成「雅」的概念，並從而認為嚴復提出的「雅」就是要求譯文必須做到「文雅」「高雅」。由於嚴復又主張「用漢以前字法句法」，所以有人又以為他要求譯文「古雅」。有人因此認為，「信達雅」對文學翻譯也許還可以，對其他翻譯就不適合，因為文學作品是「雅」的，其他作品本身就不「雅」。其實，嚴復的「雅」如上文所說，是泛指譯文的文字水平，並非專指譯文的文學藝術價值。當然，他很重視譯文的文學價值，也對自己在「文辭」方面的造詣很自負，但他始終不承認他是單純追求譯文的「古雅」「高雅」。這一點我們在討論下面的問題時還會談到。

關於「雅」和風格

有一部分翻譯家和學者認為，「雅」乃指風格。他們大多著眼於文學翻譯，故特別重視風格。但含義又不盡相同，一種認為指原作的風格，譯文須加以體現，另一種認為指譯作的風格，譯者應有自己的風格，譯作應有不依賴於原作的獨立價值。

本書作者不同意這樣來理解和解釋作為翻譯實踐總的指導原則重要成分之一的「雅」，因為：

第一，風格不能脫離作品的內容和形式而存在，它是通過作品的內容和形式而為受眾所感知的[40]。因此，翻譯中風格的傳達

---

[40] 張中楹在〈關於翻譯中的風格問題〉一文中說：「風格的具體內容不外乎下列四點：甲、題材（subject matter）；乙、用字（choice of words）；丙、表達（mode of expression）；丁、色彩（color）。」載《翻譯研究論文集 1949-1983》，頁 159-164。外語教學與研究出版社，1984 年。

體現在內容和形式的傳達之中，也就是說，屬於「信」「達」的範疇。做到了「信」「達」，原作的風格自然就應能在譯作中表達出來。「一位敏感的譯者應該成為一位能掌握幾種風格的優秀作家，他甚至於能夠區別堅硬玉石表面的光滑和柔軟絲絨表面的光滑。」[41]在翻譯的實踐中，恐怕決無「先譯出內容和形式、再譯出風格」這樣的事情。

第二，我們說翻譯是創造性的工作是指翻譯作為跨語言跨文化交流會遇到巨大困難，譯者必須發揮自己的創造性去克服，而不是混淆翻譯與創作的界限。由於譯者的知識才能有差別，同一本原作由不同的譯者來翻譯，必然會出現不同的譯本，有的有水平高下之分，有的水平相若而譯法各異。在評價時，如譯文文字水平、譯品質量相當則只能以原作為標準，最貼近原作（包括風格）者為佳。離開原作而談譯者的風格顯然是不符合翻譯必須忠實於原文這個大前提的。

第三，對於佔翻譯工作量絕大部分的非文學翻譯來說，風格的傳達不構成重要的現實問題。人與人不同，任何一個文字工作者都有別於另一個文字工作者，但決不是任何一個文字工作者（包括翻譯工作者）都談得上有自己的風格。因此，把「雅」解釋為風格而列為指導翻譯的總原則之一缺少現實基礎和實際意義。

錢鍾書有兩段論翻譯的名言，經常被引用。一段是談「信、達、雅」的，另一段是談「化」境的。這兩段話現再較完整地引用如下：

> 「譯事之信，當包達雅；達正以盡信，而雅非為飾達。依義旨以傳，而能如風格以出，斯之謂信……雅之非潤色加藻，識者猶多；信之必得意忘言，則解人難索。譯文達而不

---

[41]　香港中文大學《譯事參考手冊》（英文版），頁 13，1980 年。

信者有之矣，未有不達而能信者也。」㊷

　　「文學翻譯的最高標準是『化』。把作品從一國文字轉變成另一國文字，既能不因語文習慣的差異而露出生硬牽強的痕跡，又能完全保存原有的風味，那就算得入於『化境』。……換句話說，譯本對原作應該忠實得以至於讀起來不像譯本，因為作品在原文裡決不會讀起來像經過翻譯似的……徹底和全部的『化』是不可實現的理想。」㊸

　　從第一段的上下文來看，「依義旨以傳」說的是「達」，「如風格以出」說的是「雅」。也就是說，把原文的「義旨」和「風格」都傳出，才算做到了「信」。看來他並不完全贊成「信、達、雅」三足鼎立的提法，更不贊成把「雅」字理解為脫離原文的「潤色加藻」。可以明確肯定的是，他在這裡所說的風格乃是指原作的風格，即第二段中所說「保存原有的風味」的意思。既要「保存原有的風味」，又要「讀起來不像譯本」，譯者必須做到「得意忘言」，即不能受原文語言文字的拘束和影響，而要使譯本如用譯入語創作的一樣，入於「化」境。由此可見，不存在譯作應有自己風格的問題。

　　但在這個風格問題上也存在著言人人殊的現象。錢鍾書主張「如風格以出」當然認為風格是可譯的。也有人認為「風格是不能翻譯的」，「在同一語言的領域裡，尚且不易摹仿一個作者的風格；在翻譯方面，把原作譯成另一種語言而要保持同一風格，這是更不易做到的工作。」（張中楹〈關於翻譯中的風格問題〉，1961 年）另有人認為「風格並不是不能譯，而是難譯……我們只要從整體出發得到與原著相同的藝術感受，譯文讀者從譯文中所認識的作者風格與原作讀者從原作中所認識的作者風格相

㊷　〈譯事三難〉，《管錐編》，第三冊，頁 1101。見前。
㊸　〈林紓的翻譯〉，見《七綴集》，頁 79-81，上海古籍出版社，1996 年重印。

同，那就是成功。」（劉隆惠《談談文藝作品風格的翻譯問題》，1961 年）又有人認為「風格的翻譯，不但必要和可能，甚至必然。另一方面，卻又有著局限。」（馮世則《風格的翻譯：必要、困難、可能與必然》，1982 年）周煦良在〈翻譯與理解〉（1959年）一文中則這樣說：

> 「教外國文學的人最喜歡談風格，但是，對於一個搞實際翻譯的人來說，風格卻是一個最難談得清楚的東西。我覺得，在通常情形下，它好像只是在無形中使譯者受到感染；而且譯者也是無形中把這種風格通過他的譯文去感染讀者的，所以既然是這樣情形，我看就讓風格自己去照顧自己好了，翻譯工作者大可不必為它多傷腦筋。」[44]

常乃慰是主張「譯品自有其獨特的風格價值，並不依賴於原作品」的。（〈譯文的風格〉[45]，1948 年）他這個觀點來自他的另一個基本觀點，即：「嚴格地說，一切文藝作品都是不可能翻譯的」（原作的風格當然更是不可能翻譯的）。既然如此，一部譯作實際上不過是對原作的介紹，譯者同作者一樣，也「應努力表現自己，並且表現的好」，使譯作具有自己的文學價值。如前所述，這樣的看法混淆了翻譯與創作的界限，是不可取的。（一部文學作品的譯本當然有其本身的文學價值，但這是作為譯本的文學價值，而不是作為一部「不依賴於原作品」的創作的文學價值。）

2. 「雅」和「達」的關係是什麼？

這個問題其實嚴復在《天演論‧譯例言》中已經說得很明白。他認為，「信達而外，求其爾雅」，一是為了「行遠」，二是為

---

[44] 以上引文均載前引《翻譯研究論文集（1949-1983）》，頁 133-171，頁 528。

[45] 載前引《翻譯研究論文集（1894-1948）》，頁 368。

了「求達」。「雅」和「達」是一致的，前者是為後者服務的。

但是，「用漢以前字法句法」如何反而「為達易」呢？這在現代的中國知識分子、特別是青年學生來說，恐怕不易理解（今天的青年學生讀起嚴譯名著來大概都相當困難）。不過，在嚴復看來，事情就是如此。關於這個「用漢以前字法句法」譯書的問題，歷來為不少論者所詬病，而且把它同「雅」混為一談，治絲益棼，所以有作較詳細分析的必要。

「用漢以前字法句法則為達易」分析

(一)嚴復聲稱西學中原理同中國古人所言之理皆合，所以「用漢以前字法句法則為達易。」

人們的認識不可能脫離其文化、社會、時代背景。嚴復對中國的傳統文化中的某些部分持批判的態度，如對泥古不化的保守思想、君主專制的政治制度、重本（農業）抑末（工商業）的經濟政策、以宋明理學為代表的客觀唯心主義哲學等，但在總體上，他對中國傳統文化仍持尊崇態度。他推崇西學，同時又認為西方的哲學、社會科學，甚至自然科學中的一些原理，同中國古人所言之理皆合，或可互相印證，如在〈《天演論》自序〉中說：

> 「今夫『六藝』之於中國也，所謂日月經天、江河行地者爾；而仲尼〔孔子〕之於六藝也，《易》《春秋》最嚴……及觀西人名學，則見其於格物致知之事，有內籀之術焉，有外籀之術焉……乃推卷起曰：有是哉！是固吾《易》《春秋》之學也……近二百年歐洲學術之盛，遠邁古初，其所得以為名理公例者，在在見極，不可復搖。顧吾古人之所得，往往先之……夫西學之最為切實而執其例可以御蕃變者，名、數、質、力四者之學而已。而吾《易》則名數以為經，質力以為緯，而合而名之曰《易》……赫胥黎氏此書之旨……其中所論，與吾古人有甚合者。」

又如在《群學肄言‧譯余贅語》中說：

「竊謂其書（指《群學肄言》）實兼《大學》《中庸》精義，而出之以翔實。以格致誠正為治平根本矣。」

又如在《原富‧譯例言》中說：

「謂計學創於斯密，此阿好之言也……中國自三古以還，若《大學》、若《周官》、若《管子》《孟子》、若《史記》之《平準書》《貨殖列傳》、《漢書》之《食貨志》、桓寬之《鹽鐵論》，降至唐之杜佑，宋之王安石，雖未立本幹，循條發葉，不得謂於理財之義無所發明。」

嚴復這種把西學和中學相比附的說法，有些是牽強附會的。他這樣說可以有兩種解釋：一是他確實如此認識，二是他為了使他所介紹鼓吹的西學容易為中國知識界所接受。很可能這兩方面的因素都有。不論如何，這有助於我們理解為什麼他在提出「信達雅」說時，要引經據典表明此「三者乃文章正軌」，因此「亦即為譯事楷模」；為什麼他會認為「精理微言，用漢以前字法句法，則為達易。」

（二）嚴復「用漢以前字法句法」以提高所譯西學論著的文化學術品位，從而提高『西學』的地位，使之為當時中國高級知識階層（按照「學而優則仕」的傳統，他們中很多人是有政治影響的官僚或有社會影響的名流）所重視和接受，以遂其文化救國之志。

這一點，不少學者在有關論著中均已指出：

陳之展在〈近代翻譯文學〉[46]一文（1936 年）中說，「嚴復譯書好用漢以前字法句法……這自然是他的缺點。不過他在當日要灌輸一班老先生一點西洋思想，便不得不用古雅的文章來譯，叫他們看得起譯本，因而看得起西學。這也是他譯書的一點苦

---

[46] 載羅編《翻譯論集》，頁 202。

心。」

王佐良在〈嚴復的用心〉（1982年）一文[47]中說：「他又認識到這些書〔指嚴譯的西學名著〕對於那些仍在中古的夢鄉裡酣睡的人是多麼難以下嚥的苦藥，因此他在上面塗了糖衣，這糖衣就是士大夫們所心折的漢以前的古雅文體。雅，乃是嚴復的招徠術。」

勞隴在〈「雅」義新釋〉[48]一文中說：「我們可以說，『雅』字的涵義就是運用讀者所最樂於接受的文體，使譯文得以廣泛流傳，擴大影響。從這個意義上說，『雅』這一標準似乎今天仍然是適用的。」

劉宓慶在《現代翻譯理論》（1990）一書中說：「嚴復之所以用『先秦筆韻』翻譯亞當·斯密的著作，正是他所處的時代背景及他的交際目的、交際對象的心理及接受者群體等因素決定的。」

王克非在〈論嚴復《天演論》的翻譯〉[49]一文中說：「嚴復採用古雅文體譯《天演論》是有緣由的。而且早在那時，他就講究譯文的典雅，考慮讀者是否能接受，選擇最適宜的表達形式，確實難能可貴。」

韓省之在〈近代中國翻譯先驅嚴復〉[50]一文中說，「〔嚴復〕用古雅的文章來譯『西學』，改變醉心漢以前古雅文體的士人對『西學』的輕視態度，使他們看得起譯本，克服反感心理，進而認真閱讀『西學』。實踐證明，這是一種成功的招徠術。胡適對此表示：『真可佩服，真可做我們的模範。』」

從翻譯理論研究的角度來看，嚴復作為一位翻譯家能在一百

---

[47]　載《翻譯研究論文集（1949-1983）》，頁483，外語教學與研究出版社。

[48]　《中國翻譯》，1983年第10期。

[49]　《中國翻譯》，1992年第3期。

[50]　美國《僑報》，1997年8月4日。

年前就把譯本所預期的讀者對象納入視野，並把達成交流的目的作為翻譯的首要任務，不能不說是具有極大理論價值的創見。

㈢在嚴復所處的時代，在介紹、引進外國新學術、新思想時，確實面臨著文字工具上的巨大困難。「用漢以前字法句法」是嚴復為解決這一困難所作的選擇。

當時中國知識分子所掌握的只有來自古書的詞匯和文言文。有不少新詞匯是移植日文中的漢字，更多的要靠自己創造，譯名成了當時翻譯中一大難點。至於文字，則不能不用文言文。有人用較通俗一點的、淺近一點的文言文，如梁啟超。關於林紓的譯文，雖然他也是一位古文家，但錢鍾書認為「林紓譯書所用文體是他心目中認為較通俗、較隨便、富於彈性的文言。它雖然保留若干『古文』成分，但比『古文』自由得多；在詞匯和句法上，規矩不嚴密，收容量很寬大。」[51] 嚴復這位古文家則堅決不肯「紆尊降卑」，而要堅持「用漢以前字法句法」，所以譯文古奧艱深。有趣的是，革命派如章太炎，也是一位古文家，並且一直用他的古文來寫鼓吹革命思想的文章。他為那部宣傳革命的書所取的書名《訄書》中這個「訄」字恐怕就古奧得可以。（《說文解字》：訄，迫也，從言九聲。讀若求。）今天我們回頭來看，一百年前，這些文字大師們居然能用文言像嚴復那樣譯出西方學術名著、林紓那樣譯出西方小說、蘇曼殊（1884-1918）那樣譯出英國詩人拜倫的詩作，實在不能不為之讚嘆。茅盾也曾說過，「蘇曼殊用古體詩（此所謂古體是中國詩中與近體相對而言的古體）翻譯拜倫的詩，錢稻孫用離騷體翻譯《神曲》的〈地獄篇〉的前幾

㉛ 錢鍾書〈林紓的翻譯〉，《七綴集》，頁 96，上海古籍出版社，1996 年。錢氏指出：「『古文』是中國文學史上的術語……自非一切文言都算『古文』……『古文』有兩方面，一方面就是……敘述和描寫的技巧……還有一個方面是語言。只要看林紓淵源所自的桐城派祖師方苞的教誡，我們就知道『古文』運用語言時受多少清規戒律的束縛。」

段。在我看來，他們的譯文在文采方面，都是很好的。」[52]梁啟超〈《十五小豪傑》譯後語〉（1902年）中有這樣一段話：「本書原擬依《水滸》、《紅樓》等書體裁，純用俗話。但翻譯之時，甚為困難。參用文言，勞半功倍。」[53]魯迅的早期譯作如1903年的《月界旅行》《地底旅行》，1909年的《域外小說集》，均用文言。

傅雷在〈致林以亮論翻譯書〉（約1951年）曾談到文言文和白話文的問題。他說：「白話文跟外國語文，在豐富、變化上面差得太遠。文言在這一點上比白話就占便宜。周作人說過：『倘用駢散錯雜的文言譯出，成績可比較有把握：譯文既順眼，原文意義亦不距離過遠』，這是極有見地的說法。文言有它的規律，有它的體制，任何人不能胡來，詞匯也豐富。白話文卻是剛從民間搬來的，一無規則，二無體制，各人摸索各人的，結果就要亂攪。」[54]

看了以上這些史實和引文，我們對於一百年前嚴復「用漢以前字法句法」的主張，也許就更能心平氣和地理解了。

㈣嚴復的思想未能跟隨時代前進，把「用漢以前字法句法」凝固化，這是他的歷史局限性的表現。

1902年，梁啟超在《新民叢報》上評介嚴譯《原富》，備極推崇，但接著指出：「吾輩所猶有憾者，其文章太務淵雅，刻意摹仿先秦文體，非多讀古書之人，一繙殆難索解。夫文界之宜革命久矣……況此等學理邃積之書，非以流暢銳達之筆行之，安能使學童受其益乎？著譯之業，將以播文明思想於國民也，非為藏山不朽之名譽也。文人結習，吾不能為賢者諱矣。」[55]嚴在復信中對梁的推崇表示「慚顏」，自謙於西學中學均造詣不深，「其所

---

[52] 〈茅盾譯文選集自序〉，載《翻譯研究論文集（1949-1983）》，頁18。
[53] 載羅編《翻譯論集》，頁130。
[54] 載羅編《翻譯論集》，頁546。
[55] 《新民叢報》，第2期。

勞苦而僅得者，徒文辭耳」，所以對梁批評他的文辭，完全不能接受。他在復信中說，「文辭者，載理想之羽翼，而以達情感之聲音也。是故理之精者不能載以粗獷之詞，而情之正者不可達以鄙倍之氣。中國文之美者，莫若司馬遷、韓愈……愈之言曰：『文無難易唯其是』。僕之於文，非務淵雅也，務其是耳。」他的意思是，他並非追求「淵雅」，只是因為他所譯者皆西方「學理邃積之書」，如此高水平的書只有用司馬遷、韓愈這樣高水平的文辭才相稱，才能作完美的表達。接著他就對「文界革命」加以抨擊。他說：

「文界復何革命之與有？……若徒為近俗之辭，以取便市井鄉僻之不學，此於文界乃所謂陵遲，非革命也。且不佞之所從事者，學理邃積之書也，非以餉學童而望其受益也，吾譯正以待多讀中國古書之人。」又說，「夫著譯之業，何一非以播文明思想於國民，第其為之也，功候有深淺，境地有等差，不可混而一之也。慕藏山不朽之名譽，所不必也。苟然為之，言龐意纖，使其文之行於時，若蜉蝣旦暮之已化，此報館之文章，亦大雅之所譏也。故曰：聲之眇者不可同於眾人之耳，形之美者不可混於世俗之目，辭之衍者不可回於庸夫之聽。非不欲其喻諸人人也，勢不可耳。」㊶這些話清楚地表明他十分輕視所謂「近俗之辭」「報館之文章」，同樣輕視所謂「眾人」「世俗」「庸夫」。這些保守觀點使他在十七年後「五四」文學革命中把自己置於這一革命的對立面。這是他的歷史局限性，是令人惋惜的。㊷

㊶　嚴復〈與梁任公論所譯《原富》書〉，載羅編《翻譯論集》，頁 140-142。

㊷　關於嚴復「用漢以前字法句法」譯書，鄒振環在〈中國近代翻譯史上的嚴復與伍光建〉一文中作了較為全面、深刻的評論。鄒文中說，「他〔嚴復〕的錯誤並不在於用『漢以前字法句法』譯出西書以迎合士大夫的口味，他尋找到自己的讀者群體這一點正是他之所以成功的原因所在；但他把用文言這一傳統的載體來傳播新思想，以舊軀殼容納新血肉的形式，不是視為文化轉型時期不得不採用的一種過渡的方法，而是確認為文化傳播中天經地義的必然規則。」載《1993 年嚴復國際學術研討會論文集》，海峽文藝出版社，1995 年。

3. 「雅」與「信」的關係是什麼？

前面的討論已經說明，嚴復「求其爾雅」一為「行遠」，二為「求達」，而「為達即所以為信」。由此觀之，「雅」和「信」也是一致的，「雅」也是為「信」服務的。王佐良在〈嚴復的用心〉一文中有這樣一段非常精闢的話：「嚴復的『雅』是同他的第一，亦即最重要的一點——『信』——緊密相連的。換言之，雅不是美化，不是把一篇原來不典雅的文章譯得很典雅，而是指一種努力，要傳達一種比詞、句的簡單的含義更高更精微的東西：原作者的心智特點，原作的精神光澤。」

但是現在有一些關於嚴復及其翻譯的論著卻總是認為嚴復把「雅」看得比「信」還重，甚至指責他「以文害意」。這種說法近乎武斷。嚴復對待翻譯的態度非常嚴肅，把「信」看得最重要，這是歷來為世公認的。凡譯者自己的話為原文所無或對原文在翻譯時的「顛倒附益」，他都在譯者前言中說明。他甚至因為《天演論》的翻譯沒有完全按照他的「信」的標準去做，而「題曰達恉，不云筆譯」，還特別說明「實非正法」「學我者病」。（許多有關論著均已指出，嚴復所以這樣譯《天演論》是為了傳播新思想的需要，也是因為他不同意赫胥黎的某些觀點。）他從來沒有為了追求譯文文字上的漂亮去更變或刪削原文，或者碰到原文中難以索解之處就「超越」或含混過去。《清史稿・嚴復本傳》稱他「精歐西文字，所譯書以瑰辭達奧旨。」[58]這裡的「以瑰辭達奧旨」六字真可謂一字千鈞，入木三分。

「與其傷絜，毋寧失真」辨

個別批判嚴復的文章，引述「與其傷絜，毋寧失真」一語，

58　《嚴復集》，第五冊，中華書局，1986 年。

作為他「以文害意」的「罪證」。這是一樁「冤案」，因為這話不是嚴復說的，而說這話的吳汝綸，其本意也並非認為可以「以文害意」。

吳汝綸是桐城派古文大師，嚴復曾師事之，對他是很尊敬的。1903 年吳去世時，嚴集玉谿劍南詩句挽之曰：「平生風義兼師友，天下英雄唯使君」，可見兩人關係。就當時的歷史條件看，吳思想上並不守舊。嚴復常說，「吾國人中舊學淹貫而不圖夷新知者，湘陰郭侍郎〔嵩燾，曾出使英國〕後吳京卿〔指吳汝綸〕一人而已。」[59]他對嚴復翻譯西方學術名著以遂其愛國救國之志，十分讚賞和支持；嚴復也先後將《天演論》《原富》譯稿送吳請其作序，還就一些翻譯原則問題請教。吳欣然命筆，並在信中發表了自己的看法。關於《天演論》的翻譯，他在信中說：

> 「本執事忠憤所發，特借赫胥黎之書，用為主文譎諫之資而已，必繩之以否人之法，固執事所不樂居，亦大失述作之深恉，顧蒙意尚有不能盡無私疑者，以謂執事若自為一書，則可縱意馳騁，若以譯赫氏之書為名，則篇中所引古書古事，皆宜以元〔原〕書所稱西方者為當，似不必改用中國人語，以中事中文固非赫氏所及知。法宜如晉宋名流所譯佛書，與中儒著述，顯分體制，似為入式。此在大著雖為小節，又已見之例言，然究不若純用元書之為尤美。」[60]

這段話說明吳不贊成嚴的「換例譯法」，即用「中事中文」來取代原書中的「西事西文」（如《天演論・導言十三・制私》用「李將軍〔廣〕必取霸陵尉而殺之」取代原書中「埃及之哈猛必取摩德開而梟之高竿之上」的故事），主張「純用元書」。可見吳雖不通西文，但很重視翻譯之「信」。

---

[59]　王蘧常《嚴幾道年譜》，商務印書館，1936 年 8 月再版。
[60]　同前書。

兩年後，在看完《原富》譯稿給嚴的復信中，他寫道：

　　「來示謂行文欲求爾雅，有不可闌入之字，改竄則失真，因仍則傷絜〔潔〕，此誠難事。鄙意與其傷絜〔潔〕，毋寧失真，凡瑣屑不足道之事，不記何傷？若名之為文，里俗鄙棄，薦紳所不道，此則昔之知言者無不懸為戒律，曾氏所謂辭氣遠鄙也。

　　「文固有化俗為雅之一法，如左氏之言馬矢、莊子之言矢溺、公羊之言登來、太史之言夥頤，在當時固皆以里語為文，而不失為雅。若范書所載鐵脛尤來大槍五樓王蟠等名目，竊料太史公執筆，必皆芟薙不書，不然，勝廣項氏時必多有里鄙不經之事，何以《史記》中絕不一見，如今時鴉片館等，此自難入文，削之似不為過。倘令為林文忠作傳，則燒鴉片之事，固當大書特書，但必敘明原委，如史公之記平準、班氏之敘鹽鐵論耳。亦非一切割棄，至失事實也。」[61]

　　「與其傷絜，毋寧失真」一語出處在此。上面較為完整地引用這一段話，由此不難看出吳的本意。他的意見是：

　　第一，按照桐城派祖師方苞及其他大師們立下的規矩，古文的禁忌很多，以保持他們所認為的語言文字的純潔性。翻譯時遇到這些「不可闌入之字」，原則上不妨刪除，因為這些字講的大多是「瑣屑不足道之事」，「不記何傷」。

　　第二，有一些俚俗之語，在《左傳》《莊子》《公羊傳》《史記》等經典中都用了，所以已經「化俗為雅」了。

　　第三，有些「俚鄙不經之事」如鴉片館，「自難入文」，但也要看具體情況。如為林則徐作傳，則「燒鴉片之事，固當大書特書」。總之，不能因為單純考慮語文的純潔性而「一切割棄，至失事實」。

---

[61]　同前書。

今天看來，古文家的那些清規戒律似乎毫無道理，在這裡我們不去研究。我們需要了解的是吳汝綸這句話是有前提條件的、有限制的。如果他認為「不可闌入之字」講的是「瑣屑不足道之事」，那麼可以刪掉。（我們現在不是還常用××來代替那些粗俗不堪的字眼嗎？）如果原來是「俚俗之語」而古代典籍中已用，那就算已經「化俗為雅」，使用無妨。有些「鄙俚不經之事」，入不入文，要看具體情況而定。當然他這些意見今天看來顯得保守（甚至迂腐），但他確實並無「寧雅而不信」的意思，這從他與嚴復討論譯事的全部史料中不難得到證明。我們似應還這位古文泰斗以公道。

54

論信達雅

第 三 章

各家對「信、達、雅」說的
評價及各種新說

　　嚴復的「信、達、雅」說百年來在我國產生巨大影響，對我國翻譯事業一直發揮著主導作用，同時也不斷地受到批評，以至指責。為了對「信達雅」說作深入一層的研究，我們有必要先對過去各家對它的評價作一個綜合考察。就本書作者十多年來所能收集到的材料看，大體上可以分成三類：

　　第一類肯定，並認為對當前的翻譯工作仍有積極作用或指導意義。有人還進一步指出，應對「信達雅」說加以發展、充實、提高。

　　第二類大體肯定或不否定，但認為宜修訂或代之以新說。

　　第三類否定（包括有人只承認「信」而從整體上對「信達雅」說持否定態度）。

　　另有人不正面對「信達雅」說作出評論或避而不談，只提出自己的見解或主張。

　　下面就按以上的分類，把各家的評價按資料發表年代的先後摘要羅列①，請讀者來作一次「總檢閱」。

---

① 同一學者在不同年份如對「信達雅」說的評價不同，則以最近的評價為準。

一、第一類：肯　　定

梁　啓　超

　　譯書有二蔽，一曰徇華文而失西義，二曰徇西文而梗華讀
……凡譯書者，將使人深知其意，苟其意靡失，雖取其文而刪增
之，顛倒之，未為害也。然必譯者之所學與著書者之所學相去不
遠，乃可以語於是。近嚴又陵新譯治功《天演論》，用此道也。
（〈論譯書〉，1896 年）＊130 ②

　　譯事之難久矣。近人嚴復，標信達雅三義，可謂知言，然兼
之實難。語其體要，則惟先信然後求達，先達然後求雅。（《佛
典之翻譯》，《飲冰室合集・專集》第十四冊，頁 64，中華書局，
1922 年）

胡　　適

　　嚴復是介紹西洋近世思想的第一人……自從《天演論》出版
（1898）以後，中國學者方才漸漸知道西洋除了槍炮兵船之外，
還有精到的哲學思想可以供我們採用。但這是思想史上的事，我
們可以不談。我們在這裡應該討論的是嚴復譯書的文體。《天演
論》有「例言」幾條，中有云：「譯事三難信達雅……」這些話
都是當日的實情。當時自然不便用白話，若用白話，便沒有人讀
了。八股式的文章更不適用。所以嚴復譯書的文體，是當日不得
已的辦法……嚴復用古文譯書，正如前清官僚戴著紅頂子演說，
很能抬高譯書的身價，故能使當日的古文大家認為「駸駸與晚周

---

　　② 本章引文出處凡標＊者載羅新璋編《翻譯論集》，凡標＊＊者均載中國譯協《翻譯通
訊》編輯部編《翻譯研究論文集》，上冊（1894-1948）、下冊（1949-1983），外語教學與
研究出版社，北京，1984 年。＊後數字為出處頁碼。

諸子相上下」。……嚴復的英文與古中文的程度都很高，他又很用心，不肯苟且，故雖用一種死文字，還能勉強做到一個「達」字。他對於譯書的用心與鄭重，真可佩服，真可做我們的模範……嚴譯的書所以能成功，大部分是靠著這「一名之立，旬月踟躕」的精神。有了這種精神，無論用古文白話，都可以成功……嚴復譯的書，有幾種——《天演論》、《群己權界論》、《群學肄言》——在原文本有文學的價值，他的譯本在古文學史也應該占一個很高的地位……用古文譯小說，固然也可以做到「信、達、雅」三個字——如同周氏兄弟〔周作人同他的哥哥〕的小說——但所得終不償所失，究竟免不了最後的失敗。（《五十年來中國之文學》，1922 年，據《胡適文存》二集卷二，頁 115-118，上海亞東圖書館出版）

胡 先 驌

　　嚴氏譯文之佳處，在其殫思竭慮，一字不苟……故其譯筆信達雅三者俱備。吾嘗取《群己權界論》《社會通詮》，與原文對觀，見其義無不達，句無剩義……要為從事翻譯者永久之模範也。（轉引自賀麟〈嚴復的翻譯〉）*152

郁 達 夫

　　信、達、雅的三字，是翻譯界的金科玉律，盡人皆知……這三字是翻譯的外的條件……我……更想舉出「學」、「思」「得」的三個字來，作為翻譯者的內的條件。（〈讀了瑝生的譯詩而論及於翻譯〉，1924 年）*390

　　我國翻譯的標準，也就是翻譯界的金科玉律，當然是嚴幾道先生提出的「信、達、雅」三個條件……這三個翻譯標準，當然在現代也一樣的可以通用。（《語及翻譯》）

　　我總以為能做到信、達、雅三步功夫的，就是上品。（《幾

個偉大的作家》譯者序引）

賀　　麟

嚴復在翻譯史上第二個大影響，就是翻譯標準的釐定……嚴復既首先提出三個標準，後來譯書的人，總難免不受他這三個標準支配。（〈嚴復的翻譯〉，1925 年）*150

曾樸（孟樸）

譯書只有信、雅、達三個任務，能信，能雅，能達，三件都做到了，便算成功了。譯詩卻不然，譯詩有五個任務哩。（〈讀張鳳用各體詩譯外國詩的實驗〉，1929 年）**上冊 211

柳詒徵

近世譯才，以侯官嚴復為稱首。其譯赫胥黎《天演論》，標舉譯例，最中肯綮。（《中國文化史》下冊，頁 442，南京鍾山書局，1932 年）

李培恩

夫所謂「信」者即將原文之意義，以極忠實之譯筆表而出之者也；「達」者，文意明暢，無晦澀模棱之弊之謂也；「雅」則須文字雅馴，富有美感，不獨譯原文之意，且兼原文之美，有時其文字之美或且超過原文者也。不過「信達雅」三者，未必盡人而能之，且未必一切譯文得兼而有之也。惟譯文最低限度亦必謹守一「信」字。（〈論翻譯〉，1935 年）**上冊 281

吳獻書

翻譯是將一種文字之真義全部移至另一種文字而絕不失其風格和神韻……嚴幾道……「信、達、雅」三字就成了這幾十年來

的翻譯原則；批評翻譯的人亦大都把這三字作標準。實則現在我們意中的「信、達、雅」與嚴氏的「信、達、雅」幾已完全不同了……我們現在對於這三字的解釋是：⑴「信」：對於原文忠實……⑵「達」：譯文明白曉暢……⑶「雅」：譯文文字優雅……我們若不喜另立新名目，而把這三字照上列⑴⑵⑶解釋，則這三字仍可作現代翻譯的標準。（《英文漢譯的理論與實際》，頁 5-6，開明書店，1949 年第四版）

木　曾

信達雅三原則乃是一切翻譯工作的標準……鄙意以為譯書之事最緊要者是信，是達，信乃是求其確實，達乃是求其通順，前者是對於原文而言。如果譯文誠能信矣、達矣，則雅的成分亦自然含其中。所謂雅乃信達二者之附庸。（〈翻譯釋義〉，1941年）**上冊 369

常　乃　慰

以信達雅三事稱為「文章之正軌，譯事之楷模」，真是極中肯要的認識。進而論之，信達雅三事並不僅是要兼顧並重，實有因果相生的關連：由信而求達，由達而至雅；雅是風格的完成，信是創作的基礎，達是表現的過程，由信而至雅的橋樑……三事是無論作家或譯家共同必需的修養。（〈譯文的風格〉，1948年）**上冊 369

郭　沫　若

嚴復對翻譯工作有很多的貢獻，他曾經主張翻譯要具備信、達、雅三個條件。我認為他這種主張是很重要的，也是很完備的。翻譯文學作品尤其需要第三個條件，因為譯文同樣應該是一件藝術品。（〈談文學翻譯工作〉，1954 年）*498

翻譯工作很重要，而且很費力。原則上說來，嚴復的「信達雅」說，確實是必備的條件……如果是文學作品……三條件不僅缺一不可，而且是在信達之外，愈雅愈好。所謂「雅」不是高深或講修飾，而是文學價值或藝術價值比較高……如果是科學著作，條件便可不必那麼嚴格……如果能做到信達雅，不消說是更好。法國科學家同樣講究文章風格，科學文字能夠帶上藝術價值，那是會更加引人入勝，對於科學活動有好處，決無害處。（〈關於翻譯標準問題〉，1955 年）*500

中共中央馬恩列斯著作編譯局校審室

「信、達、雅」的辯證的統一是譯校工作必須遵守的原則……「信」是主要的，不「信」就談不上「達」，「雅」是「達」的進一步的發展。（〈集體譯校《斯大林全集》第一、二兩卷的一些體驗〉，《俄文教學》1954 年第 3 期）*600

何　匡

「信」「達」「雅」翻譯標準，在今天看來，是完備的，是缺一不可的……翻譯標準「信」「達」「雅」是嚴復提出的，這是他的一個貢獻……我們所提出的翻譯標準和嚴復的翻譯標準是有區別的……但兩者間的某種聯繫，也不能加以否認。（〈論翻譯標準〉，1955 年）*616

王　汝　丰

他〔嚴復〕的翻譯，不論在質和量上，都已經在中國翻譯事業史上，寫下了新的一頁。從他對翻譯的要求來說，那是很嚴格的，曾經提出過「信、達、雅」三個標準，至今仍值得作為譯事之楷模。（〈嚴復思想試探 —— 嚴復之翻譯及其思想之初步試探〉，原載《中國近代思想家研究論文選》，三聯書店，1957 年

版，轉引自《論嚴復與嚴譯名著》，頁66，商務印書館，1982年，北京）

卞之琳、葉水夫、袁可嘉、陳燊

「信、達、雅」標準早已成了我國的傳統翻譯標準，我們今天也沒有否定它的必要。用通俗的話來說，「信」是對原著內容忠實，「達」是譯文暢達，「雅」是譯文優美。這裡包含了相當於內容、語言和風格這三個方面……這個先後排列有序的「信、達、雅」標準，在具體分析一般譯品的場合，到今天也還可以應用。（〈藝術性翻譯問題和詩歌翻譯問題〉，1959年）*654

外文出版社

「信、達、雅」是鑒別譯文好壞的標準……「信」……即忠實於原文的意思、事實、語氣和風格……「達」……即是說這種民族語言的讀者不費過多的思索和推敲就能夠看懂譯文，正確地了解原意……「雅」……即文字流暢、簡潔、生動、詞匯豐富……「信」和「達、雅」是一個問題的兩個方面……是矛盾的統一……「信」說的是譯文與原文的關係……「達、雅」說的是譯文與讀者的關係……對原作負責和對讀者負責是一致的，二者不是主從的關係。我們提倡譯者應該力求做到「信、達、雅」三者兼顧。（〈關於翻譯工作的幾個問題〉，1962年。載沈蘇儒著《對外報導業務基礎》，頁224-5。1992年增訂版，今日中國出版社，北京）

按：在外文出版社基礎上於1963年建立的中國外文出版發行事業局（中國對外出版集團），多數翻譯工作者仍一直以「信、達、雅」為指針。在該局出版的刊物《對外大傳播》1997年第6期上發表的三篇文章中都談到這一點。《人民畫報》社張世選說，「翻譯是外文局翻譯人員的基本工作。自從嚴復提出『信、達、

雅』的口號後，『信、達、雅』幾乎成了檢驗翻譯水平的唯一準繩。然而，對這三個字的理解，則除了基本相同的一面外，還有見仁見智的一面。此外，不同的內容對『信、達、雅』的要求也不盡相同。概而言之，信者誠實也，即譯文要忠實於原文；達者通達流暢也，即譯文要讓讀者看得懂，表達意思要完全；雅者優美也，即譯文要像藝術品一樣對讀者具有吸引力，讀來有滋有味。」外文出版社梁良興說：「從事對外宣傳的翻譯……除了要遵循信、達、雅的翻譯原則外，還應該具有較強的對外宣傳意識。」《中國報導》社陸彬生也說，「翻譯要遵循的原則是『信、達、雅』」。

徐 永 瑛

嚴復的「信達雅」顯然直到今天還是一般人公認的翻譯標準……嚴復顯然是著重「信達雅」的一致性的。（〈論翻譯的矛盾統一〉，1963 年）*681-3

張 振 玉

侯官嚴氏為我國近代譯界之巨擘……嘗謂翻譯當以信、達、雅為準則，於漢譯《天演論》例言中曾暢言之……上論為嚴氏翻譯理論要點，除最後一項〔「用漢以前字法句法則為達易……」〕外，皆係千古不刊之論。（《譯學概論》，頁 22-25，1968 年三版，台灣台北）

茅 盾

清朝末年，嚴復翻譯哲學、社會科學方面的著作，提出信、達、雅三個要求。信即忠於原文；達即譯文能使別人看懂，雅即譯文要有文采……「五四」運動前後開始用白話文翻譯……多數人開始認真注意「信、達、雅」了。「直譯」……就是強調要忠

於原文，在忠於原文的基礎上達到「達」和「雅」……收在本集子中的作品，都是我年輕時翻譯的……在二、三十年代翻譯的……是否做到信、達、雅，請讀者批評指正。（〈《茅盾譯文選集》序〉，1980 年）*518-521

錢 歌 川

嚴復是中國最偉大的翻譯家……他……說：「譯事三難：信、達、雅。」這就成了我們六十年來的翻譯的原則……上面說的嚴復和 Tytler 等人所擬定的標準，還是值得我們遵守的。（〈論翻譯〉，載《翻譯漫談》，頁 2，中國對外翻譯出版公司，1980 年，北京）

馬 谷 城

「譯事三難：信、達、雅……」這是翻譯家嚴復的真灼見解。「信、達、雅」的要求，大體上也就相當於我們今天的「正確、通順、易懂」六字標準……科技英語翻譯與文學作品翻譯的要求不盡相同。但是我們卻不能因此就得出結論說，科技英語翻譯可以不講「信、達、雅」了……（〈漫談科技英語翻譯──「信、達、雅」小議〉，1980 年）**下冊 345

許 淵 冲

嚴復……說：「譯事三難：信、達、雅。」後來一般就把「信、達、雅」當作翻譯的標準……嚴復生在使用文言文的時代，所以提出文要古雅；到了使用白話文的今天，「雅」字就不能再局限於古雅的原義，而應該是指注重修辭的意思了……我認為，忠實於原文內容，通順的譯文形式，發揚譯文的〔語言〕優勢，可以當作文學翻譯的標準。如果要古為今用，概括一下，就可以說是「信、達、雅」。（〈翻譯的標準〉，1981 年，載《翻

譯的藝術》（論文集），頁 9-14，中國對外翻譯出版公司，1984
年，北京）

張 樹 柏

　　談起翻譯，有不少人就會提出許多理論來。我國最著名的理
論，當推嚴復譯《天演論》時所提出的「信、達、雅」的理論。
（〈談談科技論文的翻譯〉，劉靖之編《翻譯論集》，香港三聯書
店，1981 年）**下冊 331

王 佐 良

　　就在《天演論》的卷頭凡例裡，嚴復提出了他的「三點論」：
「譯事三難……」這是一段名文，是近代中國最有名的翻譯理
論，後來討論翻譯的人很少不引它的……拿實踐來檢驗他的理
論，我們就容易看出：他之所謂「信」是指為這樣的讀者〔按：
指當時對西洋文化無興趣、甚至有反感的中國知識分子〕準確傳
達原作的內容，「達」是指盡量運用他們所習見的表達方式，
「雅」是指通過藝術地再現和加強原作的風格特色來吸引他們。
吸引心目中預定的讀者──這是任何譯者所不能忽視的大事。
（〈嚴復的用心〉，1981 年）*下冊 482-4

　　嚴復的歷史功績不可沒。「信、達、雅」是很好的經驗總
結，說法精練之至，所以能持久地吸引人。（〈新時期的翻譯
觀〉，《中國翻譯》，1987 年第 5 期）

姜 椿 芳

　　清末的大翻譯家嚴復把資本主義的經典著作系統地介紹到國
內來，他也是我國翻譯史上明確提出「信達雅」翻譯標準的第一
人。（1982 年 6 月 23 日在中國翻譯工作者協會成立大會上的講
話，《翻譯通訊》，1982 年第 5 期）

周 煦 良

我同意沈蘇儒先生〈論信、達、雅〉的文章，要談翻譯標
準，還是信、達、雅好。我也同意他的結論：「歷史已經證明，
『信、達、雅』理論八十年來一直在對我國的翻譯工作起著指導
作用，至今還有它的生命力。許多學者先後提出過各種不同的翻
譯原則（標準），但看來還沒有一種能夠完全取代它……」。
……今天要我解釋信、達、雅，我會說，信就是忠實於原文的意
義，達就是使譯文能使人看得懂，雅就是和原文的內容和體裁相
稱，要得體……信、達、雅標準的好處在於它既不空洞，又不重
疊，就像多、快、好、省一樣，去一不可，添一不可，然而在指
導實踐、檢查實踐成果上卻最有效用。它是必要的，又是足夠
的。（〈翻譯三論〉，1982 年）*972-4

戈 寶 權

嚴復的這段話〔指《天演論・譯例言》首段〕和他對翻譯提出
的「信、達、雅」的要求，多年來雖然有過不同的理解和討論，
甚至還受到過各種批評，但作為一個精於譯事的人來說，他在這
裡是一語道破了翻譯工作的全部艱難與辛苦！（〈漫談譯事
難〉，1983 年）**566

齊 宗 華

筆譯工作者多年來都在不同程度上遵循「信、達、雅」的原
則從事翻譯，並在這個基礎上，結合自己的實踐，發展了各種理
論和見解。但無論是什麼主張，一般都承認「信、達、雅」三者
相輔相成，缺一不可。口譯則更多要求「信」和「達」……。
（〈略論口譯〉，1983 年）**576

葉 君 健

　　我覺得我國最早的一位態度非常嚴肅的翻譯家嚴復對翻譯工作所提出的標準，即「信」「達」「雅」，仍不失為我們從事這種工作的人的一個較切合實際的標準。實際上，這應該也是世界各國從事翻譯工作的人的一個準繩，有普遍意義，可以適用於任何文字的翻譯。（〈關於文學作品翻譯的一點體會〉，1983 年）**551

　　他〔嚴復〕為他的譯文定下了一條標準。這條標準對任何嚴肅的翻譯家都適用，即「信」、「達」、「雅」。這條標準實際上也為中國以後的翻譯家所遵循，直到今天。（〈文學翻譯問題〉，《中國翻譯》，1992 年第 4 期）

　　中國現代的翻譯大師嚴復曾為翻譯定下一個標準，即「信、達、雅」。他自己也身體力行，做出了成績，在中國文化啟蒙運動中起了推動的作用……「信」和「達」屬於技術的範疇，但「雅」則牽涉到譯者的個性、品格和修養了。沒有「雅」，譯文也就沒有個性。一部文學作品是否在另一種文字中具有特色，要看它的譯文是否具有個性。一部文學作品在被移植到另一種文字中時，最低的要求當然是「信」和「達」，但是能否把原作的精神表達出來則是另一個問題，而且是一個最重要的問題。（〈翻譯也要出「精品」〉，《中國翻譯》，1997 年第 1 期）

陳 忠 華

　　科技英語的漢譯，首要的標準是準確，即通常所謂的「信」，這是不言而喻的；但是，「達」和「雅」這兩個因素也同樣不應忽視。當然，科技翻譯的「雅」與文學翻譯的「雅」有所不同。概括地講，科技英語漢譯的「雅」就是簡潔明快、流暢通順，體現科技英語的特點。「達」和「雅」是構成英語翻譯質量標準的

又一個方面。可以說，欠缺「達」和「雅」的譯文不是好的譯
文。（〈談科技英語漢譯的「達」和「雅」〉，《中國翻譯》，
1984年第1期）

杉　彬

信達雅之為我國近代翻譯學的學科基礎，已是歷史奠定的地
位……假如說近代有一種主導的翻譯思想，那麼嚴復的譯論，可
說是一種影響深遠的學說；而且，整個近代翻譯思想所達到的高
度，似乎還沒超越作為翻譯家的嚴復一人……「譯事三難」作為
一個系統來看，信達雅之間便是相互聯繫、相互制約、相互調節
的關係……信達雅為一相互聯繫的整體，達以盡信而未必能完全
盡信，雅補信之所失而又受信之制約，彼此調節，相輔相成，趨
於極致，便「化」為一體。（〈此「本」不「失」，便不成翻
譯〉，《中國翻譯》，1985年第10期）

范守義

筆者以為嚴復的譯法正確，只是沒譯好而已……嚴復強調意
譯（雖然他並未使用這一術語）正是由於他注意到中、西兩種語
言的結構相異……

以上……翻譯標準之中，主要談一個「信」字；翻譯方法之
中，主要談一個「達」字；而翻譯與風格中，則主要談一個
「雅」字。筆者認為「信、達、雅」三者之關係缺一不可，可以
成為翻譯的標準。（〈評翻譯界五十年（1894-1948）的爭論〉，
《中國翻譯》，1986年第1期）

于明學

「譯事三難：信、達、雅」。這一翻譯標準，在近百年的譯
事史中，已基本為我國翻譯界所公認……筆者認為「信、達、

雅」同樣也是衡量科普作品翻譯水平，把知識盡善盡美地傳達給讀者的保證。而且，「信、達、雅」三項標準是不可分割地有機結合在一起的，只有三者渾然一體，才能保證譯作達到完美的境界。（〈科普翻譯中的信、達、雅〉，《中國翻譯》，1986 年第 3 期）

李 泰 然

出類拔萃的翻譯家嚴復就提倡要以信、達、雅為翻譯準繩，並且給後人留下了《天演論》等著名譯作。（〈翻譯——文化的移植〉，《中國翻譯》，1988 年第 2 期）

黃　龍

「漢以前字法句法」（嚴復），自今日觀之，似嫌泥古，但在嚴復時代並非鮮見，故嚴氏用之，未可厚非，豈可以今苛古？「顧信矣不達，雖譯猶不譯也。」孰云其非？「不斤斤於字比句次」，可免「僵譯」之弊。「時有所顛倒附益」，是調整語序，譯其情長而補其言短也，此乃翻譯之「正法」。況「時」指「時或」而非「始終」，在翻譯過程中時或適當擴詞與顛倒語序，殆不可免，何咎之有?!嚴復自謙，「實非正法」，千秋功罪，誰與評說?!本書〔指所著《翻譯學》〕力主對「信、達、雅」賦予新意義與新内容，寓信於達雅，反之亦然。三者互為表裡，互相制約，相輔相成，相得益彰，不可偏廢。（《翻譯學》，*Translatology* 中文序，第 3 頁，江蘇教育出版社，1988 年）

黃 邦 杰

嚴復為了譯書，曾對佛經翻譯的方法加以研究，又經過大量的翻譯實踐，才得以簡明扼要地提出「信、達、雅」這一具有深遠影響的翻譯準則。「信、達、雅」的提法是中國翻譯傳統的一

部分……「信、達、雅」雖然是簡簡單單的三個字，卻足以概括翻譯的要求和標準，道出譯者深切的感受，明確做翻譯的路向……「信、達、雅」這一概念早已在中國的翻譯工作者和研究者心中根深蒂固。「信、達、雅」這個詞可以說是 self-explana-tory，不必多作解釋。（〈翻譯研究的路向〉，《中國翻譯》，1989 年第 3 期）

勞隴（許景淵）

嚴復的「信、達、雅」說一向被認為我國傳統翻譯理論的代表，近百年來不斷地為翻譯家所引用，至今仍有人認為「還是信、達、雅好」。奈達和紐馬克則是當代西方譯學家中具有代表性的人物，他們的理論在西方翻譯界有很大的影響……這三家的學說，探索的途徑不同，表達的方式各異，看起來似乎相差懸殊。但是我們如果仔細分析其內含的意義，就會認識到其基本原理是一致的，彼此的論點是可以相通的。（〈「殊途同歸」──試論嚴復、奈達和紐馬克翻譯理論的一致性〉，《外國語》，1990年第 5 期，上海）

方　文　惠

翻譯者要求獲得兩種語言之間的信息近似值，就不能不進行對比分析，於異中求同，同中求異，達到「信、達、雅」的標準。（《英漢對比語言學》，頁 9，福建人民出版社，1991 年）

陳　福　康

「信、達、雅」三字理論的提出，繼往開來，言簡意賅，意義重大，影響深遠……自嚴復於十九世紀末提出這三個字，近百年來一直受到大多數中國翻譯工作者的贊同；或雖不完全贊同，但認為可以修訂後採用。當然，它也一而再、再而三地受到一些

人的反對，但始終不倒，仍然屹立著，一直指導著中國的翻譯工作者和譯學研究者。即使不喜歡這三個字的人，也無法否認這一事實。這是很值得人們深思的。（《中國譯學理論史稿》，頁123-124，上海外語教育出版社，1992 年）

鄒 振 環

「譯事三難，信、達、雅」作為一種完整的翻譯標準，已被譯界所普遍接受，儘管各家對於「信、達、雅」所包含的內涵，是有著不同的理解。（〈中國近代翻譯史上的嚴復與伍光建〉，載《1993 年嚴復國際學術研討會論文集》，頁 527，海峽文藝出版社，1995 年）

徐守平、徐守勤

以「修辭立誠」作為譯事楷模，就是要求譯文言辭必須服從原文的真實，此即嚴復所謂「信」的具體內容……以「辭達而已」作為譯事楷模，就是要求譯文須通順流暢，能表達出原文的意思，但不能節外生枝，任意增添。此即「達」的具體內容……「言之無文，行之不遠」……以此作為譯事楷模，則要求譯者修飾文辭，否則譯作便流傳不遠……這種修飾……必須服從原文的真實……此即嚴復所謂「雅」的本義……他使用漢以前字法、句法進行譯述，完全是順應時勢的做法，也說明了他深諳接受美學。後世據此便將「爾雅」解釋為「古雅」、「文雅」，並進而否定嚴復作為翻譯理論提出的「雅」，實在是斷章取義，是以其譯述方法的不同來否定其理論的正確性……今人研究嚴復的翻譯理論和譯作，首先應考慮其所處時代及當時的語言習慣，方能正確理解其觀點和方法，以為今日翻譯實踐的指導和借鑒……嚴氏所主張的「雅」更是對泰特勒三原則的發展……無論如何變化，任何譯者都必須通過對譯文文辭的修飾，一方面再現原作的藝術

風格，另一方面順應其所處時代的語言習慣……所謂「雅」的涵義在今日應是通過修飾譯文文辭，以再現原作的語言風格。它不僅可作為衡量譯作優劣的一種標準，也是我們從事翻譯時不可忽視的重要因素。（〈「雅」義小論──重讀《天演論・譯例言》〉，《中國翻譯》，1994 年第 5 期）

林汝昌、李曼珏

「信、達、雅」或「信、達、切」之可取在於它只給譯者一個極其籠統的原則。它們並不是什麼模式，而僅僅是對譯者的一個宏觀的要求，這是根據漢語的特點提出的……就英漢翻譯而言，「信、達、雅」或「信、達、切」仍不失為一個好的標準。（〈翻譯、翻譯模式與對等譯論〉，《中國翻譯》，1995 年第 3 期）

葉 篤 庄

嚴復的「信、達、雅」同時應是科技翻譯的標準。（王册與葉訪談錄，載《群言》，1995 年第 9 期，北京）

張 經 浩

嚴復的「信、達、雅」正確、全面概括了翻譯的標準，用字又極為精煉，在我國的影響最為廣泛。既然現在並無人提出比嚴復更為高明的說法，所以，談翻譯的標準還是以採用「信、達、雅」為好。（《譯論》，頁 51，1996 年，湖南教育出版社）

郭 宏 安

文學翻譯的最高境界是傳達出原作的風格……也就是在「信」、「達」的基礎上再滿足「雅」的要求。我以文學性解「雅」，故「雅」不是「不俗」，而是當雅則雅、當俗則俗，雅

俗皆具文學性。文學性者，風格之謂也。（〈自設藩籬，循跡而行〉，《中華讀書報》，1996 年 10 月 2 日，北京）

韓 滬 麟

翻譯領域……外國在這方面的論述不能算少，據行家說也是「一團亂麻」，中國在這方面的專著雖不多見，但議論卻不少……我看都不如嚴復在上個世紀末提出的「信達雅」標準來得精煉概括，明確易懂，經久耐用。……傅雷的譯文幾乎一致公認為「信達雅」的典範。（〈翻譯首先得實事求是〉，《中華讀書報》，1996 年 10 月 23 日，北京）

陳 全 明

嚴復的翻譯思想有著獨特而完整的系統理論……嚴復首倡的「信、達、雅」翻譯標準，既言簡意賅、層次分明、主次突出，又極為全面、系統、完整。因此，嚴氏的這「三字」翻譯標準不但一直被我國翻譯界所公認，而且至今也不失具有重要的現實指導意義……當今這些有了新的變化而提法不同的翻譯標準，無一不是對嚴氏「三字」翻譯標準賦予了新的內容和要求而已。（〈嚴復──我國譯界倡導系統而完整翻譯標準的先驅〉，《中國翻譯》，1997 年第 3 期）

韓 省 之

嚴復在其獨特的翻譯事業中，提出了嚴譯的原則：其一，首倡「信、達、雅」的翻譯標準。「信」是意義不倍（背）本文；「達」則是不受原文形式的制約，以求原意明顯；而「雅」是指脫離原文而追求譯文的古雅。此三項標準，旨在強調意譯，至今仍有影響力。其二，翻譯的語言……「用漢以前字法句法」……自有他的良苦用意……其三，嚴譯的案語……有助於讀者對原著

的了解⋯⋯其四，嚴復譯書，字斟句酌，一絲不苟⋯⋯其嚴肅認真的態度，為後人推重，引為典範。（〈近代中國翻譯先驅嚴復〉，美國《僑報》，1997 年 8 月 4 日）

吳 存 民

我呼籲：我國翻譯界對嚴氏「信、達、雅」三字說的片面、孤立、不科學、不縝密、不公正，且持續百年的紛繁亂雜的評論之風應當即日休矣，代之而起的應該是全面、完整、科學、縝密、公正的評論。從而，還「信達雅」這一著名翻譯學說的有機完整性以本來面目，並將其推進到一個更高的理論與藝術之境界。（〈論「信達雅」的有機完整性〉，《中國翻譯》，1997 年第 5 期）

◆

劉靖之（1981）、羅新璋（1984）、宋廣友（1989）、斯立仁（1990）、劉宓慶（1993）、楊自儉（1993）、傅國強（1994）、許鈞（1998）等的評價已見本書第一章，此處不再重複。本書作者本人亦未列入。

二、第二類：大體肯定或不否定而代之以新說

魯 迅

他〔嚴復〕的翻譯，實在是漢唐譯經歷史的縮圖。中國之譯佛經，漢末質直，他沒有取法。六朝真是「達」而「雅」了，他的《天演論》的模範就在此。唐則以「信」為主，粗粗一看，簡直是不能懂的，這就彷彿他後來的譯書。（〈關於翻譯的通訊〉，1931 年，《二心集》，《魯迅全集》，頁 307，人民文學出版社，1982 年）

嚴又陵説，「一名之立，旬月踟躕」，是他的經驗之談，的的確確的⋯⋯凡是翻譯，必須兼顧著兩面，一當然力求其易解，一則保存著原作的丰姿，但這保存，卻又常常和易懂相矛盾：看不慣了。（〈「題未定」草〉，1935 年，《且介亭雜文二集》，《魯迅全集》，350 頁，人民文學出版社，1982 年）

林 語 堂

　　翻譯的標準問題大概包括三方面。我們可依三方面的次序討論它。第一是忠實標準，第二是通順標準，第三是美的標準。這翻譯的三重標準，與嚴氏的「譯事三難」大體上是正相比符的。忠實就是「信」，通順就是「達」，至於翻譯與藝術文（詩文戲曲）的關係，當然不是「雅」字所能包括。倘是照桐城吳進士「與其傷潔，毋寧失真」衣鉢真傳的話為原則，為叫起來方便起見，就以極典雅的「信、達、雅」三字包括這三方面，也無不可⋯⋯忠實的第一結論就是忠實非字字對譯之謂⋯⋯忠實的第二義，就是譯者不但須求達意，並且須以傳神為目的⋯⋯論忠實的第三義，就是絕對忠實之不可能⋯⋯忠實有第四義，即忠實非説不通中國話之謂⋯⋯通順問題，即如何以西洋之思想譯入本國之文字⋯⋯翻譯於用之外，還有美一方面須兼顧的，理想的翻譯家應當將其工作做一種藝術⋯⋯西洋藝術作品，如詩文小説之類，譯者不譯此等書則已，若譯此等書則於達用之外，不可不注意於文字之美的問題⋯⋯文章之美，不在質而在體，體之問題即藝術之中心問題⋯⋯同一段原文⋯⋯就使二譯者主張無論如何一致，其結果必不相同，這就是翻譯中個人自由之地，而個人所應該極力奮勉之處。翻譯所以稱為藝術，就是這個意義。（〈論翻譯〉，1933 年）*418-432

錢 鍾 書

譯事之信，當包達、雅；達正以盡信，而雅非為飾達。依義旨以傳，而能如風格以出，斯之謂信。支〔謙〕嚴〔復〕於此，尚未推究。雅之非潤色加藻，識者猶多；信之必得意忘言，則解人難索。譯文達而不信者有之矣，未有不達而能信者也。（〈譯事三難〉，《管錐編》，第三冊，頁 1161，1986 年第二版，中華書局）（按：《管錐編》初版在 1978 年，但作於三、四十年代，故置此）

艾　思　奇

　　以前的人說翻譯須要做到「信、達、雅」三個條件……翻譯的原則總不外是以「信」為最根本的基礎，「達」和「雅」的對於「信」，是就像屬性對於本質的關係一樣，是分不開的，然而是第二義的存在。（〈談翻譯〉，1937 年）*436-437

陳　　康

　　關於翻譯，嚴幾道提出「信」「達」「雅」三個條件來。「信」可說是翻譯的天經地義……「達」只是相對的……譯文的「達」與「不達」，不能普遍地以一切可能的讀者為標準，乃只相對於一部分人，即這篇翻譯的理想讀者。也只有這些人方能評判，譯文是否滿足了這「達」的條件。「雅」可目為哲學著作翻譯中的脂粉。（〈論信達雅與哲學著作的翻譯——柏拉圖《巴曼尼得斯篇》序〉，1942 年）*443

伍　光　建

　　「信、達、雅」……這個標準，來自西方，並非嚴復所創〔請參閱第四章泰特勒節小注〕，但我們對於洋人的話，也未可盡信。這三字分量並不相等，倒是「信」或者說忠實於原文的內容和風格，似應奉為譯事圭臬。至於譯文是否達、雅，還須先看

原文是否達、雅，譯者想達、想雅，而有些原文本身偏偏就不達、不雅，卻硬要把它倆譯出，豈非緣木求魚。（伍蠡甫著〈伍光建（1866-1943）的翻譯──《伍光建翻譯遺稿》前記〉，1979年）*461

朱 光 潛

嚴又陵以為譯事三難：信、達、雅。其實歸根到底，「信」字最不容易辦到。原文「達」而「雅」，譯文不「達」不「雅」，那還是不「信」；如果原文不「達」不「雅」，譯文「達」而「雅」，過猶不及，那也還是不信……絕對的「信」只是一個理想，事實上很不易做到。但是我們必求盡量符合這個理想，在可能範圍之內不應該疏忽苟且。（〈談翻譯〉，1944年）*448

唐 人

我認為翻譯應該絕對地忠實（信）……你若是全盤而真實地「信」了，把原作的思想感情，意思之最微妙的地方，連它的文字的風格、神韻都傳達了出來，則不但「順」沒有問題，就是所謂「雅」（如果原作是「雅」的話）也沒有問題。「信」、「達」（順）、「雅」三字實在作到一個「信」就都有了。（〈翻譯是藝術〉，1950年）*524

董 秋 斯

所謂完整的理論體系，必然不限於幾條空洞的原則。像這樣的原則，不但外國有，中國也有，嚴復的「信、達、雅」就是，然而不能解決問題。原因是，不根據中外語文的特性，用從古至今的具體實例，指出問題所在和解決問題的方針，這一種理論體系就算不得完整，這一種原則也就沒有多大用處。（〈翻譯批評的標準和重點〉，1950年）**下冊26

金　人

　　過去的許多翻譯工作者，經常討論一個翻譯的原則：「信、達、雅」；但是究竟怎樣才能達到這三者呢，這三者的關係如何呢？一直是辯論不休……我認為「信、達、雅」這種抽象的原則，絕對不能解決問題……如果把這個問題〔翻譯與創作何者重要〕提高到思想性，也就是與政治結合起來而翻譯工作者也循著這個方向來工作，那麼什麼「信、達、雅」與「直譯意譯」問題都可解決……一個具有高度政治頭腦的翻譯工作者，選擇一本對我國當前建設任務有重要意義的較好的外國書，深刻地掌握了原作的思想，正確熟練地用中文傳達出來；這會是一本壞的譯書嗎？我不相信的。它必然是「信」的，「達」的，「雅」的，也絕無什麼「意譯」與「直譯」的問題。（〈論翻譯工作的思想性〉，1951 年）**下冊 64

陳允福

　　嚴復對於「達」和「雅」所作的解釋是錯誤的……有人贊成以「信達雅」作為翻譯的標準，如果仍舊沿用嚴復給這三個詞所作的解釋，那是我們所要反對的；但如果另賦予這三個詞以新的含義，譬如說，把「達」理解為我們所講的「通順」，把「信」和原文應有的「雅」理解為我們所講的「忠實」，我覺得倒是可取的，因為「信」「達」「雅」和「忠實」及「通順」彼此只是文言詞和白話詞的分別。嚴復固然是資產階級的學者，但「信達雅」這三個字卻並無階級性，問題只在於對這三個字有無正確的解釋。（〈我對於翻譯標準的看法〉，1955 年）*622-623

王　泗

　　他〔嚴復〕還是把信和達看作統一的。可見他對譯文提出信

達的要求和對信達作的解釋，直到今天也還未嘗不可接受；問題
出在他要刻意求雅，直接目的是為了行遠，採取的方法是用漢以
前的字法句法，間接目的是容易為達。這種主張在理論上是錯誤
的，在實踐上也是失敗了的……他為了求信，卻不得不逐步放棄
他所標榜的雅……我以為：嚴復說的信達雅固然有合理部分可以
吸收，但也有錯誤部分必須揚棄……因此沿用起來流弊是很多
的。（〈翻譯標準觀評議〉，1957）**下冊 118-126

范存忠

　　我們談近代翻譯，一般都從嚴復的《天演論》談起。其實，在
《天演論》出版前數年，《馬氏文通》的作者馬建忠已經發表過很好
的意見……所謂「信」，就是馬氏所謂「譯成之文適如其所譯」；
所謂「達」，就是馬氏所謂「行文可免壅滯艱澀之弊」；所謂
「雅」，也就是馬氏所謂「雅馴」、所謂「不戾於今而有徵於
古」。但是，一般談翻譯原則，首先想到的不是馬氏的《擬設翻
譯書院議》，而是嚴氏的三原則，因為嚴氏提的原則比較簡要而
又有層次：比如說，信、達、雅三者之中，信與達更為重要，而
信與達二者之中，信尤為重要。我們現在所倡導的正確、通順、
易懂，看來是參照嚴氏的三原則，針對當前的需要而提出來的。
（〈漫談翻譯〉，1978 年）*778-779

張培基、李宗杰、喻云根、彭謨禹

　　「嚴復的信達雅說」在我國影響很大，迄今為許多翻譯工作
者所接受和遵循。但嚴對「信、達、雅」的解釋具有一定的時代
局限性，例如他所謂的「雅」就是指脫離原作風格而片面追求譯
文本身的古雅（從積極的一面來看，嚴復重視譯文文字潤飾這一
點是值得我們注意的。）……現在許多人雖仍沿用這三個字作為
翻譯準則，但已賦予新的內容和要求，如「雅」指保存原作的風

格。此外，關於「信、達、雅」三者之間的相互關係，也長期存在著不同理解和解釋……為了避免可能因採用「信、達、雅」這個舊形式去裝新內容而引起的誤解，為了避免陷入對「信、達、雅」不同理解的爭論，乃決定把翻譯標準概括為「忠實、通順」四個字……所謂「忠實」，首先指忠實於原作的內容……還指保持原作的風格，即原作的民族風格、時代風格、語體風格、作者個人的語言風格等……正如魯迅所說的翻譯必須「保存原作的丰姿」。所謂「通順」，即指譯文語言必須通順易懂，符合規範……魯迅所說的，翻譯必須「力求其易解」，也就是這個意思。（《英漢翻譯教程》，頁 4，1980 年，上海外語教育出版社）

葛 傳 槼

無論怎樣譯，總該忠實於原文或原詞……「忠實」就是嚴復所說「譯事三難信達雅」中的第一個「難」——「信」。說「信」也好，說「忠實」也好，翻譯必須在把原文變成另一種文字時，做到不增、不減、不改……一般說來，翻譯應當忠於原文的內容或意思。記得我在 1937 年寫的幾篇談「怎樣翻譯」的短文中，曾經說過翻譯應「忠實而不拘泥」。所說的「不拘泥」，就是不拘泥於原文中的某一個詞、某一個語或某一個語法結構。（〈漫談由漢譯英問題〉，1980 年）**下冊 357-360

程 鎮 球

解決翻譯中理解與表達之間的矛盾，使譯文能夠從內容到風格都忠實於原文，這是翻譯的要求，也就是翻譯的標準……現在討論翻譯，可以不必再受「信、達、雅」的約束了。嚴復提出的標準邏輯性並不嚴密，所以近人各有各的解釋和發揮……翻譯標準等原則問題……談多了也無必要。翻譯首先在於實踐。（《翻譯問題探索——毛選英譯研究》，頁 7，商務印書館，1980 年，北京）

陳 廷 祐

我傾向於將翻譯的質量標準定為「準確」與「流暢」兩條……嚴復……這個信、達、雅，曾被許多人視為翻譯的質量標準，但也引起種種爭議……實際上，他是將「雅」置於「信」「達」之上的。（《英文漢譯技巧》，頁 16-17，外語教學與研究出版社，1980 年，北京）

張 威 廉

提到翻譯質量的標準，必然會首先想到嚴復的「信、達、雅」三個詞。據一般的理解，「信」是對原著內容的忠實，「達」是指譯文的通順達意，「雅」是對譯文提高一步的要求，要求做到文雅、古雅……〔信、達〕這兩個詞已經足夠說明對譯文質量的要求……「雅」的提法是多餘的，況且這個詞的含義也很片面……把「信」和「達」的涵義提高來講，也就是「等值的翻譯」，這個高標準應該是我們翻譯的奮鬥目標，我們先要達到翻譯的最低標準，就是對原作的內容（指情節）保持忠實，譯文自身要通順達意。（〈怎樣提高我們文學翻譯的質量？〉，1981年）**下冊 465-466

閻 慶 甲

「確切性」就是對翻譯工作提出的總的要求，也就是翻譯的總的標準……我們似可提出「忠實」、「流暢」和「優美」作為一般翻譯的三項標準……這三個標準和前人提出的「信、達、雅」是一致的。對科技翻譯而言，上述標準基本上是適用的。但由於科技翻譯本身的特殊性……筆者認為可以提出「明確」、「通順」和「簡練」三者作為科技翻譯的標準。（《科技英語翻

譯方法》，頁 2-3，冶金工業出版社，1981 年）

黃 藥 眠

　　從前，嚴復先生曾有信、達、雅的主張，就當時的情況來看，這種主張未嘗沒有一定的道理；不過，他也沒有完全體現他自己的主張。首先說「信」，他譯的《天演論》就不完全信。其次說到「達」，他那種文體對於當時的士大夫讀者來說，可以說是達，但對今天的讀者來說，就不能說是達了。最後說到「雅」，我看，我們今天的譯文，應以能做到大眾化為上，而不應使文字變得古色古香，以致讀者只能感到似懂非懂。針對這個情況，我也想提出翻譯的三個理想標準：

　　一曰透，那就是譯者首先要吃透原文的意思，有所感受，不僅要譯出作者所已表露出來的意思，而且也要多方設法譯出作者所沒有表露出來的含蓄的意義……

　　二曰化……〔漢語和歐洲語言屬〕兩種不同的語系……必須把外文理解透了以後，按照中國漢語使用的習慣，以及大家所熟知的語言，來把原文的意思、感受、體會化成漢語。

　　三曰風，即要譯出原作者作品的風格。（〈翻譯外國文學作品淺見〉，《人民日報》，1983 年 2 月 22 日）

　　嚴復在英國呆了多年，不能說他不懂英文了。……但是他的譯文是否能達到「信、達、雅」？我看也值得懷疑。以《天演論》而論，基本的意思是譯出來了，但裡面夾雜著許多他自己的東西，未必見得「信」。其次，他用古色古香的古文來譯，在當時的知識分子看來，也許感到既「達」又「雅」，但今天我們看來則未必「達」，因為它難懂，也未必「雅」，因為他用的是死了的語言。……所以「信、達、雅」單從概念上講是比較抽象的，應該和具體的歷史內容聯繫起來看，才能說得清楚。例如我們今天說的「信、達、雅」和嚴復當年說的「信、達、雅」，其具體

的内容就可能完全不同了。（〈翻譯漫談〉,《中國翻譯》,1985
年第 2 期）

馬 祖 毅

　　嚴復是我國翻譯史上明確提出翻譯標準的人……「信、達、
雅」,這是嚴復提出的三條翻譯標準,對後世的翻譯實踐起了很
大的指導作用……現在我們如果就「信、達、雅」的字義來說,
這標準還是正確的。信是忠實,達是通順,譯文首先要求忠實,
其次要求通順,使讀者能看得懂。雅,是本於《論語・述而》裡的
「子所雅言……」所謂「雅言」,就是諸夏的話。孔子教學生都
用諸夏的話,別於各地方言。「求其爾雅」中的「爾雅」是近
正,正即是雅言。「雅」若就本義來說,就是用全國通行的規範
化的語言進行翻譯。然而,嚴復對「雅」字的解釋,卻不是這
樣。他把「雅」說成是「用漢以前字法句法」,譯文力求典雅,
但卻使人費解,這就不對了。（《中國翻譯簡史——五四以前部
分》,頁 261,中國對外翻譯出版公司,1984 年,北京）

　　翻譯的要求應該是:原文内容與譯文形式的辯證統一。根據
這一要求,就提出了翻譯的兩條標準:第一,必須忠實於原作
……第二,必須用比較完善的譯文形式,即合乎規範的語言來表
達原作的内容。譯文應是明白曉暢的現代語。（《英譯漢技巧淺
談》,江蘇人民出版社,1980 年）

毛 正 坎

　　翻譯家嚴復提出「信、達、雅」三個字,被後來的翻譯界奉
為翻譯標準……近二十年來……「忠實」和「通順」已成為公認
的翻譯標準了。（《科技英語翻譯方法——英漢語比較解析》,頁
11-12,教育科學出版社,1987 年,北京）

金　隄

在中國現時仍有人堅持信達雅的觀點是最好的，在青島會議提出的許多新理論也跳不出這個範圍。「信、達、雅」的理論在一個世紀以來曾作出重要貢獻，將來任何新的翻譯理論也很難再達到這樣的影響。它一統天下九十年，但它作為理論的局限性也很明顯。我只能說，它是重要的翻譯原則，但欠缺科學分析，在新時代很難以它為基礎去建立新的理論體系。（〈談中國的翻譯理論建設〉，香港《大公報》，1988年2月4日）

劉　重　德

在中國新文化啟蒙運動中，嚴復是有貢獻的，在翻譯西方著述方面，嚴復的貢獻尤為突出⋯⋯但是，嚴復為翻譯所定的「信、達、雅」三原則，特別是為三原則所講的一些辦法，用今天對翻譯的要求來衡量，似有重新商榷的必要。我認為，既不可一概否定，也不能全盤接受。正確的態度是批判地予以繼承，吸收其繼續對我們有用的部分⋯⋯參考上述中外兩家意見〔指嚴復「信達雅」說及泰特勒三原則〕，取其精華，並結合個人翻譯的體會，筆者於1979年〈試論翻譯的原則〉一文中提出了「信、達、切」三字：(1)信——信於內容；(2)達——達如其分；(3)切——切合風格⋯⋯我之所以不採用嚴復所講的「雅」字，而改用「切」字，是因為「雅」即所謂「爾雅」或「文雅」，而「雅」實際上只不過是風格中的一種⋯⋯「切」是個中性詞，適用於各種不同的風格。（《渾金璞玉集・翻譯原則再議》，頁4-10，中國對外翻譯出版公司，1993年）

喬　海　清

嚴復確立的標準發表在《天演論》譯文的序言中，歷來的翻譯

工作者都作過不少的解釋和爭論，現在談談個人的看法……翻譯的標準就是這麼三句話：信而有據，達而能化，文必同風。本書所定標準，對著嚴氏所定的標準來說，有批判，有繼承，也有發展。（《翻譯新論》，頁 45-49，北京語言學院出版社，1993 年，北京）

范仲英

目前我國通用的翻譯標準，準確（或叫忠實）和通順（或叫流暢），實際上就是「信」與「達」……「雅」（保持風格）並未給予足夠的重視……目前的翻譯標準有以下幾方面的弱點：一、割裂與對立……二、理解不一致……三、未能擊中要害……幾年前，筆者曾提出一個翻譯標準……從翻譯效果，也就是譯文讀者得到的感受如何來衡量一篇譯文的好壞……「感受」並不是一種新的翻譯標準，它和信達雅是殊途同歸，異曲同工。採用「感受」的結果，譯文會更信、更達、更雅。因此，「感受」的提出是信達雅的一大發展……既做到傳意，又易為讀者接受。這樣譯出來的東西更符合「信達雅」的要求，提高翻譯質量。（〈一種翻譯標準：大致相同的感受〉，《中國翻譯》，1994 年第 6 期）

楊忠、李清和

嚴復的「信」表達了「意」等為準則的譯學思想……「達」是語「義」層面上應遵循的準則……「雅」與本文中的「形」屬於同一層面的對應問題，即語言形式和言語風格問題……嚴復對於意、義、形三個層次的主從關係理解深刻，表達準確。但他筆下的「雅」字過於狹義……看來，「雅」作為翻譯準則應予揚棄。（〈意‧義‧譯──議等值翻譯的層次性和相對性〉，《中國翻譯》，1995 年第 5 期）

三、第三類：否定或不置評

陳西瀅

　　嚴氏的第三個條件，雅，在非文學的作品裡，根本就用不著……許多人承認在翻譯非文學作品時，雅字也許是多餘，可是他們以為在譯述文學的作品時，雅字即使不是最重要的，至少也是萬不可忽的條件。我們卻覺得在翻譯文學書時，雅字或其他相類的字，不但是多餘，而且是譯者的大忌……要是原書是《金瓶梅》或同類的書，它裡面的社會人物是那樣的粗俗而以周秦的文章來描寫；它的對話是那樣的刻畫聲影，而以六朝的文字來傳達；我們可以料到，譯文不但把原文的意義喪失無餘，而且結果一定非常的可笑。……達字也並不是必要的條件，要是「達」字的意義是「明白曉暢」的話。……許多象徵派、表現派的作家，他們的作品的文字絕對不是「明白曉暢」的。要是譯者想在「達」字上做功夫，達原文的不可達，結果也不至曲譯不止也……譯者在譯書之前，不應當自己先定下一個標準……而得以原文的標準為標準。即如嚴幾道譯赫胥黎的《天演論》，穆勒的《群己權界論》，正因為他時時刻刻忘不了秦漢諸子的古雅的文章，他便看不見穆勒的清晰簡潔，赫胥黎的曉暢可誦……明明是嚴先生自己的文字把一本清晰明瞭的書弄得艱深難解，還要說「原書之難，且實過之」，嚴君此言，真是欺人太甚了。所以譯文學作品只有一個條件，那便是信。這不難明白，難明白的是怎樣才能算是信。我們以塑像或畫像來作比……肖像的信，可以分形似、意似、神似三種的不同。（《論翻譯》，1929 年）*401-403

楊鎮華

雅固是多餘的⋯⋯達也是多餘的⋯⋯只須求信，達即在其中了⋯⋯怎樣才是信呢？關於這問題，我以為陳西瀅的「三似論」頗為適當。他依照信的程度，分為「形似」、「意似」、「神似」三種。形似最下，意似較佳，神似方為上乘。（《翻譯研究》，第二章，1935 年）＊＊上冊 289-291

瞿 秋 白

翻譯──除出能夠介紹原本的內容給中國讀者之外──還有一個很重要的作用，就是幫助我們創造出新的中國的現代言語⋯⋯我們對於翻譯，就不能夠不要求：絕對的正確和絕對的中國白話文⋯⋯嚴幾道的翻譯，不用說了。他是：「譯須信雅達，文必夏殷周」。其實，他是用一個「雅」字打消了「信」和「達」。最近商務印書館還翻印「嚴譯名著」，我不知道這是「是何居心」！這簡直是拿中國的民眾和青年來開玩笑。古文的文言怎麼能夠譯得「信」，對於現在和將來的大眾讀者，怎麼能夠「達」！

嚴復、林琴南、梁啟超等等的文章，的確有陳列在歷史博物館的價值。這是一種標本，可以使後來的人看一看：中國的中世紀的末代士大夫是多麼可憐，他們是怎麼樣被新的社會力量強迫著⋯⋯逐漸地離開中世紀的文言的正統，可是，又死死的抓住了文言的殘餘，企圖造成一種新式的文言統治。（〈魯迅和瞿秋白關於翻譯的通信・瞿秋白的來信〉，1931 年；〈再論翻譯──答魯迅〉，1932 年）＊266、287

林 漢 達

「信」、「忠實」或「形似」在翻譯上自然有它的地位，可不能算是標準。「達」、「通順」、「意似」或「雅」、「美」、「神似」，更算不得是翻譯的標準。那是中文的語法問題⋯⋯我們認為翻譯要說有標準，只有一個，就是：譯文必須正確⋯⋯

「盡可能地按照中國語文的習慣，忠誠地表達原文中所有的意義。」這樣的翻譯就是正確的翻譯，無所謂信達雅，也無所謂直譯意譯。（〈英文翻譯原則、方法、實例・翻譯的原則〉，1953年）*589、597

殿　興

　　嚴復提出來的「信達雅」，「五四」以來雖曾受到過許多進步翻譯家的批判，可是直到現在還在翻譯界具有相當廣泛和深刻的影響，這種情況妨礙著翻譯理論的進一步發展，妨礙著翻譯水平的繼續提高和未來翻譯幹部的有效培養。……嚴復的主張是很不完備、很不科學的，充其量也只不過要求用漂亮的中文翻譯原作的大意而已……現在嚴復主張的追隨者們企圖給嚴復的「信達雅」以新的解釋，來使「信達雅」這種主張萬古長存。這種企圖一定要失敗，是肯定了的……嚴復及其追隨者的基本錯誤……並不在於「把翻譯的標準分裂成了三個」，而在於他們根本沒弄清楚翻譯跟寫文章的區別。……一成不變的、絕對的、神聖不可侵犯的翻譯準確性的標準是沒有而且也不能有的。翻譯準確性的標準是以翻譯的目的、原文的性質及譯文的讀者為轉移的。而翻譯的目的、譯文的讀者，在大多數的場合下是由原文的性質決定的。（〈信達雅與翻譯準確性的標準〉，1955年）*605-610

黃　宣　範

　　「信達雅這三字經也只是庸人自擾的囈語而已。」「講翻譯必須跳出傳統的信達雅落伍的樊籠」。應該「把翻譯當作語言心理學上的一個重要現象去論究。」（〈翻譯與語意之間〉，台灣，1976年。轉引自黃邦杰著〈翻譯研究的路向〉，《中國翻譯》，1989年第 3 期）

彭 啓 良

　　我最初研究翻譯是從研究嚴復先生的「信達雅」以及什麼叫直譯與意譯著手的。隨著歲月的推移，我愈來愈相信，翻譯標準是一元的，不可能是「信、達、雅」……嚴復先生一方面把「信、達」割裂開來，孤立地對待，另一方面，把兩者簡單地並列起來，等量齊觀……內容是決定性的，經常是矛盾的主要方面，而形式則處於從屬的地位、服從的地位，兩者決不是互不依存、平起平坐的關係……這一「雅」字，完全是人為的、多餘的，同時也是不科學的、有害的……然而時至今日，仍然有一部分人堅持這個「雅」字，聲稱時代風格、民族風格、作家風格，是「信、達」所不能包括的……風格是無法脫離內容或形式而孤立地存在的。由此看來，在翻譯標準裡面，根本沒有「雅」字容身之處。（《翻譯與比較》，頁 11，商務印書館，1980 年，北京）

常 謝 楓

　　「信、達、雅」這三個字，自從嚴復提出以後，八十多年來一直被奉為文學翻譯的基本原則，這是一個令人惋惜的，早已應該解除的誤會。可以毫不誇張地說，這一「原則」本身的缺陷，以及人們對它的熱心推崇，已經給中國的文學翻譯事業帶來明顯的危害……嚴復的見解可概括如下：「信」是翻譯的根本標準，「達」是對「信」的必要補充，使「信」的價值實現出來，「雅」是求「達」的一種手段……早在二、三十年代，……「雅」字就發生了語義轉換，變成了「文采」的同義詞……從理論上說，「信」「達」「雅」這三個概念在邏輯上不能並立……「信」表示譯文是受原文制約的，而「達」和「雅」是可以不受原文制約的……從實踐上來看，由於縮小了「信」的涵義，因而在「信」之外還提什麼「達」和「雅」，必然在一定程度上導致譯文背離

原文的本來面目，造成翻譯上的不準確性……文學翻譯的質量標準只有一個字——「信」，這個「信」具有豐富的涵義，其中也包括「達」和「雅」的意義在內；而「信、達、雅」則是一個提法上混亂、實踐上有害的原則，建議翻譯界對其開展認真的討論。（〈是「信」，還是「信、達、雅」？〉，1981年）*900-905

李　　芒

嚴復的「信、達、雅」，如拿來當作翻譯的標準，是值得商榷的……一般地說，翻譯的任務就是把一篇文學作品的內容和形式忠實地再現出來。如果以「信」來要求這種再現，那是十分必要的……然而，「達、雅」卻是屬於文學形式的範疇，必須以原作為依據；而不宜離開原作孤立地把它們當作翻譯標準。（〈日本古典詩歌漢譯問題〉，1982年）*952

錢　育　才

九十年前提出的「信、達、雅」三字，作為翻譯標準一直為人們所引用，所樂道。這三個字生命力如此之強，正足以說明它高度概括了翻譯理論中的某些本質。但是，三十年代初，圍繞「信、達、雅」標準展開過相當廣泛的討論……對這三個字的解釋也不盡相同……這種現象又說明「信、達、雅」作為翻譯標準還有它重要的缺陷……有的學者主張繼承傳統理論，而不斷賦予它新的含義，在新的解釋下仍沿用「信、達、雅」三字標準。我認為實在無此必要……因為這三個字非但不能概括今天對翻譯標準所提出的要求，反而會束縛人們思想的發展，影響理論研究的進展……今天完全不必把對翻譯標準的科學研究限制在「信、達、雅」範圍內，更不必把它說成是完整的體系。（〈翻譯的實質和任務——俄漢文學翻譯理論探討〉，《中國翻譯》，1986年第1、2期）

周 兆 祥

「譯事三難：信、達、雅。」這是嚴復在 1898 年的看法……時至今日，快將一百年了，我國論翻譯方法的文章還開口閉口教人「信、達、雅」。批評翻譯的文章，也總是拿「信、達、雅」做準繩。這種現象太可哀可嘆了……並非沒有中國人質疑「信、達、雅」的理論，嚴復以後每一代的評論者都繞著這個說法兜圈子，只不過大多數人只是在試圖修改「信、達、雅」的原則，提出變奏的方法……「達、雅」不能做準則……「信」拿來做翻譯的普遍標準，非常有問題……翻譯工作有很多種類，在不同情況下做，有不同的標準……能夠達到既定目標的譯文，就是成功的譯文。（〈翻譯的準則與目標〉，《中國翻譯》，1986 年第 3 期）

譚 載 喜

眾所周知的信達雅，原本不是當作什麼翻譯原則提出來的……強調的是翻譯的難處。把它們當作某個範圍內的翻譯原則或標準，未嘗不可。但不少人卻把它們奉為萬古不變的真理、包治百病的萬應靈藥，這就大錯而特錯了。當然，信達雅的提出，的確標誌著我國翻譯研究史上的一大突破，具有不可磨滅的歷史功績。但對這樣一個近百年前提出的、本有特定含義的標準，一直被那麼多人奉為神聖法度，這在世界翻譯理論史上恐屬罕見。也只有在因循守舊、盲從權威的時代和地方，才會出現這種怪事！（〈必須建立翻譯學〉，《中國翻譯》，1987 年第 3 期）

張 英 倫

他〔指嚴復〕所說的「信」，是僅指含義的局部的「信」，而非包括内容與形式的完整的「信」；他所說的「達」與「雅」，是不受原文制約的可以隨心所欲的「達」與「雅」……如果我們

能徹底擺脫似是而非的「信、達、雅」說，恢復「信」的至尊無上的地位，把「信」作為翻譯理論的核心、翻譯實踐的指歸和翻譯批評的準繩，我們的翻譯工作必將更健康地發展。（〈「信、達、雅」芻議〉，《瞭望》周刊，1988 年 2 月 22 日，北京）

黃 雨 石

儘管嚴復在開一代翻譯之風、著意介紹外國新思想等方面的確立下了不可磨滅的功績，他的這一套翻譯理論，無可諱言，卻顯然是完全錯誤的。而且對後代的翻譯（可說直到今天）產生了極為有害的影響。……「譯事三難：信、達、雅」的提法本身便包含著極大的邏輯上的混亂……所謂「三難」說，不僅「信」和「達」是陪襯，連這個「雅」字也只是個藉口。事實上，嚴復自始至終沒有真提出什麼翻譯理論……他那些可以說是完全不負責任的議論對後代的翻譯卻實在為害不淺……

什麼樣的譯文才稱得上是優秀的翻譯，或者說合乎標準的翻譯，要抽象地回答這個問題是並無困難的。馬建忠……使「譯成之文適如其所譯」的說法，我認為是最好的回答。（《英漢文學翻譯探索》，頁 57-70，陝西人民出版社，1988 年）

邱 磊

在我國，對翻譯標準的研究，長期以來卻一直圍繞著嚴復的「信、達、雅」兜圈子，把這三字奉為包治百病的「萬能」標準。客觀地說，嚴復的「信、達、雅」學說，對我國翻譯事業的發展曾起過有益的作用，但是作為指導翻譯實踐的一種科學理論，這三個字確有其不容置疑的缺陷……正因為嚴復的「信、達、雅」在翻譯界長期束縛著人們的思想，翻譯標準的研究至今沒有實質性的突破。（〈言語產物功能在翻譯標準中的主導作用〉，《中國翻譯》，1988 年第 4 期）

馮 世 則

「達」是否必要，「雅」能否成立，值得推敲⋯⋯後來者中多人定要以信達雅為翻譯的黃金律，問題恐怕便不止於嚴復的誤會，而也在於對嚴復的誤會。（〈忠實於何？──百年來翻譯理論論戰若干問題的再思考〉，《國際社會科學雜誌》，1994 年 2 月號）

李 云 樓

隨著人們認識的不斷深化，譯界行家對此三字標準提出了不同看法，指出「達、雅」之說有悖於信，易造成誤導，應予摒棄。為此，三字之中，僅剩「信」字⋯⋯忠實應是譯文的唯一標準。（〈關於翻譯理論的一點思考〉，《中國翻譯》，1995 年第 5 期）

◆

有一些學者在論述翻譯原則（標準）時不提「信、達、雅」說而只提出自己的主張（或者說，本書作者所能看到的有限資料中沒有他們對「信、達、雅」說的評價）：

豐 子 愷

我們有一種法寶來抵抗這可惡的耶和華〔指「變亂天下人的言語」〕，這便是翻譯⋯⋯要使我們這件法寶充分發揮效能，有一個必要條件，便是必須翻譯得又正確、又流暢，使讀者讀了非但全然理解，又全不費力⋯⋯翻譯固然要忠實，但倘片面地強調忠實，強調到「日安」〔good day〕的地步，就不是忠實而是機械了。（〈漫談翻譯〉，1958 年）*645-646

張 中 楹

我看，翻譯的標準還是正確、鮮明和生動，這三者是語言的標準，也是翻譯的具體要求。（〈關於翻譯中的風格問題〉，1961年）**下冊164

林 以 亮

　　翻譯根本沒有什麼法則，更談不到有什麼秘訣……一個翻譯者所應具有的條件應該是：⑴對原作的把握；⑵對本國文字的操縱能力；⑶經驗加上豐富的想像力。……好的翻譯必須合乎本國語文的語法。（〈翻譯的理論與實踐〉，1974年）*754

西北工業大學外語教研室

　　翻譯標準，簡單地可以歸納為三點：
　　一、譯文必須忠實於原作內容，把原作的內容完整而正確地表達出來……二、譯文語言必須規範標準，通俗易懂，符合本民族的現代語言習慣……三、譯文必須盡力保持原作風格。風格指民族風格、時代風格、語體風格、作者個人的語言風格等。（《科技英語翻譯初步》，商務印書館，1979年，北京）

邵 循 道

　　翻譯標準：一是準確，二是通順。而二者的關係應該是在準確的基礎上達到通順。（《英語醫學書刊閱讀與翻譯教程》，頁251，人民衛生出版社，1980年，北京）

曹 靖 華

　　翻譯工作既無「竅門」也無標準……文學是語言的藝術品……翻譯工作者除應將原文本意完整地介紹給讀者，使他獲得與本國讀者同樣的概念外，同時還要照顧到語言風格，力求明白易懂，又能保存原作的風姿。（〈關於文學翻譯的若干意見〉，1981年）*897

　　鑑別翻譯的三個標準：「自明」（self-sufficient）、「信達」
（generically true）、「透明」（transparent）。這些都是指的文
學翻譯……譯文必須像原文一樣地「自明」。第二是「信達」，
就是將原文的意思完整無遺地譯出來……第三是「透明」……應
該透過譯文看到原著，而不應讓人看出這是翻譯過來的。好的譯
文應該能夠反映原著的特點。（〈翻譯漫談〉，1981
年）*931-932

四、對「信、達、雅」説評論中的幾個問題

　　以上就本書作者所能收集到的資料③對各家評論分類撮要介
紹，真可謂「百家爭鳴」，各抒己見，呈現出翻譯理論研究的盛
況。本章共列一百零九家（個人居多，也有聯名或集體）的評
論，其中對「信達雅」説持肯定態度者五十八家，持基本肯定或
不否定的態度者二十七家，持否定態度者十七家，不置評者七
家。對嚴復的「信達雅」説，主流是肯定，這是不難從上引資料
中得到證實的。正如本書作者在第一章緒論中所指出，在中國，
「作為指導翻譯實踐的原則，『信達雅』已有百年歷史，至今還
沒有其他原則可以取代它。」但也正如在該章中同時所指出的，
幾十年來對「信達雅」説的討論，「從總體上看，似乎始終處於
盤旋的狀態」，並無實質性的突破。這種情況可以同樣從上引資
料中得到證實。這也説明，對「信達雅」説作較為深入的研究並

---

　　③　限於條件，遺珠必多，希望作者和讀者鑒諒。如蒙將遺漏的或新的資料惠賜，以
備將來有機會時補入，更所感盼。

力圖加以發展，是時代的需要。

現在先就上引評論中所呈現的幾個問題，略作分析。

1. 關於所謂「原文不達不雅，譯文如何能夠達雅」的問題

有些評論中說，原文「達、雅」，譯文才能「達、雅」，原文如果不達不雅，譯文也只能不達不雅，如果達雅了，就不信了。如趙元任說：

> 嚴又陵先生嘗論凡從事翻譯的必求信、達、雅三者俱備才算盡翻譯的能事。不過說起雅的要求來，雖然多數時候是個長處，可是如果原文不雅，譯文也應該雅嗎？……至於達的要求，多半時候是個長處……可是一個小說家描寫各種人物在辭令上的個性的不同，要是一個譯者把人人的話都說的一樣的流利通暢，那麼達是達了，可是對於原意就「失信」了。所以話又說回頭，還是得拿「信」作為翻譯中的基本條件。④

據劉靖之說，趙元任是「全盤接受了『信達雅』的理論」的⑤，所以上述引文中趙的說法恐怕只能說是對「達」「雅」的一種誤解，而陳西瀅提出「原文不達不雅」問題則意在完全否定嚴說。

不論對嚴說持何種態度，提出這個所謂「原文不達不雅……」問題本身就是不必要的，因為這個問題本來是不存在的。嚴復對他的「三難」學說固然只作了極簡要的說明，但他的本意還是很清楚的（請參看本書第二章第三節）。「達」是要求「譯者將全文神理，融會於心」然後「下筆抒詞」，「至原文詞理本深，難以共喻，則當前後引襯，以顯其意。凡此經營，皆以為達。為達，即所以為信也。」很明顯，「達」就是使原文的內容

---

④　〈論翻譯中信、達、雅的信的幅度〉，羅編《翻譯論集》，頁 726。
⑤　〈重神似不重形似〉，羅編《翻譯論集》，頁 856。

在譯文中盡可能充分地、明白地表述出來，所以「為達即所以為信」。「達」不是就譯文談譯文，不是單純要求譯文通順、流暢、易懂，是對應於原文內容而言的。所以，如果像陳西瀅文⑥中所說的那樣，原作是某些西方象徵派、表現派作家的作品，文字晦澀，那麼按照嚴復上面所說的意思，譯文把它這種晦澀的意思恰如其分地表達出來就實現了「達」的要求，而決不是要譯文把晦澀的原文變成「明白曉暢」（這事實上也不可能）。「為達即所以為信」，「達」不能離開「信」。他鄭重聲明過，「取便發揮，實非正法」，只能稱之曰「達恉」，連「筆譯」也算不上的。

關於這個原文如果不「達」如何處理的問題，德國語言學家、哲學家洪堡（W. F. von Humboldt）這樣說，「一篇譯作不能、也不應該是一篇論說。當原作只是暗示或含義隱晦時，譯者無權使譯作變得自以為是地明晰起來。」（1816 年 *Aeschylos Agamemnon* 序言）托爾曼（Herbert C. Tolman）在《翻譯的藝術》（*Art of Translating*, 1901，美國波士頓）一書中也說，「由於翻譯是再現原文的精神，我們既要忠實於原作者的優美之處，也要忠實於他的不足之處……如果說原文的意義是模糊不清的，那麼，忠實的譯文也就應該同樣模糊不清。原文句中的省略部分，除非絕對需要，也不宜在譯文中任意補充。」⑦這兩段話同上面所分析的嚴復「為達即所以為信」觀點實質上是一致的。

「雅」的本意就是要求譯文文字達到高質量、高水平。（在「信」「達」的前提下，譯文文字本身有沒有質量問題，在本書以後的章節中將會論及。）嚴復認為，只有這樣，譯品才能為譯

---

⑥　陳文開篇即引東亞病夫（曾樸的筆名）的話來立論，東亞病夫的哲嗣曾虛白在〈翻譯中的神韻與達——西瀅先生《論翻譯》的補充〉一文中實際並不是「補充」而是駁難，指出陳對「神韻」實在並不了解，而「在翻譯必要的條件中，『信』固然重要，『達』更不可缺少。」曾文載羅編《翻譯論集》，頁 409-416，請參閱。

⑦　轉引自劉重德《渾金璞玉集》，頁 105。

者心目中的讀者所普遍喜愛（「行遠」）。他又認為，「用漢以前字法句法」既可以保證譯文的高質量、高水平，又便於表述原作的意思（「為達易」）。在這裡，「達」和「雅」又一致了起來。陳文中說，「要是原書是《金瓶梅》或同類的書，它裡面的社會人物是那樣的粗俗，而以周秦的文章來描寫；它的對話是那樣的刻畫聲影，而以六朝的文字來傳述；我們可以料到，譯文不但把原文的意義喪失無餘，而且結果一定非常的可笑。」這段話恐怕是「無的放矢」，因為嚴復並沒有要求脫離原文來追求譯文典雅，而且嚴復用古文來譯述的《天演論》既沒有「把原文的意義喪失無餘」，更沒有出現「非常可笑」的「結果」。即以文學作品而論，錢鍾書在〈林紓的翻譯〉一文中有一段很有趣味的記述：

> 《林譯小說叢書》是我十一二歲時的大發現，帶領我進了一個新天地……最近，偶爾翻開一本林譯小說，出於意外，它居然還沒有喪失吸引力。我不但把它看完，並且接二連三，重溫了大部分的林譯，發現許多都值得重讀，儘管漏譯誤譯隨處都是。

由此可見，林紓當初用古文（雖然不是十分深奧但終究是古文）來譯的外國小說，同樣是有價值的、有魅力的譯作。而且據我的淺見，「用漢以前字法句法」並不等於「化俗為雅」，實際上，古籍中有許多當時的俚俗土語，試看《史記》中「夥頤！涉之為王沈沈者！」[8]一句就「是那樣的刻畫聲影」，太史公並未把它改寫得文縐縐，使之所謂「雅」化。[9]總之，在對「達、雅」的批評中，有些說法有簡單化或望文生義之嫌，似不足為訓。

---

[8]　語見《史記・陳涉世家》。

[9]　木曾在〈翻譯釋義〉一文中也曾指出：「殊不知漢代以前的古文亦竟有不雅與不達者。例如一般古文家口頭常說的『風馬牛不相及』之一成語，豈能謂之為雅?!非特不雅而已，且有粗俗之嫌！」（載《翻譯研究論文集》上冊，頁331。）

2. 關於「信、達、雅」作爲翻譯原則的普遍性問題

　　嚴復提出的「信、達、雅」說是在我國古代翻譯理論的基礎上結合自己的翻譯實踐而形成的。我國古代譯事主要是佛經，嚴復譯事主要是哲學和社會科學著作，他們的經驗自然都有局限。嚴復的「信達雅」說本來也是就他所熟悉的哲學和社會科學的翻譯工作而言，但因為這三項原則具有帶普遍性的指導意義，為當時及後來的翻譯工作者所接受，從而成為普遍的（或者說）總的翻譯原則。如第一章緒論中所說明，我們討論和研究「信達雅」說也是把它作為總的翻譯原則來看待的。在以上所引各家評論中，有人是這樣持論的，但也有人偏重於文學翻譯，是只從文學翻譯的角度來討論「信達雅」，或者說，是只把「信達雅」看作文學翻譯原則（標準）的。這種學術討論中的「三岔口」現象，極易造成概念和邏輯的混亂，妨礙討論的深入。

3. 關於「信、達、雅」說研究的方向問題

　　我們研究「信達雅」說是為了用於翻譯實踐。「信達雅」作為翻譯原則應否肯定，要從實質上加以分析研究，而不必在考校用詞上做功夫。固然，名實必須相符，立名十分重要，但如不究其實而徒務其名，則似無多少理論價值。如：有人反對用「信」、主張改用「忠實」，而「信」又被解釋為「忠實」的同義詞，那麼用「信」和用「忠實」有什麼本質上的差別呢？如果像有人認為的那樣，因為「信」是文言詞而「忠實」是白話詞，所以要棄前者而用後者，那麼根據也嫌不足。「信」字載於《現代漢語詞典》，其為現代漢語無疑，而涵義則遠較「忠實」為豐富（如「可信」「信實」「信心」「信任」「信義」「信用」等等都是日常用詞）。總之，我們要推進我國翻譯理論建設，決不是用「忠實」取代「信」這樣的作法所能濟事。當然，如果有人討厭

「信」字，改用「忠實」，那當然是他的自由、他的權利，別人毋庸置喙。但如果一定認為「忠實」比「信」高明，並認為棄「信」而用「忠實」是一種進步或提高，則本書作者實難苟同。我國的翻譯理論研究工作（包括對「信達雅」說的研究）要真正有所突破、有所前進，必須對我國翻譯理論遺產認真發掘和繼承、借鑒國外的翻譯研究方法、努力吸收國內外與翻譯有關學科的研究成果（包括比較語言學和比較文化學的研究），始克有濟。

　　以上第二、第三兩個問題，在本書以後章節中還將作進一步的探討。

第 四 章

在我國流傳較廣的幾種
外國譯學學說

　　「信達雅」説傳世以來，外國翻譯理論也隨著我國翻譯事業
的發展而逐漸被引進。中國譯界較熟悉的最早的西方翻譯學説是
泰特勒的三原則，熟悉的原因可能是它同嚴氏「信、達、雅」説
如出一轍。二十世紀五十年代，在中國大陸，俄語曾一度取代英
語的地位，成為「第一外語」，前蘇聯一些譯學家（以費道羅夫
為代表）的學説也被大力介紹進來，對我國翻譯界產生相當大的
衝擊。但始終未能取代「信、達、雅」説的主導地位。七十年代
末期以來，隨著翻譯理論研究的復甦以及英語恢復其作為我國
「第一外語」的地位，西方翻譯理論開始以較大的規模和較系統
的形式傳入我國，其中最為突出的是奈達和稍後的紐馬克。但由
於我國的翻譯理論研究迄今未能獲得國家和社會對它應有的重
視，缺乏必需的條件和資源，整個翻譯理論研究工作嚴重滯後，
因此對西方翻譯理論的研究仍然非常薄弱，並且沒有把這方面的
引進和研究同另一方面對我國傳統的翻譯理論研究結合起來。這
種「兩股道上跑車」的現象既不能使我國傳統的翻譯理論（如
「信、達、雅」説）研究得到新的「營養」而發展，又使外國翻
譯理論中的有益部分不能真正植根於中國的「沃土」而發揮作
用，應該引起我國譯學界的注意並使之有所改變。勞隴的〈「殊
途同歸」——試論嚴復、奈達和紐馬克翻譯理論的一致性〉一文

為我們往這個方向努力作了有價值的嘗試。

本著這樣一種想法，本章扼要介紹泰特勒、費道羅夫、奈達、紐馬克這四家在我國流傳較廣的學說，並聯繫對「信、達、雅」說的研究，略作探討。

一、泰特勒的翻譯三原則

早在 1921 年，鄭振鐸在〈譯文學書的三個問題〉一文中就對泰特勒翻譯三原則作了介紹。泰特勒（Alexander Fraser Tytler）（1747-1814）的《論翻譯的原則》（*Essay on the Principles of Translation*）[1]發表於 1790 年，早於嚴復赴英留學（1876-8）近九十年，而嚴復的「信、達、雅」說與泰特勒的三原則有相通之處，所以有些研究嚴復的學者認為嚴復在英國可能讀過泰書，受到影響。當然，這只是一種推想，因為還沒有發現很有力的材料作為佐證。[2]

泰特勒認為，「好的翻譯應該是把原作的長處如此完備地移注入另一種語言，以使譯入語所屬國家的本地人能明白地領悟、強烈地感受，如同使用原作語言的人所領悟、所感受的一樣。」

---

[1]　本書作者所見為美國哈佛大學圖書館所藏，該書為 1797 年倫敦第二版的 1970 年影印本。

[2]　伍蠡甫在〈伍光建的翻譯〉一文中說，「信、達、雅」說伍光建謂「來自西方，並非嚴復所創」。1990 年 4 月伍蠡甫告其博士研究生韋遨宇，此係其父伍光建親聞之於嚴復（嚴伍有師生之誼）。錢鍾書在致羅新璋函中也提到五六十年前商務印書館出版的周越然所編英語讀本已早講嚴復三字訣本於泰特勒。請參閱羅新璋〈錢鍾書的譯藝談〉（載《中國翻譯》，1990 年第 6 期）。又，金隄也曾說過，「我覺得他〔指嚴復〕可能是受英國梯〔泰〕特勒的影響。他曾留學英國，而他提出信達雅三個原則與梯特勒提出的很相似。不過他在著作中從未提過梯特勒的影響，只舉古代學者的話。我猜想他不提是怕提了當時的士大夫反而接受不了。」（〈談中國的翻譯理論建設〉，見前）但鄭振環在〈中國近代翻譯史上的嚴復與伍光建〉一文（載《1993 年嚴復國際學術研討會論文集》）中則稱：「斷言『信達雅』翻譯標準完全來自『西方』，這顯然是錯誤的，嚴復在創造性地提出這一標準時，可能受到泰特勒的啟發，但這一標準的根還是扎植在中國傳統的翻譯理論的土壤中。」他還認為，「其實嚴復與泰特勒兩位的三原則是有明顯區別的。」

（I would therefore describe a good translation to be: That, in which the merit of the original work is so completely transfused into another language, as to be distinctly apprehended, and as strongly felt, by a native of the country to which that language belongs, as it is by those who speak the language of the original work.）③

他繼而提出翻譯的三條總原則（General Rules）：

㈠譯文應完全複寫出原作的思想（按此處「思想」一詞泛指原作內容）。

譯者須精通原作的語言並相當熟悉原作所論述的題材。但由於每種語言中總有一些詞很難在其他語言中找到完全對應的詞，所以要完全複寫出原作思想有時不易做到。如果遇到原作中意思不清楚、不明確的地方，那麼譯者就應運用自己的判斷力，選擇最符合於全文思路或作者一貫思想和表達方式的意思去翻譯，而不應在譯文中也任其含混不清。譯者是否可以在譯文中對原作思想有所增減，使譯文更有力、更清楚或更簡練？「可以運用這樣的自由，但必須非常非常小心。」只能刪減原文中次要的東西，加進去的東西則須與原作思想有密切關聯並確能增加力度。

㈡譯文的風格和筆調應與原作具有相同的特性。

做到這一條比第一條更困難，因為準確地掌握並在譯文中恰當地模仿原作的風格和筆調比僅只了解原作的思想、內容更為困難。「一個優秀的譯者必須能夠一眼就看出原作者風格的真正特性。他必須精確地斷定原作者的風格屬於哪一類：嚴肅莊重的、振奮人心的、平易流暢的、生動活潑的、辭藻華麗的，還是樸素平實的。他還應有能力把這些特性像在原作中那樣鮮明地表現在譯文中。如果譯者缺乏這種眼光和能力，那麼即使他透徹了解原

---

③　此處及以下譯文曾參考羅書肆〈介紹泰特勒的翻譯理論〉一文，該文原載《翻譯通報》，1950 年第 5 期，收入《外國翻譯理論評介文集》，中國對外翻譯出版公司出版，1983 年。

作者的意思，他也會使原作者通過一種被歪曲了的中介呈現出來，或者使原作者穿上同他性格不合的服裝出現。」譯者在這方面的失敗將會使原作的風格在譯文中走樣，莊重變成死板、振奮變成誇張、活潑變成浮躁、樸實變成幼稚。

(三)譯文應和原作同樣流暢自然。④

翻譯同臨摹繪畫不同，後者可用同樣的色彩、筆觸和畫風，前者不能用同樣的色彩，卻要使他的「繪畫」具有同原作一樣的力量和效果；也不能重複原作的筆觸，卻要用自己的筆觸來製作出一件完善的複製品。「那麼翻譯者如何來完成這一流暢與忠實的另一種結合呢？冒昧一點說，他必須用原作者的靈魂而以自己的發音器官來說話。」在將原作的流暢自然移注入譯文中時，「必須有最正確的鑒別力才能防止使流暢變質為恣肆。」（The most correct taste is requisite to prevent that ease from degenerating into licentiousness.）

關於這三大原則的關係，泰特勒說：

> 「如果我把這三大翻譯法則分列的順序是一種公允而自
> 然的安排的話 —— 這一點我想是難以否認的 —— 那麼，在有
> 必要犧牲其中一個原則的情況下，就應順理成章地考慮到它
> 們的次序和相對重要性。」

在這裡不妨順便提一下喬治·坎貝爾（George Campbell, 1719-1796）在 1789 年出版的一部著作中為「好的翻譯」確立標準時概括出的三條原則：

(一)正確表達原作的意思；

---

④　泰特勒三原則的原文如下：
　　First General Rule: A translation should give a complete transcript of the ideas of the original work.
　　Second General Rule: The style and manner of writing in a translation should be of the same character with that of the original.
　　Third General Rule: A translation should have all the ease of original composition.

（二）在不違反語言特點的前提下，盡可能傳達原作者的風格；

（三）要使譯文具有「至少像原作所表現出來的那種自然、易懂的屬性」。⑤

這三條原則確實同泰特勒三原則非常相似，無怪泰特勒的書出版後，坎貝爾要指控他剽竊了。泰特勒當時力辯這純粹是一種巧合。不論怎樣，可以看到三原則來自翻譯實踐，是符合翻譯實際的。除了這裡所作的簡介外，泰特勒在書中還有一些十分精闢的見解，如在風格問題上不同語言的特點所起的制約作用、成語的翻譯、詩的翻譯、不同文化背景問題等。奈達認為泰特勒的著作在某種意義上標誌著西方翻譯史上一個新時期的開始，決非偶然。實際上，泰特勒關於「好的翻譯」的定義同奈達的「動態對等」論可說是一脈相傳的。

李培恩說，「英人鐵脫拉（即泰特勒）之《翻譯原理》一書其所論述，亦同於吾國嚴復『信達雅』之說也。」⑥泰氏三原則確與嚴復「三難」說有相通之處，第一個原則相當於「信」，第二個原則相當於「雅」（或者說，相當於一部分後世學者對「雅」所作的解釋⑦）而第三個原則則相當於「達」。難怪有人把「信達雅」看作泰氏三原則的發展，又有人主張乾脆將「信達雅」擱置而改用泰氏三原則了。不論他們的學說有無師承關係，三原則也好，「信達雅」也好，它們都說明在翻譯工作中所存在的三個主要問題或三個方面，是中外翻譯工作者必須要面對和研究解決的。

二、費道羅夫的「等值」論

在本世紀五十年代，前蘇聯在各個方面都在中國大陸產生極

---

⑤　轉引自張復星節譯的奈達著〈西方翻譯史話〉，載《中國翻譯》，1986 年第 4 期。

⑥　〈論翻譯〉，《翻譯研究論文集》，上冊 281 頁。

⑦　請參閱本書第三章有關部分。

大的影響，翻譯理論研究自然也不例外。最為人熟知的是費道羅夫（A. V. Fedorov）1953 年出版的《翻譯理論概要》一書⑧，這是前蘇聯第一部從語言學角度研究翻譯理論的專著。當時在中國大陸把他的學說概括為「等值論」或「等值翻譯」。實際上，在國外的翻譯研究中「等值」這個概念的提出很早，在我國大陸目前的譯學論著中，「等值」、「等效」、「對等」、「對應」等詞常常混用。從中文的詞義來説，它們之間有細微的差別，但作為譯學研究中的概念，它們常常是指同一種情況，例如有的學者就把奈達的「動態對等」（請參閱本章第三節）稱作「能動等值」。也可以説，「對等」「等值」是原文 equivalence 的兩種譯法，有待於以後統一。

費道羅夫認為「有兩項原則，對於一切翻譯工作者來説都是共同的：⑴翻譯的目的是盡量確切地使不懂原文的讀者（或聽者）了解原作（或講話的内容）˙；⑵翻譯就是用一種語言把另一種語言在內容與形式不可分割的統一中所業已表達出來的東西準確而完全地表達出來。」「在翻譯時必須把原作的思想恰如它在原文裡那樣明確而完整地傳達給讀者。同時這也是説，翻譯必須符合於用以進行翻譯的語言的全民標準。這就是使譯文容易為讀者了解和接受的首要條件。」「忠實性，這是蘇聯翻譯的根本特徵。」

費道羅夫在這裡所要説的是：第一，翻譯就是使不懂原文的人了解原作，因此忠實於原作是最基本的；第二，翻譯是為了譯入語的受眾，使譯文為他們所能了解和接受（這裡的「接受」不是指接受譯文所傳達的原作的觀點、立場，而是——用通俗一點的話説——使受眾能看（聽）得下去）。

---

⑧ 該書中譯本由李流等譯，中華書局 1955 年出版（其第六章收入《外國翻譯理論評介文集》，中國對外翻譯出版公司，1983 年）。以下引文均據此中譯本。俄文版在以後的再版中可能有所修訂，未及核對。

那麼，這裡接著就產生兩個問題：第一，是不是原文的內容都可以用譯入語來表述，也就是「可譯性」的問題。第二，怎樣才算是做到了準確和充分的翻譯，也就是「確切性」的問題。

　　對第一個問題，費道羅夫的回答是：「實踐本身證明了可譯性原則是現實的，是可以實現的。」⑨但有兩種情況使可譯性受到挑戰。第一種情況是「在原文相當顯明地違背某一民族全民語言準則而具有該語言的地方特色或狹隘的遊民集團的用語（黑話）時，可譯性的原則就受到一定的限制」。但也只是受到限制，翻譯仍然是可能的。第二種情況是「各種沒有內容或故意使內容含混不清的玩弄手法和形式主義的著作」和「內容費解、形式破碎」的著作，費道羅夫認為這些都是「不值得翻譯的作品」，所以不在論述之列。「可譯性原則只適用於內容與形式統一的著作」。（上文所引第二條翻譯原則也強調了「內容與形式不可分割的統一」。）

　　對第二個問題，費道羅夫首先就「確切性」（有些中國學者把它譯為「等值性」）這個名詞作了以下解釋。他說，這個名詞 адекватность 在俄文中是外來語，有「符合」、「適合」、「一致」等意義，「其實完全有可能用俄文詞 полноценность（這是地道的俄文詞）來代替這個外來術語。полноценность這個術語用在翻譯方面明確地表示著下述概念：(1)與原文作用相符（表達方面的確切）；(2)譯者選用的語言材料的確切（語言和文體的確切）。」

---

　　⑨　費道羅夫在書的第一版中曾這樣寫道，「每種高度發達的語言都是一種強有力的手段，足以傳達用另一種語言的手段表達的與形式相統一的內容。」這裡，他把語言區分為「發達的」和「不發達的」（儘管他沒有明言）是錯誤的。奈達和紐馬克，還有其他語言學家如前蘇聯的巴爾胡達羅夫都認為語言無「發達」與「不發達」之分。這個觀點費在該書的第四版（1983年）中已作了糾正，見蔡毅〈關於國外翻譯理論的三大核心概念──翻譯的實質、可譯性和等值〉，《中國翻譯》，1995年第6期。又，費氏上述第二項原則，蔡文的譯文為「翻譯是用一種語言手段忠實、全面地表達另一種語言表達的東西。（傳達的忠實和全面是翻譯區別於轉述、簡述以及各種改寫之所在。）

他接著為「確切性」下了如下的定義：

　　「翻譯的確切性就是表達原文思想內容的完全準確和在
修辭作用上與原文的完全一致。」

　　「翻譯的確切性就是通過複製原文形式的特點（如果語
言條件許可的話），或創造在作用上與原文特點相符的東西
來表達原文所特有的內容與形式間的相互關係。這就是說：
要運用這樣一些語言材料，這些材料雖然在形式上常和原文
不相符合，但卻與譯文語言的準則相符合，並且能在整體中
起同樣的表現作用。」

　　「確切性在整個翻譯的過程中並不要求〔譯品的各個部
分〕在字面上同樣程度地接近原文。」

　　費道羅夫同意列茨凱爾提出的「確切的代替」這一翻譯方
法。列茨凱爾說，「為了準確地表達思想，譯者不應當拘泥於與
原文字面上相符或與詞匯上和句子上相符，而應當根據原文的整
體，包括原文的內容、思想傾向和風格，去尋找解決問題的方
法，這樣就需要求助於『確切的代替』。」列茨凱爾以法國作家
福樓拜的《包法利夫人》中一個詞組的翻譯作為「確切的代替」一
例。他說：

　　「les éclairages de la ville 這個詞組的意思是概括城市中
各種光亮的來源的，而在翻譯時就把這個概念分成幾個組成
部分，譯為 свет городских окон и фонарей（城市中窗戶上
的光和街燈的光）。」

　　費道羅夫所說的「確切性」可以被認為是他提出的評價翻譯
的標準，其核心是確切地傳達原文的意思（內容、思想等），在
此前提下可以在必要時對譯文的表述按譯入語的語法和修辭規則
加以調整。

　　在費道羅夫之後，巴爾胡達羅夫（Л. С. Бархударов）的《語
言與翻譯》一書被認為是前蘇聯二十世紀七十年代語言學派翻譯

理論的一部代表作，在我國傳播較廣。巴氏對翻譯所下的定義是：

> 「翻譯是把一種語言的言語產物在保持內容方面（也就是意義）不變的情況下改變為另外一種語言的言語產物的過程。」⑩

他對這個定義緊接著作了兩點重要補充：

㈠「內容方面」或「意義」這個術語應從最廣義上理解，它指的是符號（這裡是語言）單位的各種關係，不是一般理解中的「所指意義」（designative meaning）。

㈡「保持內容不變」是相對的，不是絕對的。在語際改變中不可避免地會有所損失，不可能百分之百地傳達原文表達的全部意義。因此，譯文絕不可能同原文百分之百地等值。「百分之百的等值」「只是翻譯工作者應當力求達到，但永遠也達不到的最高標準」。

他又解釋道，「『等值』這一概念應理解為『帶來同一信息』。」「翻譯等值這一概念指的不僅是傳達原文中各語言成分的所指意義，而是要盡可能完整地傳達原文所含的全部信息。」

從上述十分簡單的介紹也不難看出，巴氏的論點較之費氏更有深度，也更明確。

◆

費道羅夫的翻譯理論實際上可以說是為「信、達、雅」說提供了某些科學的闡釋，如「忠實性」之於「信」、「確切的代替」之於「達」、「譯入語全民標準」之於「雅」，彼此本來是大可互相參證補充的。但在五十年代在《俄文教學》上所進行的關

---

⑩　巴氏書中文版由蔡毅、虞杰、段京華編譯，中國對外翻譯出版公司 1985 年出版。
　　巴氏在書中曾指出：
　　「翻譯一詞有兩層意思：一是指『一定過程的結果』，即譯文本身；二是指『翻譯過程本身』，即翻譯這一動詞表示的行為，而這一行為的結果則是上面說過的譯文」（第 1 頁）。這個定義顯然是第二層意思，也即相當於英文 translating。

於翻譯標準的論爭以及後來所召開的座談會上，卻把兩者對立起來。一種意見（較多數）主張以經過新的解釋的「信、達、雅」為標準，另一種意見主張將「信、達、雅」廢置而以費道羅夫的翻譯的「確切性」（即「等值性」）為標準。在本書作者長期工作過的外文出版局（中國最大的外文書刊出版機構），情況也是這樣。（請參閱第三章有關部分）歷史事實證明，外國翻譯理論（包括翻譯標準）照搬進來，不和中國的語言、文化、社會、歷史等各方面的實際情況以及傳統的譯論相結合，就很難被接受和應用。外國的翻譯史和翻譯理論莫不以西方為中心，很少把東方考慮進去。以費道羅夫的「等值」標準而言，要求譯文「表達〔原文〕思想內容的完全準確和在修辭作用上與原文的完全一致」，即使是同屬印歐語系的兩種語言之間也不易做到，更不必說在漢語與英語（或其他西方語言）這樣兩種毫無親緣關係、又有巨大文化差異的語言之間了。如果像巴爾胡達羅夫說的那樣，「完全的等值翻譯與其說是現實，不如說是理想」（《語言與翻譯》），那麼作為翻譯標準，「等值」就十分缺乏對翻譯實踐的指導意義。

三、奈達的「動態對等」論

在我國翻譯界最著名的外國翻譯理論家當推美國的奈達博士（Dr. Eugene A. Nida），這固然是由於他在譯學研究方面的造詣，也由於國內學者金隄、勞隴、譚載喜等人的努力介紹和他曾來華講學的經歷。

奈達著作等身，理論豐富，這裡只能簡要地介紹一下他的一些基本觀點，這些基本觀點是同我們正在研究的翻譯原則有關的。

第一，全世界的語言，儘管千差萬別，但各有所長，且具有

同等的表達能力。這是他從大量的實地調查和翻譯實踐中得出的結論，從而廓清了人們往往把語言分成「先進」與「落後」的誤解⑪，也為翻譯工作者端正了對語言的認識，確立了「可譯性」原則。

第二，語言的基本原理是：

㈠語言是一套系統地組織起來的說聽符號。任何語言的書寫系統只能不完全地反映這種語言的「說－聽」形式。

㈡符號與其所指對象之間的聯繫在實質上是隨意性的。

㈢言語符號意義範圍的劃分辦法在實質上也是隨意性的，因此，沒有兩種語言的詞義範圍劃分辦法是相同的。這就是說，不可能有意義完整或準確的字字對應。

㈣沒有兩種語言顯示出把符號組織成有意義的表述的相同體系。

根據以上論述，翻譯的基本原理是：沒有一種用譯入語的翻譯能夠成為源語原型的準確的對等物。這就是說，任何類型的翻譯都將造成(1)信息流失(2)信息增加以及（或）(3)信息受到歪曲。除了語言本身的差異之外，還有語言符號的文化內涵的差異。這種情況「不是使交流變成不可能，但排除了達到絕對對等的可能性，並且容易造成對同一訊息（message）的不同理解。」

第三，翻譯(translating)⑫的定義不可避免地會在很大程度上

---

⑪ 如瞿秋白就曾認為「中國的言語（文字）是那麼窮乏……簡直沒有完全脫離所謂『姿勢語』的程度……一切表現細膩的分別和複雜的關係的形容詞，動詞，前置詞，幾乎沒有……翻譯，的確可以幫助我們造出許多新的字眼，新的句法，豐富的字匯和細膩的精密的正確的表現。」見〈關於翻譯的通訊〉，《魯迅全集·二心集》。當然，瞿秋白的看法也有當時的時代背景和思潮的影響。這種把不同的語言分成「先進」與「落後」的看法在外國（甚至在一些語言學者論著中）也存在。

⑫ 在外國譯學著作中，常在不同情況下分別使用 translation 或 translating，但有時也有混用的現象，大體說來，前者泛指翻譯這一活動及其結果（有時又可能只指譯品），後者則指翻譯工作或翻譯過程。在譯成中文時，往往不加區別，也確實很難找到兩個確切的對應詞。本書在引用外國譯著時，凡原文為 translating 者盡可能附英文原詞，以便讀者考量。

決定於所涉及的具體翻譯目標。就《聖經》的翻譯目標而言[13]，翻譯（translating）的定義是：

「翻譯就是在譯入語中作出與出發語的訊息最切近的自然對等物(closest natural equivalents)，首先是在意義上，其次是在文體上。」

「這樣的定義承認沒有任何絕對的對等，但它卻指出了找到最切近的對等的重要性。用『自然的』一詞，我們的意思是：對等的形式(equivalent forms)不論是在形式上（當然，像專用名這樣一些不可避免的事情是例外）、還是在意義上都不應該是『外國的』。這就是說，好的翻譯不應使人感到它的非土生土長的來源。」

「在意義上和文體上都達到對等常常是很困難的，這已為人們所公認……因此，當兩者不能兼顧的時候，意義應該優先於文體上的形式。」

翻譯工作中在文字上的失誤常常使譯文有「外國腔」、不自然，但還不至於造成嚴重的誤解。在文化內涵上的錯誤則會造成嚴重的誤解卻又不易為譯文讀者所發現。因此，只有「譯作反映出對不同句法結構的高度敏感以及對文化差異的清楚認識」才能夠「非常接近於實現自然對等的標準」。[14]

上面是奈達在 1959 年所作的關於翻譯定義的闡述。在 1974年版的著作中，他對翻譯的定義作了文字上的修訂：

「翻譯就是在譯入語中再現與原語的訊息最切近的自然

---

[13]　奈達認為《聖經》的翻譯目標不是傳播關於某種不同文化的深奧信息，而是使譯文受眾作出與原文受眾極端相似的反應。應該說，這個目標具有極大的普遍性，因此按照這個目標作出的翻譯的定義也具有普遍性。有些國內翻譯學者以為奈達就《聖經》翻譯經驗而推行其理論，有很大局限性，甚至懷疑其學術價值，恐嫌片面。

[14]　以上奈達原文均採自 *Principles of Translation as Exemplified by Bible Translating*, by Eugene A. Nida, in *ON TRANSLATION*, edited by Reuben A. Brower, Harvard University Press, 1959。

對等物，首先是就意義而言，其次是就文體而言。」⑮

對照一下可以看出，兩種説法在實質上是一樣的，後者用 reproducing，比前者用 producing 可能更精確些。紐馬克似乎不贊成用 reproduce，他説，「譯作不能簡單地重現或者成為原作。既然如此，譯者的首要任務就是去翻譯。」〔……the translation cannot simply reproduce, or be, the original. And since this is so, the first business of the translator is to translate.（*The Theory and Practice of Translation*）〕

第四，從上述關於語言和翻譯的基本原理出發，奈達提出他的著名的「動態對等」（dynamic equivalence，或譯「靈活對等」、「動態等值」）論。

若干世紀以來，人們對翻譯的基本爭論就是兩個問題：⑴直譯還是意譯？⑵以形式為主，還是以內容為主？實際上第二個問題可以包括第一個問題。對這個問題，奈達明確地認為：

「如果説一切語言在形式上都是不同的（而語言之所以不同，主要在於形式），那麼為了保持內容，自然就必須改變其形式。」[If all languages differ in form（and this is the essence of their being different）, then quite naturally the forms must be changed if one is to preserve the content.（*The Theory and Practice of Translation*）]

因此，翻譯的原則不在求兩種語言形式上的相當（formal correspondence），而在求譯文受眾與原文受眾在反應上的基本一致（其前提是譯文與原文傳達了同樣的信息或者説具有同樣的內

論信達雅

---

⑮　這兩個定義的原文如下：

　　Translating consists in producing in the receptor language the closest natural equivalent to the message of the source language, first in meaning and secondly in style.（1959）

　　Translation consists in reproducing in the receptor language the closest natural equivalent of the source language message, first in terms of meaning and secondly in terms of style.

（Nida & Taber, *The Theory and Practice of Translation,* 1974 edition.）

容，譯文受眾與原文受眾達到了同樣的理解）。「說『基本一致』或『大體一致』（roughly equivalent to）是很必要的，因為沒有一件譯品能把原作的內容和形式全部、徹底地移譯過來，就是使用同一種語言進行交流，也可以這樣說，因為很顯然，沒有一個聽者或讀者能夠準確地、完完全全地理解一段話語。換句話說，交流不論是用同一種語言或在不同語言間進行，不可避免地只能獲得相對的效應。」⑯

關於這個問題，奈達的下面一段話說得更為透徹：

「關於不可譯性的問題的討論，往往從絕對的對等，而不是從相對的對等著眼。如果有人堅持認為翻譯決不允許發生任何信息流失的情況，那麼很顯然，不僅翻譯不可能，一切交流都不可能的。沒有一種交流——不論是同語的、語際的或同符號的——能在進行中不發生一些信息的流失。即使在專家間討論一個屬於他們本身專業領域的題目，他們彼此之間的理解恐怕也不會超過百分之八十。信息流失是任何交流過程中必然會有的，因此在翻譯中有些流失的實際情況是不奇怪的，也不應該據此對翻譯的合格性提出質疑。」⑰

因此，他反覆強調：

「翻譯者應該追求的是對等而不是同一。」（The translator must strive for equivalence rather than identity.）

「翻譯中絕對的對等是永遠不可能的。」（Absolute equivalence in translation is never possible.）

「譯文接受者與信息的關係應該是在實質上相同於原文接受者與信息的關係。」（The relationship between recep-

---

⑯　金隄、奈達合著《論翻譯》（英文），頁 86，中國對外翻譯出版公司，1984 年。引文是本書作者譯的。

⑰　*A Framework for the Analysis and Evaluation of Theories of Translation,* by Eugene A. Nida, in *TRANSLATION-Applications and Research,* edited by Richard W. Brislin, Cardner Press, N. Y., 1976.

tor and message should be substantially the same as that which existed between the original receptor and the message.）⑱

實際上，譯文受眾對譯文的反應與原文受眾對原文的反應，要進行比較也是困難的，因為即使是優秀的譯者也未必見得能夠很好地了解和掌握原文受眾對原文的反應，他只能作為原文的受眾之一去琢磨和體會。這種要求對於古代（甚至於上一個世紀）的作品就更難實現了，因為當時的受眾對原作的反應恐怕即使是原作者的同胞也難以研究得清楚，更不必說外國人了。

奈達「動態對等」論的價值在於它提出了「翻譯的新概念」（譚載喜《奈達論翻譯》），使人們把注意的重點從兩種語言（文字）的表現形式移轉到兩種文本（原文和譯文）受眾的反應，而翻譯的基本任務本來就是使不懂原文的受眾通過譯文獲得同樣的信息和感受。

第五，奈達的「動態對等論」在六十、七十年代提出以後，到八十年代又有所發展。他改變了過去「保留內容、改變形式」的提法而提出了內容與形式兼顧的論點。他認為，「功能對等」（functional equivalence）的翻譯要求「不但是信息內容的對等，而且盡可能地要求形式的對等」（not only the equivalent content of message, but, in so far as possible, the equivalence of the form）。⑲他說：

> 「在現實中，內容是不能完全同形式分離的。形式和內容常常不可分割地結合在一起（如在宗教性的文本中），概念常常同一些特殊的字或其他言語程式緊密相關。」
>
> 「如果從廣義上去了解『意義』（meaning）一詞，把一個文本所傳達的任何思想內涵都作為『意義』，那麼一項信

---

⑱　以上分別引自 *The Theory & Practice of Translation, Approaches to Translating in the Western World, Toward a Science of Translating.*

⑲　Nida & J. Waard, *From One Language to Another*, 1986.

息在形式上的特點當然應該認為是有意義的。」⑳

　　他在以前提出「動態對等論」時雖然只是強調內容上的一致
應優先於形式上的一致，但給人的印象是把內容和形式對立起
來，所以他後來改提兩者兼顧，可以認為是一種理論上的完善。
他在提出兩者兼顧的同時，提出了必須改變形式的五種情況：

　　㈠直譯會導致意義上的錯誤時；

　　㈡引入外來語形成語義空白（semantic zero），讀者有可能
自己填入錯誤的意義時；

　　㈢形式對等引起嚴重的意義晦澀時；

　　㈣形式對等引起作者原意所沒有的歧義時；

　　㈤形式對等違反譯入語的語法或文體規範時。㉑

　　稍有翻譯實踐經驗的人都會同意，這五種情況幾乎是經常發
生的，因此在翻譯時為保持內容而改變形式乃是常規而非例外。
所以，可以認為奈達的「動態對等」論在實質上並沒有改變。

　　第六，奈達的翻譯理論的發展不是在某些具體提法上而是在
研究方向上。他在一篇論文中曾用第三者的口吻描繪他理論發展
的軌跡及對未來的設想：

　　奈達指出，翻譯理論因注意的焦點不同而分為三類。如果注
意的焦點在文本（texts），特別是所謂「文學質量」，那麼翻譯
的理論是語文學的（philological）；如果注意語言形式和內容的
相等，那麼理論是語言學的（linguistic）；如果注意到翻譯是交
流過程的一部分，那麼理論是社會語言學的（sociolinguistic）。
在實際工作中，當然三者有很多是重合的。

　　他寫道：

　　　　「在喬姆斯基（N. Chomsky）的轉換生成語法形成

---

⑳　*A Framework for the Analysis & Evaluation of Theories of Translation*，見前。

㉑　請參閱勞隴〈從奈達翻譯理論的發展談直譯和意譯問題〉，《中國翻譯》，1989 年
第 3 期。

（1955）之前，奈達已經對某些注釋問題採取了實質上是深層結構的觀點。」以後，他曾採用喬氏的理論。但他很快發現，「在實質上，翻譯不能光作為一種語言工作來看待，而應作為一個更大的領域，即交流（communication）的一個方面來看待。」「沒有一種翻譯理論能把自己束縛在句子的處理上。」

在 1964 年的著作中，「奈達把翻譯同交流理論、而不是同一種特定的語言學理論聯繫起來，由此可以證明他對於只從嚴格的語言學角度對待翻譯感到不滿。交流模式的使用是明顯的對實用的人類學產生興趣的結果，反映了對於翻譯過程中接受者作用的關切。」

「有人常常把受衆稱為翻譯的『目標』（target），這說明他們對那些預期要接受和對交流進行解碼的人的作用是如何的健忘。在翻譯過程中，受衆的作用應從兩個相互關聯的視角去看：⑴一件特定譯品從受衆身上所得的反應，⑵受衆對成為合格翻譯的條件所存的期望。」

「由於在任何話語（discourse）中解碼者的重大作用，『目標』（target）和『目的語』（target language）兩詞都不再使用而代之以『接受者』（receptor）和『接受者語』（receptor language）。」

他說：

「翻譯的社會語言學理論不應理解為忽視語言結構。不如說，它們把語言結構提到更高的實質層次，從交流功能來加以考察。譯者能夠而且必須知道諸如諷刺、誇張和反意這樣一些因素，這些因素往往不是用語言上的記號來表示，而是通過同交流語境的不協調來表示的，這就是說，某些表述的解釋要靠非語言的語境而定。」

「在實際工作中，翻譯者很少是只根據一種理論行事的

……但如果翻譯的兩種語言在時間上相距遙遠、在文化上差異很大而文本在結構上相當複雜、預期的受眾又很可能各不相同，那麼翻譯者就不得不從社會語言學的角度來考慮他的工作。」

「翻譯工作所最後需要的將是一種完善而廣泛的、把一切有關因素都考慮在內的翻譯理論（What is ultimately needed for *translating* is a well-formulated, comprehensive theory of *translation* that can take into account all the related factors），因為翻譯常常牽涉到在人際關係範疇中的交流，這種活動的模式必須是一種交流模式，它的原則必須主要是廣義的社會語言學的原則。這樣，翻譯成為更廣闊的人類學的符號學（anthropological semiotics）領域的一部分。在一種統一的翻譯理論的架構中，就有可能去探討所有與翻譯有關並影響其實質的因素……」[22]

從這些敘述中不難看到，奈達理論發展的方向是社會語言學、符號學、信息傳播（交流）學，這將使翻譯理論研究的視野更為廣闊、與現代科學和生活的聯繫更為緊密。

◆

奈達的理論（它本身也在不斷修正和發展）為我國的翻譯理論研究發揮了有益的促進作用。在歷史上，馬建忠的〈擬設翻譯書院議〉（1894 年）中已經提出：「譯成之文，適如其所譯而止……夫而後能使閱者所得之益，與觀原文無異，是則為善譯也已。」[23]這個論點可以說是「等效」說的濫觴，比奈達早八十年。勞隴在〈殊途同歸〉一文中說，「（嚴復、奈達、紐馬克）這三家的學說，探索的途徑不同，表達的方式各異，看起來似乎相差懸殊，但是我們如果仔細分析其內含的意義，就會認識到基本原

---

[22] *A Framework for the Analysis and Evaluation of Theories of Translation*。

[23] 載羅編《翻譯論集》，頁 126。

理是一致的，彼此是可以相通的。」他接著指出，奈達的「功能對等」的翻譯也就是嚴復的「信而達的翻譯」。金隄也説，「我覺得信達雅的達，其實也有〔奈達的〕等效的意思。」（〈談中國的翻譯理論建設〉）。譚載喜《奈達論翻譯》一書最後説：

檢驗譯文質量的最終標準在於以下三個方面：

㈠能使讀者正確理解原文信息，即「忠實原文」；

㈡易於理解；

㈢形式恰當，吸引讀者。

一句話，譯文必須完全符合譯語的要求，以達到原文所能達到的目的。

這三條可以説是奈達「動態對等」或「功能對等」原理的分解（或者説，具體化）。令人十分感興趣的是，這三條同嚴復的「信、達、雅」幾乎是完全一致的，真可説是「英雄所見略同」了。㉔

四、紐馬克的「文本中心」論

在我國譯界知名度僅次於奈達的西方翻譯理論家是英國的紐馬克（Peter Newmark）。他的代表作是 1988 年出版的《翻譯教科書》（*A Textbook of Translation*）。㉕他的這本著作以及其中所闡述的理論具有這樣的一些特點：

一是密切結合現代翻譯活動的實際。

不像過去的翻譯研究往往著眼於文學翻譯，他談到翻譯時所

㉔　譚載喜編譯《奈達論翻譯》，頁 126，中國對外翻譯出版公司，1984 年。

㉕　據 Prentice Hall International（U.K.），Ltd. 1988 年初版。作者在序言中説，本書在許多方面對他的前一部著作《翻譯探索》（*Approaches to Translation*）是「一種擴充和修訂」（an expansion as well as a revision）。引文是本書作者譯的。

想到的不僅是文學翻譯，還有近三十年來才大為興盛的各種翻譯如國際組織、政府部門、公共機構、工商企業等所作的翻譯。所以他說，翻譯「成了一門新的學問、一種新的職業；一項古老的工作，現在卻在為主旨不同的各種目的服務。」（頁10）

二是密切結合翻譯的實踐。

他說，「翻譯理論要做的，第一是找到和確定翻譯中的問題（沒有問題──沒有翻譯理論！）；第二是指明在解決問題中要考慮到的所有因素；第三是列舉所有可能的翻譯程序；最後是提出最合適的翻譯程序，加上合適的翻譯。翻譯理論如果不是來自翻譯實踐中的問題……那將是毫無意義的、沒有生命的。」（頁9）「這本書的各項理論都不過是翻譯實踐經驗的總結。」（頁xi）

三是重視譯文受眾。

他不僅是一般意義上的重視，而且把譯文受眾作為一個重要因素，結合不同文本來考慮決定採用何種翻譯程序和方法。例如，商品的使用說明書完完全全是為了受眾的，翻譯它就要比翻譯一首抒情詩（詩人和譯者是為自己寫的）更多從受眾著想。（頁xii）他還說，「要對譯文讀者作出估量，以便在你對文本進行翻譯時決定譯文的文字格調、繁簡和感情色彩。」「對某些讀者來說，譯文中所作的解釋可能會比譯出的原文還要長得多。」（頁12）

四是重視文本（text）。這一點可以被認為是紐馬克理論架構的支柱。

他說：

「什麼是翻譯？通常（雖然不能說總是如此），翻譯就

是把一個文本的意義按原作者所意想的方式迻譯入另一種文字（語言）。」（頁 5）（What is translation? Often, though not by any means always, it is rendering the meaning of a text into another language in the way that the author intended the text.）

「我有點像是個『直譯派』，因為我是主張忠實和準確的。我認為，詞和句以及文本都是有意義的；你只是在具有詞義上的及實用上的正當理由時（這種情況常常發生）才會偏離直譯（除非是意義晦澀的文本）。但這不是說——如同阿姆斯特丹的亞歷克斯·布拉澤頓曾在沒有證據的情況下用輕蔑口吻寫過的那樣——我相信『字詞有絕對的至高無上的地位』。在翻譯中沒有絕對的事情，一切都是有條件的，任何一個原則（如『準確』）都可能是同另一個原則（如『精煉』）相對立的，或者至少在它們之間存在著緊張關係。」（頁 xii）[I am somewhat of a "literalist", because I am for truth and accuracy. I think that words as well as sentences and texts have meaning, and that you only deviate from literal translation when there are good semantic and pragmatic reasons for doing so, which is more often than not, except in grey texts. But that doesn't mean, as Alex Brotherton（Amsterdam）has disparagingly written without evidence, that I believe in the "absolute primacy of the word". There are no absolutes in translation, everything is conditional, any principle（e.g. accuracy）may be in opposition to another（e.g. economy）or at least there may be tension between them.]

可以這樣認為：在紐馬克看來，翻譯就是文本的翻譯，研究翻譯不能離開文本，所以他按照語言的功能對文本作了詳細的分析。與語言的表達功能（expressive function）相對應的是「表達型」文本，包括⑴抒情詩、短篇小說、長篇小說、戲劇等嚴肅的

富於想像的文學作品，⑵權威性的聲明，⑶自傳、散文、私人通信。與語言的信息功能（informative function）相對應的是「信息型」文本，其主題有科技、工商、經濟等，其格式有教科書、報告、論文、備忘錄、紀錄等。與語言的召喚功能（vocative function）（I use the term "vocative" in the sense of "calling upon" the readership to act, think or feel, in fact to "react" in the way intended by the text.）（p.41）相對應的是「召喚型」文本，包括説明書、宣傳品、通俗小説（它的目的是賣書、娛人）。

這三種不同的文本類型適用不同的翻譯方法（或者稱翻譯理論）。粗略言之，「表達型」文本適用「語義翻譯」（或作「傳意翻譯」semantic translation），「信息型」和「召喚型」文本適用「交際翻譯」（或作「交流翻譯」communicative translation）。

紐馬克把翻譯方法按其著重點不同分成兩類。著重於出發語（原文）的有：（按其著重程度依次為）字對字翻譯（word–for–word translation）、直譯（literal translation）、忠實翻譯（faithful translation）、語義翻譯。「『忠實翻譯』與『語義翻譯』的區別在於前者是不妥協的和教條式的，而後者稍為靈活一些，它承認在百分之百的忠誠中可以有創造性的例外，並允許譯者同原文產生直覺的感應。」（頁 46）著重於譯入語（譯文）的依次為：改譯（adaptation）、自由翻譯（free translation）、習語化翻譯（idiomatic translation，即按譯入語的語言習慣翻譯，包括使用原文中不存在的譯入語的習語和俗語等）、交際翻譯。「交際翻譯試圖用這樣一種方式來傳達出原作中確切的、上下文一貫的意義，使其內容和語言都易於為〔譯文〕讀者群所接受和理解。」（頁 47）[26]

---

[26] 紐馬克的翻譯理論中，關於「語義翻譯」和「交際翻譯」還有非常詳盡的闡釋，這裡不能備載。奈達為他的論文集《翻譯探索》寫的序文中對此頗為推崇。請參閱勞隴〈翻譯教學的出路——理論與實踐相結合〉，《外國語》，1991 年第 5 期。

一般認為，翻譯的首要目標是達到「等效」（equivalent effect）即：使譯文在譯文讀者身上產生的效果相等於原文在原文讀者身上產生的效果。紐馬克認為，「等效」問題也因文本不同而異。他說，「這又叫作『同等反應』原則。奈達稱為『動態對等』。在我看來，『等效』與其說是任何翻譯的目的，還不如說是一種可取的結果，如果我們想到在兩種情況下這是一種不大會產生的結果：(1)如果原文文本的目的是去影響別人而譯文則是傳遞信息（或者反之）；(2)如果原文文本與譯文文本之間有明顯的文化差異。」（頁48）他接著就不同文本、不同譯法作了分析。他說，「召喚型」文本用的是「交際翻譯」，取得「等效」不但是可取的，也是必需的。「信息型」文本雖然也可用「交際翻譯」，但只有對其中有感情作用的部分，「等效」才是可取的；如果兩種語言的文化背景迥異，那麼「等效」是不可能的。至於「表達型」文本，用「語義翻譯」，不如用「交際翻譯」那樣可能取得「等效」，因為「語義翻譯」著重於原文，譯者主要考慮的是原文文本對他自己所產生的效果而不是譯文文本對讀者群所產生的效果。他最後總結說，「等效」原則「是一個重要的翻譯觀念，它對於任何類型的文本都可以在某種程度上加以運用，但並不具有同等程度的重要性。」（頁49）

對譯品的評價，紐馬克同樣認為要因文本而異。他說，通常人們在考查譯文是否準確（即忠實或「信」於原文）時總是要考慮原文文本中主要的「不變」（invariant）因素（一般是其中的事實或觀念）是否已充分傳達出來。「但，如果原文文本的目的是推銷什麼東西、進行勸說、禁止某些事情、通過事實或觀念表達感情、取悅於人或教導他人，那麼這個目的就應成為這種『不變性』的基本原則，它隨文本而異；這就是為什麼制定翻譯『不變性』總原則是徒勞的原因。」（This is why any general theory of translation invariance is futile.）

論信達雅

他認為評價翻譯的標準都是相對的。「好的翻譯能實現其意圖。」（頁 192）這種意圖在原作者和譯者應是一致的，但卻是因文本不同而各異的。「信息型」文本只要以一種譯文讀者群可接受的方式把事實表達出來就是實現了意圖。「召喚型」文本是否實現了意圖更容易衡量（至少理論上如此），譬如一個廣告公司的譯員所翻譯的廣告是否發揮了效力就是他翻譯成功程度的標尺。「表達型」或權威性文本為實現其意圖，形式幾乎與內容同樣重要，在語言的表達功能與美學功能之間常存在著「緊張關係」，所以用一種僅僅是「充分的」翻譯就足以說明原文文本。

從以上對紐馬克理論要點（也是特點）的簡單介紹，不難感到他的視野更加開闊、思路更加靈活、分析更加細緻。他的「語義翻譯」與「交際翻譯」理論備受中外譯界重視，認為是他的翻譯理論的精華。但從他的《翻譯教科書》全書看，貫穿他的理論的是文本（text）這一中心思想。他認為討論和研究翻譯都不能離開文本：不同的語言功能產生不同的文本，不同的文本須用不同的翻譯方法，考察翻譯的效果和對譯品的評價都應隨文本不同而異。他的「語義翻譯」與「交際翻譯」理論就是這一文本中心思想的產物，所以本書作者稱他的理論為「文本中心」論。

他和奈達對翻譯的基本觀點沒有原則上的分歧。如：奈達認為任何語言均有同等表達能力，某些所謂「原始的語言」不能表達複雜的科學觀點的說法是不符合事實的；紐馬克也認為全球四千種語言「都有同等的價值和重要性」，「沒有一種語言、一種文化是如此『原始』以至不能包容——比如說——計算機技術和無伴奏宗教歌曲的用辭和概念。」（頁 6）

又如：對翻譯的本質，奈達常說，「翻譯就是譯意」（Translating means translating meaning），紐馬克則說，「翻譯就是把一個文本的意義按原作者所意想的方式迻譯入另一種文字（語言）」。他們都十分重視譯文讀者的反應，十分重視翻譯與文化

的關係，十分重視理論聯繫實際。他們都認為翻譯是一種具有創造性的活動，翻譯存在某些原則和規則，但它們都是相對的，不可能成為某種程式或「萬應靈藥」。

在前面提到過的勞隴〈殊途同歸〉一文中指出，嚴復「信、達、雅」說同奈達、紐馬克的學說都是相通的。「譯文必須信而且達，才能達到『功能對等』的效果。」「譯文之所以要求雅，就是為了行遠；也就是說，要得到廣大讀者的歡迎。用現代的語言說，就是譯文要充分考慮譯文讀者的接受性（acceptability）。從這個意義上說，那麼，紐馬克的交流（交際）翻譯就可以說是『雅』字的最好的注腳了。」

五、中外譯論應融合而非相互排斥

本章開頭曾指出，在研究「信、達、雅」說的工作中必須從國外的翻譯理論研究中吸取營養，不能長此保持我國譯論研究中「兩股道上跑車」的狀況。許鈞在〈關於翻譯理論研究的幾點看法〉[27]一文中對此有十分痛切的陳述：

「近十幾年來的譯論研究中，我們走過一些彎路，如有的研究者一味推崇西方譯論，而否定我國傳統譯論的價值，認為我國的傳統譯論沒有科學的定義和統一的術語，更沒有系統性，總之是不科學的，而另有一些研究者則排斥西方譯論，認為西方譯論只能指導西方的翻譯實踐，對我國的翻譯實踐沒有指導價值。目前，這種中西方譯論相互排斥的傾向仍然存在，甚至有越來越明顯的趨勢。」

他接著指出，「翻譯作為人類的一項普遍性的文化交流活動，自然會遇到許多帶有共性的問題，也會在幾千年的翻譯實踐

---

[27] 《中國翻譯》，1997 年第 3 期。

中，積累一些可以相互啟發、相互借鑒的經驗。」「在今後的研究中，我們的視野應該更開闊些，把有借鑒作用的外國譯論介紹進來，同時也要深入研究我國的傳統譯論，把我國在幾千年的翻譯實踐中積累的一整套行之有效的經驗向國外同行作介紹，促進中外譯論的交流，而不應該相互隔絕，相互排斥。」

前引勞隴〈殊途同歸〉一文，發表時間（1990）早於許文，當時他就已指出：「我覺得這種意見的分歧〔建立我國現代翻譯理論應以傳統譯論為主還是以西方譯論為主〕似乎是不必要的，因為東西方語言文字雖然屬於不同的語系，有很大的差別，但是也有語言的共性（language universals），而彼此對於翻譯的本質和功能的認識又是一致的；因此翻譯的基本原理彼此是可以相通的。我們可以融合東西方的翻譯理論而構成我們的理論體系的基礎，並不存在『以誰為主』的問題。」

本書作者贊同上述觀察和論點。實際上，如第一章緒論中所說，本書對「信、達、雅」研究的思路就是「繼承、融合、創立、發展」。本章所作對幾家外國譯論的簡要介紹已可說明，無論是泰特勒、費道羅夫、奈達、紐馬克，他們的理論——也就是他們的經驗的總結和昇華——同嚴復的「信、達、雅」說均有相通之處，也就是說，中外翻譯大師們「遇到許多帶有共性的問題」，並且「積累一些可以相互啟發、相互借鑒的經驗」，「彼此對於翻譯的本質和功能的認識又是一致的」。因此，在中外譯論研究中求其融合在許多方面或在很大程度上是可能的，或者說必需的。

但是，歷史也已證明，把外國的譯論「照搬」進來並力圖取代中國傳統譯論的做法是無效的、行不通的。最近的例子就是本世紀五十年代一部分學者大力主張引進費道羅夫的「等值」翻譯而將「信、達、雅」說予以廢棄，當時就受到另一些學者的抵制或反對。現在看來，「信、達、雅」比「等值」似乎生命力還強

勁一些。這是因為像翻譯這樣牽涉到語言和文化——這兩者的差異性和複雜性是我們現在還沒有完全充分認識到的——的活動，不可能作簡單劃一的處理。在以漢語為主的中國語言和外國語言之間，在有著幾千年歷史根基的、以漢文化為主體的中國文化與外國文化之間，它們之間的交流有著許多獨特的情況和困難。因此，中外、外中的翻譯除了遵循一些在翻譯工作中的普遍性的原則以外，還必須有其特殊性的原則。「信、達、雅」就是這樣的原則。

董秋斯批評嚴復的「信、達、雅」不過是「幾條空洞的原則」，「不能解決問題」，因為「這一種理論體系算不得完整」（見第三章第二節引文）。這樣的批評當然是對的，因為「信、達、雅」只是嚴復翻譯經驗的總結和概括，它至今尚未形成一種理論體系，更不用說「完整」的理論體系了。但這正是嚴復留給我們後人的工作。我們的任務就是要在嚴復所開闢的道路上繼續前進，去創立和發展一個完整的理論體系。在這樣做的時候，我們必須從外國已有的譯論研究成果中去吸取營養。本書特闢專章介紹四家在我國較有影響的外國譯論學說意即在此。

下面兩章就是在國內外譯論研究成果的基礎上對翻譯的本質和翻譯的實踐過程所作的考察，這種考察的目的是為了探究「信、達、雅」生命力之所在，也就是為這一原則構築理論基礎。

第 五 章

從翻譯的本質看「信、達、雅」

「信、達、雅」作為指導翻譯實踐（translating）的原則或評價翻譯作品（實踐的結果）的標準，是否正確，在於是否合乎翻譯（translation）的本質以及是否合乎翻譯實踐的過程。因此，本章及下一章將分別對這兩個方面進行探討。

一、對翻譯本質的認識

在探討翻譯（translation）的本質之先，有兩個概念須先闡明。

第一，我們在這裡所要研究的翻譯（或者說本書所說的翻譯）是廣義的，即：泛指各種方式（文字的、口頭的）、各種材料（從經典到廣告）的翻譯。各種不同的翻譯可以有各種不同的原則和方法，但作為翻譯的本質是相同的，所以應有共同的原理。現在在翻譯研究中往往偏重於文學翻譯的研究，但據統計，目前全世界翻譯工作總量中，非文學翻譯占百分之九十，我國翻譯工作者約五十萬人（八十年代的數字），其中科技界占半數以上，因此翻譯理論研究的視野應擴大到整個翻譯領域。

第二，我們所研究的翻譯是一種社會活動，而不是一種個人行為。因此，考量翻譯的優劣成敗，不是——或者說，主要不是——對譯品或同一原本的若干譯文作書齋式的、單純語文學或美學的評判，而要從其社會—文化效果來分析。而且這樣的考量應

著眼於某一譯品的整體，而不在一詞一句（當然，詞句的研究也很重要）。但在翻譯研究著作中，由於篇幅的關係，往往不可能這樣做，而只能分析評價部分內容，極易有「以偏概全」之嫌。事出無奈，本書也不例外。

對於「什麼是翻譯」這個最基本的問題，本書第四章已介紹了幾位外國譯學家的回答。為了便於讀者，下面再簡單複述一下他們的說法：

(一)「好的翻譯應該是把原作的長處如此完備地移注入另一種語言，以使譯入語所屬國家的本地人能明白地領悟、強烈地感受，如同使用原作語言的人所領悟、所感受的一樣。」（泰特勒，1790）

(二)「翻譯就是用一種語言把另一種語言在內容與形式不可分割的統一中所業已表達出來的東西準確而完全地表達出來。」（費道羅夫，1953）

(三)「翻譯是把一種語言的言語產物在保持內容方面（也就是意義）不變的情況下改變為另外一種語言的言語產物的過程。」（巴爾胡達羅夫，中文版 1985）

(四)「翻譯就是在譯入語中再現與原語的信息最切近的自然對等物，首先是就意義而言、其次是就文體而言。」（奈達，1974）

(五)「什麼是翻譯？通常（雖然不能說總是如此），翻譯就是把一個文本的意義按原作者所意想的方式迻譯入另一種文字（語言）。」（紐馬克，1988）

下面再介紹其他幾位學者為翻譯所下的定義：

(六)「翻譯是將一種文字之真義全部移至另一種文字而絕不失其風格和神韻。」（吳獻書，1949）[1]

---

[1] 《英文漢譯的理論與實際》（增訂本），開明書局，1949 年第四版。

(七)「翻譯是用一種語言把另一種語言所表達的思維內容準確而完整地重新表達出來的語言活動。」（張培基等，1980）②

(八)「翻譯的定義也許可以這樣說：把一種語言（SL）中的篇章材料（textual material）用另一種語言（TL）中的篇章材料來加以替代。」（卡特福德，1965）③

從以上所引的定義看，(一)(六)兩條似乎偏重於語文學的角度，其他則偏重於語言學的角度。把現代語言學應用於翻譯理論研究無疑是一種極大的推動、革新和深化。畢竟翻譯所涉及的最現實最具體最迫切的問題就是對原語的理解，然後把所理解的意義（信息）用譯入語來表達，所以，認為「翻譯的實質是語際的意義轉換」（劉宓慶，1990）是很自然的。

但正如奈達所指出，嚴格地、單純地從語言學角度來研究翻譯是不夠的。（請參閱第四章第三節）翻譯的大量實踐經驗和普遍情況說明，翻譯是為使用不同語言、具有不同文化背景的人群之間進行交流（或作交際 communication）而產生和發展的。「交流與溝通是翻譯的總的目的和宗旨。」（許鈞〈與阿埃瑟朗對談〉④）「翻譯不是電報碼式的轉換，而是溝通。實際上，稱職的翻譯不是詞句轉換的『對號者』，而應是溝通者。」（關世杰《跨文化交流學》⑤）「任何一個起不了交流作用的信息都是毫無用處的⋯⋯翻譯所傳達的信息必須易於被理解被接受，以便起到交流作用或宣傳教育作用，這恐怕是今天對翻譯所提出的普遍要求。」（曹惇〈比較研究和翻譯〉⑥）可以說，沒有交流就沒有翻譯。所以，翻譯不僅是語言活動，它還是交流活動，甚至於可

② 《英漢翻譯教程》，緒論，頁 VII。
③ 原文轉引自劉宓慶《現代翻譯理論》，頁 42，見前。本書作者自譯。
④ 《中國翻譯》，1996 年第 1 期。
⑤ 《跨文化交流學》，頁 250，北京大學出版社，1995 年。
⑥ 《翻譯通訊》，1984 年第 2 期。

以説，主要是交流活動。這樣來認識翻譯的本質，可以使我們的思想開闊起來，一些問題比較容易找到答案。

在國外近來譯學理論研究中已經出現了這樣的趨勢。[7]德國譯學家赫尼希和庫斯茂爾（Hönig and Kußmaul）、賴斯和費爾梅爾（Reiß and Vermeer）、尤斯塔・霍爾茨－門特里（Justa Holz-Mänttäri）在二十世紀八十年代出版的著作中有以下四個共同點：

㈠把翻譯研究的重心從語言轉換移往文化轉換；

㈡不把翻譯看成是「代碼轉換」（transcoding）而看成是交流行為（act of communication）；

㈢研究譯入語文本的功能（function of the target text）（前瞻翻譯 prospective translation）重於研究原語文本的内容（prescriptions of the source text）（回顧翻譯 retrospective translation）；

㈣把文本（text）看成是現實世界的一個部分（an integral part of the world）而不是一個孤立的語言標本（an isolated specimen of language）。

在他們的德文著作《翻譯策略》（*Strategie der Ubersetzung*）中，他們把文本看成是具有社會文化背景的實體並強調翻譯中功能的重要性。他們拋棄了「盡可能保存原文裡的東西」（preserve as much of the original as possible）這條至今還在應用的經典信條，提出了自己的準則：「盡量按照文本功能的需要保存原文裡的東西」（as much as necessary for the function of the text）。

漢斯・J・費爾梅爾（Hans J. Vermeer）多年來是德國譯學理論界領袖人物之一。他劇烈反對把翻譯只看作是語言問題。對他來說，翻譯主要是一種跨文化的轉換（cross-cultural transfer），

---

⑦　趙家璡在〈當代翻譯學派簡介〉一文中指出：二十世紀八十年代後期國際譯學界已取得以下共識——⑴譯學研究的方向，重點是文化研究，不是語言轉換；⑵翻譯是原作的改寫和處理（rewriting and manipulation），是跨文化轉換。載《中國翻譯》，1996年第5期。

翻譯工作者應該是雙文化的（bicultural）（如果不能做到多文化pluricultural），這樣他自然會精通不同的語言，因為語言是文化的一個內在部分。翻譯作為一種「跨文化的事情」（cross-cultural event），在文化上相距遙遠的「語言對子」（language pairs）中（如芬蘭語與漢語）是如此，在文化上關係密切的「語言對子」中（如英語與德語）也如此，差別只是在程度上而不是在性質上。他為翻譯作了以下的定義：

> 「翻譯是用 Z 文化的 Z 語言來提供信息，以一種充足的
> （！）形式仿效 A 文化的 A 語言。這就是説，翻譯不是僅僅
> 把一種代碼變換成另一種代碼，而是一種複雜的行為，人們
> 用這種行為在新的功能、文化和語言等條件下傳達一項文本
> （或內容），並力圖盡可能地在形式上也唯原本是從。」

　　曾長期在一所芬蘭翻譯學院任教的尤斯塔・霍爾茨—門特里的基本觀點與以上幾位相似，但走得更遠一點。她甚至於拒絕「文本」（text）這個概念而代之以「訊息」（message）的概念，文本只不過是訊息的載體。她同樣把翻譯看作是一種「跨越文化障礙的交流行為」（an act of communication across cultural barriers），翻譯的準則決定於譯品的接受者（recipient of the translation）及這一譯品的具體功能。⑧

　　我國譯學界也有人提出類似的見解，如蔡毅在〈關於國外翻譯理論的三大核心概念——翻譯的實質、可譯性和等值〉⑨一文中正確地指出：

> 「首先，應當把『翻譯的定義』與『對翻譯質量的要
> 求』區別開來，這兩者屬於不同的範疇。『忠實』『全面』

---

⑧　*Translation Studies: An Integrated Approach*（Ch.2 *Translation as a Cross-Cultural Event*），by Mary Snell-Hornby, 1988, USA.
　　引文中的德文部分承《今日中國》雜誌社德文部主任周克駿協助譯出，特此致謝。
⑨　《中國翻譯》，1995 年第 6 期。

『等值』等是對翻譯質量的要求⋯⋯。其次，翻譯理論可以側重研究話語的翻譯。但翻譯的對象並不僅限於話語⋯⋯把翻譯的定義界定為話語的語際轉變是片面的。第三，定義應當言簡意賅，一目了然。」

他為翻譯下的定義是：「將一種語言傳達的信息用另外一種語言傳達出來。」「這裡所謂的信息，其內涵是多方面的，包括：意義、思想內容、感情、修辭、文體、風格、文化及形式等等。」（著重點是引用者加的）

馮志傑、馮改萍在〈譯文的信息等價性與傳遞性：翻譯的二元基本標準〉一文[10]中說，「按照信息論的觀點，翻譯的本質就是通過語種轉換把一種語言的言語所承載的信息轉移到另一種語言的言語當中，用該種語言表達出來以傳達給目標語言讀者的過程，是把一種語言的言語轉換成另一種語言的言語的活動⋯⋯通過語言轉換（翻譯）把原作的信息完整、準確地轉移到目標語言當中，並最大限度地傳遞給讀者應當成為翻譯的總要求⋯⋯一方面要求譯文與原文的信息具有等價性，即保證信息的等價轉化；另一方面要求譯文具有較強的信息傳遞性。」

王克非在〈論翻譯研究之分類〉一文[11]中說：「翻譯雖是兩種語言文字的轉換，但又決不僅僅是兩種語言文字的轉換，它代表了社會的交往、文化的溝通與互惠互促。」他從而為翻譯作了這樣的定義：

「翻譯是將一種語言文字所蘊含的意思用另一種語言文字表達出來的文化活動。」

張學斌在〈穿越語言文化差異〉一文[12]中稱翻譯為「跨語言文化交際的重要手段」。

---

[10] 載《中國翻譯》，1996 年第 2 期。
[11] 同上，1997 年第 1 期。
[12] 載《中華讀書報》，1997 年 5 月 14 日。

許鈞在談到翻譯的本質時也著重指出：

「翻譯是複雜的文化交流活動，承擔著精神交流的中介作用，譯者的作用不可忽視。作為橋樑，翻譯的首要職能是溝通。因此，面對作者和讀者，面對出發語文化和目的語文化，譯者應採取怎樣的態度，應採取怎樣的溝通方式，是翻譯研究不可忽視的一個方面。」⑬

梁冰則明確提出翻譯是跨語言、跨文化的交際活動。他說，「翻譯是一種跨語言的交際活動，同時也是一種跨文化的交際活動。通常意義上的翻譯牽涉兩種語言和兩種文化，因此，對語言不精通或對文化不了解，都會導致誤譯錯譯的產生。」⑭

基於以上所作的分析以及國內外譯論研究趨勢，對翻譯的本質可否這樣來認識：

翻譯是跨語言、跨文化的交流。翻譯是把具有某一文化背景的發送者用某種語言（文字）所表述的內容盡可能充分地、有效地傳達給使用另一種語言（文字）、具有另一文化背景的接受者。

按英語 communication 一詞含義頗多，漢語中沒有很合適的對應詞，因而在不同場合分別譯為交流、傳播、溝通、傳遞、交際、通信、交通等詞。傳播學中的「傳播」一詞、跨文化交流學中「交流」一詞，均來自此同一英語詞。這裡所說的「交流」，用此英語詞的本義，即共有、共享（據《韋氏大字典》）和漢語詞的本義，即流通、溝通（據《辭海》），綜合兩者足以說明翻譯的本質，即溝通雙方、共享信息（information ⑮）。

語言與文化不可分，所以這裡所說的文化實際上包含語言中

---

⑬　〈關於翻譯理論研究的幾點看法〉，載《中國翻譯》，1997年第3期。

⑭　〈從誤譯看文化知識在翻譯中的作用〉，載《中國翻譯》，1997年第5期。

⑮　據了解，新華社對外部通常將information譯作「信息」，message譯作「訊息」，以資區別。本書從之。

的文化因素在內。

這裡所說的內容指語言的各種意義以及所負載的各種信息，甚至可能包括非語言信息。實際上，意義和信息在這裡是同一的：從語言學角度，稱之為意義；從信息論角度，稱之為信息。

由於語言和文化兩方面的障礙，翻譯只能力求在最大限度內將原語的內容充分地在譯入語中傳達，並使之在譯入語接受者身上產生與交流目的相符的最大效果。在絕大多數情況下，通過翻譯所傳達的不可能是全部意義、全部信息，也不大可能使譯入語接受者的感受和反應完全等同於原語接受者的感受和反應，「等值」、「等效」只是一種理想。

嚴復發憤翻譯西方學術名著，是為了介紹西方先進的思想和學問，以遂其救國強民的夙志，因此他對於翻譯作為跨語言、跨文化交流這一本質是一開始就明確認識（儘管他沒有用這樣的詞語），並本著這一認識總結出「信達雅」這三字原則的。他在作於光緒丙申即 1896 年的《天演論》手稿（未刊行）中有〈譯例〉四款如下：「⑴是書以理解明白為主，詞語顛倒增減，無非求達作者深意，然未嘗離宗也。⑵原書引喻多取西洋古書，事理相當，則以中國古書故事代之，為用本同，凡以求達而已。〔按：此即賀麟所說嚴之『換例譯法』。〕⑶書中所指作家古人多希臘羅馬時宗工碩學，談西學者所當知人論世者也，故特略為解釋。⑷有作者所持公理已為中國古人先發者，謹就譾陋所知，列為後案，以備參觀。」凡此四款十分明確地顯示出嚴復為了中外文化交流而從事翻譯的指導思想，也就是黃遵憲在 1902 年致嚴復函中所說的「譯書一事以通彼我之懷，闡新舊之學，實為要務。」[16]他也充分了解中西文化和語言的差異給交流所帶來的巨大困難，所以開宗明義就說「譯事三難信達雅。求其信已大難矣。」這個

---

⑯　以上引文均見王栻主編《嚴復集》，第五冊，中華書局，1986 年。

「難」字就說明他認為要做到像馬建忠所説的那種「善譯」（「譯成之文適如其所譯而止，而曾無毫髮出入於其間，夫而後能使閲者所得之益，與觀原文無異」，即後人所説的「等值」「等效」）是不可能的。

下面再對翻譯的本質展開來談一談拙見。

二、翻譯是交流

首先談為什麼要強調「交流」？

前面已經指出，我們研究的翻譯是一種社會行為，因此決不能只去研究兩種語言轉換的問題，而應著重於研究如何通過語際轉換達到傳達信息的目的，即把主體（原作者、原本和譯者、譯本）和客體（原本受眾、譯本受眾）結合起來研究。奈達説，翻譯所力求達到的是譯文受眾的反應與原文受眾的反應基本一致，也就是這個意思。奈達認為這就是把翻譯納入交流模式。如果説，語際轉換是手段、傳達信息是目的，那麼離開了目的去研究手段就是不實際、不科學的。過去的「直譯」與「意譯」之爭，固然是前語言學時期難免的現象，但也可以説是手段與目的本末倒置的結果。試問如果「直譯」而譯文讀者不懂，「雖譯猶不譯也」（嚴復），如何傳達信息呢？「即使是最『準確』的譯文，如果讀者看不懂，那就達不到目的。因此，考慮實用因素是達到翻譯上完全等值的一個必不可少的條件。」（巴爾胡達羅夫）如果「意譯」而偏離了原文，那又如何能説是傳達了原文的信息呢？強調翻譯的交流本質，使翻譯的原則與必要的技巧服從於交流這個目的，就不會再有必要去作「直」「意」之爭了。

同樣的道理，由於翻譯是交流，而交流的具體内容、對象、層次、作用不同，因此翻譯的手段（方法）在不背離原作和符合譯入語要求這兩個大前提下，應該允許（有時是必須）有所不

同。奈達説，「為翻譯（translating）下定義不可避免地要在很大程度上取決於所須完成的譯作（translation）的目標何在。」（*Principles of Translation*）紐馬克的學説則更重視文本和譯文讀者的不同。他認為應把譯文讀者作為一個重要因素，結合不同文本，來考慮決定採用何種翻譯程序和方法。他提出，「表達型」文本適用「語義翻譯」，「信息型」和「召喚型」文本適用「交際翻譯」。他把翻譯方法分為兩類。甲類著重原文，按其著重程度依次為：「字對字翻譯」、「直譯」、「忠實翻譯」、「語義翻譯」；乙類著重譯文，依次為：「改譯」、「自由翻譯」、「習語化翻譯」、「交際翻譯」。他認為，關於「等效」的要求、評價譯品的標準都應因文本不同而異。（請參見本書第四章有關部分）

費道羅夫也把原文文本分為三類：(1)新聞報導、文件和專門科學著作，(2)政論作品，(3)文藝作品，並應有不同的標準。第一類要正確傳達原文內容，文字力求流暢確切（專門名詞和術語必須譯得確切）；第二類傳達原作內容和恰如其分地表達作者對該內容所持態度外，還須使譯文能起同原文一樣的宣傳鼓動作用；第三類首先應注意表達原作的藝術性，逐字逐句翻譯文學作品往往不能達到翻譯的目的。（《翻譯理論概要》，第八章引言）

前蘇聯翻譯學家索伯列夫説，「適用於各種類別與體裁的翻譯原則只有一條：把原作的內容與形式移注於另一種語言中；但是，這個公式的運用，是要隨我們翻譯的是哪一種原作──技術的、社會政治的或文藝的──而改變的。」（《論用形象翻譯形象》）

巴爾胡達羅夫還指出，翻譯中對實用因素的考慮要因各種翻譯材料而異，如科學文獻的原語和譯語的讀者均是這方面的專家，理解程度一樣；僅供「國內讀者」（即原語讀者）閱讀的材料可以不考慮翻譯上實用因素的問題；文藝作品在實用方面會給

譯者帶來特殊的困難；對外宣傳材料和出口商品廣告則在翻譯時考慮實用因素至關重要。而最重要的則是翻譯那些被列為無等值物的詞彙範疇（如專有名詞、地理名稱、文化生活中各種特有事物名稱等）時要考慮實用因素。（《語言與翻譯》）

關於對譯品的要求應因人、因書而異，魯迅曾說：

「首先要決定譯給大眾中的怎樣的讀者。將這些大眾，粗粗的分起來：甲，有很受了教育的；乙，有略能識字的；丙，有識字無幾的。而其中的丙，則在『讀者』的範圍之外……就是甲乙兩種，也不能用同樣的書籍……供給乙的，還不能用翻譯，至少是改作，最好還是創作……至於供給甲類的讀者的譯本，無論什麼，我是至今主張『寧信而不順』的……即使為乙類讀者而譯的書，也應該時常加些新的字眼、新的語法在裡面，但自然不宜太多……談到翻譯文藝，倘以甲類讀者為對象，我是也主張直譯的……為乙類讀者譯作的方法，我沒有細想過……大體看來，現在也還不能和口語……合一，只能成為一種特別的白話……」（〈關於翻譯的通訊〉）

趙少侯也認為，「譯書的標準應就所譯書籍的題材和性質而有所區別，所以翻譯批評的標準，也應隨之而不同。」「譯科學書籍以能說清原委、明白曉暢為主要條件。」「譯社會科學及政治理論的書籍，則不僅要使讀者了解原文所說的事物理論，同時也要盡量照顧到原文字句和組織。」「譯文藝書籍，則除了忠實精確地轉述了原文的意義外，原文的語氣、筆調、風格，甚至於神韻，都應盡可能地保持在譯文裡。」（〈我對翻譯批評的意見〉[17]）

---

[17]　載《翻譯研究論文集》。

沒有交流就沒有翻譯

　　以上用了大量引文意在證明這樣一個事實：即，中外翻譯家、翻譯理論家實際上早已認定並掌握了「翻譯是交流」這一本質。由於「翻譯（translating）看來是一件非常複雜的工作……理查茲（Richards,1953）曾把翻譯描述為『可能是宇宙進化中迄今為止所產生的最為複雜的那種事件』。對於這樣的事情，沒有一種簡單的理論或一套規則足以提供有意義的回答。」（奈達，1976）所以，為了達到交流的目的，可以因譯品及其對象的不同而採用不同的方法和規則、提出不同的要求和在總原則下的各別標準。如果不是這樣，而是把翻譯單純看作一種語言工作，只從語際轉換角度去進行研究，訂出單一的法則，並以此來要求各種不同譯品，實際上往往是行不通的。如漢語成語「一箭雙雕」應該譯成 to kill two vultures with one arrow 還是 to kill two birds with one stone? 英語成語 When in Rome, do as Rome does 應該譯成「在羅馬，羅馬怎麼做就怎麼做」還是「入鄉隨俗」？兩種譯法是否有正誤之分？如果單純從語際轉換規則來評價，應該說前者是「正規的」翻譯，後者則不是。但如果從交流的本質來分析，那麼英語的 to kill two birds with one stone 與漢語的「一箭雙雕」，英語的 When in Rome, do as Rome does 與漢語的「入鄉隨俗」所傳達的是同樣的信息，因此這樣互譯，在通常情況下，就已達成了交流的目的。但如果譯入語的讀者需要知道在原語中如何表述這一信息，那麼就需要採取譯出原語字面意義的辦法，以完成這一特定的交流目的。

　　下面不妨再舉兩個本書作者親歷的例子。本世紀五十年代一家英文對外刊物曾有一篇稿件，中文原稿題為〈一個女店員〉，英文改作 *The Girl Behind the Counter*；女店員見了顧客問：「您要點兒什麼？」英文改作 What can I do for you? 於是就引起一番

爭論，有人認為這不是翻譯，至少不是忠實的、「正規」的翻譯。到了八十年代，另一家英文對外刊物上有一篇稿件，中文原題為〈中國足球女將〉，英文題譯為 *Shooting to Success: Woman Footballers*，有一張廣告，中文詞為「絢麗多姿的民間藝術將使您得到美的享受」，英文譯為 "Our Folkart Festival is a guaranteed good time!" 本書作者在一篇論文中以此兩者為例，有人就認為舉例不當，因為「這不是翻譯」。如果不是翻譯，那又是什麼呢？林紓是不是翻譯家、他那些小說是不是仍公認為翻譯小說呢？紐馬克不是把「字對字翻譯」、「直譯」、「忠實翻譯」、「語義翻譯」、「改譯」、「自由翻譯」、「習語化翻譯」、「交際翻譯」，統統納入翻譯領域的嗎？各種翻譯有一個共同性，那就是交流。之所以有各種翻譯的規則和方法就是因為把交流的材料、對象和目標放在第一位來考慮，從而使極端複雜多樣的翻譯工作具有它所必需的靈活性和適應性。

由此可見，明確「翻譯的本質在於交流」是必要的。前面已經提到，翻譯作為交流有兩個大前提，即：不背離原作和符合譯入語要求。如果背離了原作，就失去了交流的本體；如果不符合譯入語要求，就不可能達成交流的目的。在此兩大前提下，翻譯工作就可以——也必須——因地制宜、因事制宜、因人制宜。這樣來認識翻譯，我們就有了可以自由翱翔的寬廣天地。

三、翻譯與文化

其次談為什麼要突出文化？

關於語言與文化密不可分的關係，中外學者公認。如韋斯特（Fred West）說，

「文化和語言的關係是如此緊密，兩者可以被認為是同一事物的兩個組成部分……文化的改變往往隨同語言的改變而產生，

兩方面的改變又相互起著強化另一方面的作用。」⑱申小龍在他的《文化語言學》⑲一書中用「語言對文化的包容一切的涵蓋力」和「文化對語言的無所不在的滲透力」這兩個命題來概括兩者密不可分的關係。

關於文化這一因素在翻譯中的作用及其重要性，許多譯學論著也都提及。但往往就語言的文化屬性立論，仍然是從語言學的角度看待翻譯，而未能擺正文化與語言的主從位置。這裡讓我們來看看《簡明不列顛百科全書》⑳是怎樣說的：

> 「人類學家指出，語言是文化的一部分。作為社會成員，每個人都要掌握某種語言，並同時也就掌握了語言中所包含的該社會的文化。語言是作為總的文化的一部分代代相傳的。社會和語言互相不可或缺。只有在社會環境中，語言才能發展，而人類社會也只有在人們共同地使用語言進行交際的情況下才能存在，語言不僅是文化的重要組成部分，並且還是政治凝聚的重要力量。」

語言既然是文化的一部分，則文化與語言的主從位置應該是明確的。如果我們不是從文化去看語言，而只是從語言去看文化，那麼我們對語言的了解就不可能是真正深刻的。這一點對於我們翻譯工作者來說無疑是特別重要的。奈達反覆強調：「同任何一種作為語言學符號的語言打交道而不立即認識到它同整個文化情景的本質聯繫是決不可能的。」[It is quite impossible to deal with any language as a linguistic signal without recognizing immediately its essential relationship to the cultural context as a whole.（1959）]「語言不能這樣來研究，似乎言語文字的交流是在一種文化的真空中進行的。」[Language can not be discussed as though

---

⑱　*The Way of Language: An Introduction,* p.172，1975，美國。
⑲　頁 203、214，江西教育出版社，1993 年。
⑳　中文版第九卷，頁 239。中國大百科全書出版社，1986 年。

verbal communication occurs in a cultural vacuum.（1976）]「離開了有關語言的各自的文化而談論翻譯是永遠不可能的，因為語言本身是文化至關重要的一部分（文化是『一個社會的全部信仰和習俗』）。字詞只有在使用它們的那種文化中才有其意義，儘管語言不決定文化，它當然要反映一個社會的信仰和習俗。如不考慮語義的文化內涵，就必然會導致錯誤。有這樣一個事例。一位在非洲的西方傳教士以為他找到了「virgin」（處女）的正確的土語詞，後來發現這個土語詞也用於指在青春期儀式上參與性交儀式的婦女，使他大為沮喪……」奈達接著說：

> 「即使是與食、住、性等生理需要有關的表述也可能具有很深的文化內涵。如在非洲許多地方，關於以禁食來表示敬拜上帝的觀念被認為難以理解。當地人認為，既然上帝提供了食物而你拒絕（不管什麼理由），那就等於冒犯了上帝，就同拒絕接受一個酋長的禮物一樣。」（1991）

韋斯特在上引書中也談到：對於生活在沙漠地區的貝都印人（Bedouin）來說，光說「駱駝」一詞是不夠的，因為他必須知道你所說的是賽跑用的駱駝、運輸用的駱駝、取奶用的駱駝，還是其他什麼用途的駱駝。這就像對愛斯基摩人（Eskimo）談「雪」一樣。他們不像我們那樣有一個單一的詞「雪」，而是有各種不同的詞來指不同的雪（濕的、乾的、粒狀的、在上面可以安全行走的還是有危險的、可否作圓頂小屋外牆的，等等）。在貝都印文化中，駱駝是重要的一項內容，如同在愛斯基摩文化中雪是重要內容一樣。在各種文化中都有某些特定的詞被認為必須具有明確的意義。

二十世紀著名思想家伯特蘭‧羅素（Bertrand Russell）有這樣一句名言：「沒有人能夠真正懂得『乾酪』這個詞，除非他對乾酪有一種非語言學的了解。」[No one can understand the word " cheese ", unless he has a non-linguistic acquaintance with cheese.

（ R. A. Roland, *Translating World Affairs,* p.6 ）〕這句話既説明了「實踐出真知」的道理，也説明了離開文化是不能真正了解語言的。

格里哥里・拉巴塞（ Gregori Rabasa ）在其〈 不可言傳——文化的翻譯 〉（ *Words Cannot Express…The Translation of Cultures* ）㉑一文中説得好：「語言就是文化、文化就是語言這一事實在人們試圖用他的語言來取代另一種語言時最尖鋭地突出出來。」

紐馬克在他的《翻譯教科書》中説，「我將〔在本書中〕時常論及意義、語言、文化和翻譯之間的關係。」（頁 4 ）

劉重德在〈 文化・語言・翻譯 〉㉒一文中説，「明確了文化與語言相互依存的關係，也就明確了文化與翻譯的密切關係。翻譯之所以不像許多人想像的那麼容易，乃是因為語言反映文化並受著文化的制約。在不同的文化裡，相同的詞語可有不同的文化涵義。」

王志剛在〈 文學翻譯與語言文化 〉㉓一文中強調指出：「翻譯工作者除掌握兩種語言外，還應該具有政治文化、行為文化、道德和美學文化及經濟文化等知識；語言中滲透著社會意識和文化傳統，因此如不了解外國的文化傳統，也就無法了解外國的語言文化。」

曹惇在前引文中也著重指出：「翻譯不僅碰到語言文字上的困難，還有藏在文字後面的『 文化溝通 』問題。」所以香港中文大學編印的《譯事參考手冊》（ 1980 ）強調：「翻譯不僅要求雙語才能，還要具備一種雙文化心理，有了這種心理就會在各種不同文化中都應付裕如。」（ 頁 14 ）

㉑　*Translation Perspectives* IX, p.191, 1996, Suny, Binghamton, US.

㉒　《渾金璞玉集》，頁 69。

㉓　《人民日報》海外版，1991 年 10 月 11 日。

1. 共時的、微觀的跨文化交流問題

現在讓我們用一些具體的實例來說明翻譯作為跨文化交流中所遇到的問題。

了解語言離不開了解文化，這一點在下面這一事實中最有力地表現出來——即：在使用同一語言（作為母語）的人群之間，其言語的文化內涵也會發生變異。上面所引拉巴塞的論文中舉了一些很有趣的例子。大家知道，巴西是使用葡萄牙語的國家，但如果一個巴西人到了里斯本，別人對他說 fazer bicha，意思是要他排隊，而他聽了卻會勃然大怒，因為在巴西，這句話的意思是當 drag queen（美國俚語，意為男扮女裝的男同性戀者）。還有，在葡萄牙，moça 一般是指妓女，repariga 指姑娘，但在巴西，這兩個詞的意義正好倒過來。波多黎各通行西班牙語，但一個波多黎各人在同樣通用西班牙語的阿根廷首都布宜諾斯艾利斯想趕公共汽車而大喊 Voy a Coger la guagua，他會馬上被視為「對兒童進行性騷擾者」而抓起來。

關於英國英語和美國英語之間的差別，許多英語教科書中都有專章論述。即使在英國人和美國人之間的交流，有時也會存在文化上的障礙。錢歌川在《翻譯漫談》[24]一書中曾講述這方面的幾則故事。愛爾蘭劇作家歐文（St. John Greer Ervine）初到美國定居時去一美國家庭作客，看到那位主婦樸實自然，使他感到賓至如歸，就讚美道，" You are very homely "，不料此話一出，局面頓時尷尬不堪。原來英國話裡的 homely 意為「家常的」「樸素的」，而到了美國話裡卻變成「不漂亮」「醜陋」的意思了。另一位碰到類似情況的英國人是名叫 Foster 的貴族，在美國出席一個社交晚會，對一位活潑可愛的小姐獻殷勤說，" You are looking

---

[24]　頁 60-61，中國對外翻譯出版公司，1980 年，北京。

very fresh ",不料小姐聽了大為生氣,不再理他。原來那位英國貴族想說的是「你看起來真是朝氣蓬勃!」他不知道 fresh 一詞到了美國之後因受德國移民所說德語中 frech(厚顏的、鹵莽的、無理的)的影響(二字形似)而產生出原來沒有的新義。錢著中還列舉了許多在英國和美國字同義不同、義同字不同的例子。second floor 在美國是二樓,在英國是三樓;public school 在美國是指由公家的稅收興辦的中小學,通常不收費,在英國則指幾所私立的中學程度的貴族學校,如大家熟知的伊頓(Eton)公學,如此等等,不勝枚舉。

這種情況在同樣使用漢語作為母語的中國人之間也時有發生。如大陸與台灣長期隔絕的結果之一是出現了語言文字上的某些歧異,有一些詞在大陸通行而台灣不通行,如「搞(衛生)」、「抓(革命)」;或台灣通行而大陸不通行,如「架構」。還有一些詞,字面上一樣,意義和用法不一樣,如「檢討」。在八十年代初台灣剛開放大陸探親時,本書作者接待台灣來的一位親戚。有一次他聽我說「火車票有點緊張」,就惴惴不安地問:「出了什麼事?」原來他不知道「緊張」在大陸可以用作「短缺」的意思。(聽說在台灣專門出了一本詞典,收集大陸通行的詞和詞組。)這種語言上的歧異(隨著兩岸交往頻繁,歧異已在迅速減少)無不可在文化發展的不同因素中找到原因,也只有在文化的溝通和趨同中逐漸消失。

◆

在屬於同一語系且有共同的西方文化大背景的英語與法語、德語、西班牙語、意大利語等語言之間,在交流中的文化障礙仍然隨處可見。在三、四十年代,許多美國人相信,希特勒在他大發脾氣的時候會跪在地上「吃地毯」。這是因為在德語裡有一句成語,照字面譯成英語就是 to chow the rug(吃地毯),但實在的意思只不過是" to rant and rave "(大聲叫嚷)。不明德語原意的

人就以為他真是「吃地毯」，而那些明白的人，出於當時對希特勒的憎惡也不去糾正，讓他去「吃地毯」了。

上面提到的錢歌川文中也有這樣一個例子。西班牙文中没有英文的 jungle 一字，於是英國文學家吉卜林（R. Kipling）的 *Jungle Book* 一書，就被譯成《處女地的書》（*El Libro de las Tierras Virgines*）。

在英語同其他語言之間進行交流的文化障礙就更大了。尼克森任總統期間有一次同日本昭和天皇談話，天皇在回答尼克森提出的一個問題時用日語回答，譯員譯成英語" I'll think about it "（我想一想）。東方人包括日本人在內都不習慣直接説「不」，因為這會被認為是對對方的冒犯。（一位日本學者曾寫過一篇文章，題為〈在日語裡避免説「不」的十六種方法〉）天皇這句回答就是「不」的意思，但譯員没有把這個意思明白告訴尼克森或者其他有關官員，結果造成了引起不愉快的誤會。㉕

翻譯的困難之一是在譯入語中找不到與原語對應的、表示同一觀念的詞。1962 年，曾長期擔任《星期六評論報》總編的諾曼・卡曾斯（Norman Cousins）作為教皇和美國總統甘迺迪的特使去莫斯科同赫魯曉夫討論世界和平問題。他深知使命的重要及翻譯可能造成的混淆，所以在會晤前夕同譯員花了五小時對發言的英文原稿和俄文譯文仔細斟酌，結果發現英文原稿中多達三十六處找不到合適的俄文對應詞或詞組而必須用另外的説法來表達同一意思。㉖

在美國有一家名叫 Delta Translation International 的翻譯公司，它的小册子中説，「是否了解不同語言、不同文化的細緻差別和各自特點，會導致企業業務上的成功或失敗。」它舉了兩個

㉕ 以上事例除錢書外均據 R. A. Roland, *Translating World Affairs,* 1982, McFarland, US.
㉖ F. West, *The Way of Language,* p.155.

例子。一個是美國一家汽車製造商為一種新車取名 " Nova "，但到墨西哥卻推銷不出去，因為 no 意為「不」，在許多語言中都一樣，而va在拉美各國通行的西班牙語中意思是「走」，因此在墨西哥人看來，這種汽車的牌子叫做「不走」，自然沒人買了。㉗另一個例子是美國一家航空公司為了宣傳它的頭等艙新設的皮椅子是何等舒適，用了這樣一句廣告詞 " Flying naked in first class "（直譯出來是「在頭等艙裸體飛行」），效果當然不好。所以這家翻譯公司提出了十分明智的口號：" We don't just translate words, we translate ideas. "（「我們不是光翻譯文字，我們翻譯思想。」）

漢語和英語之間的巨大差異，盡人皆知，毋庸辭費。近年來國內已有不少漢英對比研究著作問世。如方文惠的《英漢對比語言學》分析了英漢兩種語言在以下五個主要方面的差異：⑴語音和文字系統；⑵語義和詞匯系統；⑶語法結構；⑷修辭和風格語體；⑸文化背景。在劉宓慶的《漢英對比研究與翻譯》中則更為細緻，對比了語法特徵、主語、謂語、句子組織、語序、被動語態、時和體、「虛擬」表示法、表現法、詞語及思維方式，並提出了各種翻譯方法和「對策」。這些研究的結果和我們自身的體驗都說明，即使在漢語和英語這樣差異極大的語言之間，翻譯的真正困難往往不在巴爾胡達羅夫所說的「言語材料」本身，而在其文化內涵以及使用這兩種不同語言的人群的社會文化背景（包括思想方法、價值觀等）。

應該承認，隨著整個世界在二十世紀中所發生的巨大變化，像英國詩人吉卜林（J. P. Kipling）那種「東方西方雖孿生，兩心相逢不可能」的說法固然早已不能成立，就是像美國著名的「中國學權威」、哈佛大學費正清教授（J. Fairbanks）所說的情況也

㉗　據另外一份資料，這種汽車後來改名 Caribbee（加勒比人）。

在迅速變化。他在《美國與中國》一書裡曾說過，一般美國人認為「中國每樣東西都同我們相反：男人穿長袍而婦女穿長褲，書是從上往下、從右往左讀的，湯最後送上餐桌，喪服白色，新娘穿紅，姓在名前，羅盤針指南，左邊是上座，等等。」[28]這裡說的有一些事情已經變了，有的還沒有變。深層次的思想意識（包括價值觀）方面的「文化鴻溝」（culture gap）則繼續存在，並不時引起衝撞。就翻譯工作而言，正是這些深層次的問題造成的困難最大。如「社會主義精神文明」的英譯就屬於這方面的問題。此詞曾照字面譯成 socialist spiritual civilization，外國人很難理解，甚至可能誤解，因為spiritual一詞有很重的宗教含義和宗教色彩，而把它同「社會主義」連在一起，英語國家的人就會覺得不好理解。「文明」在這裡譯成 civilization，也不合適。（請參看 *Webster's Third New International Dictionary,* 1986 版）有些旅遊景點的大標語牌上寫著「向文明遊客學習！」還附了直譯出來的英文" Learn from civilized tourists! " civilized 一詞的反義詞是 barbarous（野蠻的），使野蠻人脫離原始狀態叫 civilized。（此詞當然還可作別解，最常用的釋義如此。）這樣的譯文實在也使外國人感到惶惑：「誰都知道中國是文明古國呀！」[29]

　　現在對「社會主義精神文明」的譯法用得較多的是 socialist ethics and culture（社會主義道德和文化），雖然不見得理想，但至少可以使外國人明白一個大概的意思，也不至於誤會。

　　政治社會情況的差異為語際交流帶來的困難，段連城在〈呼籲：請譯界同仁都來關心對外宣傳〉[30]一文中舉過一些例子。在一篇對外稿中有這樣一段：

---

[28]　以上轉引自段連城《美國人與中國人——中美文化的融合與撞擊》，前言 IV、V 頁，新世界出版社，1993 年，北京。

[29]　一位外國友人對本書作者的談話。

[30]　原載《中國翻譯》，1990 年第 5 期，後收入《中譯英技巧文集》，中國對外翻譯出版公司，1992 年，北京。

「自十一屆三中全會以來，我地區廣大幹部和群眾堅持四項基本原則，堅持改革開放，把工作重點轉移到社會主義現代化建設上來，團結奮鬥，在物質文明和精神文明建設上都取得了巨大成就。」

譯成英文就是這樣：

　　Since the third Plenary Session of the 11th Central Committee, the broad masses of cadres and people in our prefecture, adhering to the Four Cardinal Principles and persisting in reform and opening, have shifted the emphasis of work to socialist modernization construction, united in struggle and achieved great success in building both material and spiritual civilization.

　　段連城說，「作為試驗，我曾把譯文交給一位美國老專家，請她鑒定一下一般外國讀者能懂多少。她標出了不懂或難懂之處，其中包括『十一屆三中全會』、『四項基本原則』、『廣大幹部和群眾』、『工作重點轉移』、『精神文明建設』等。」短短一段文字，不懂之處如此之多，可以說這樣的翻譯真如嚴復所說「雖譯猶不譯也」。當然這不是單純翻譯的問題而是文化障礙問題，必須要改寫，才有可能使外國讀者讀懂。

　　段文中另外一個例子是前美國駐華大使溫斯頓・洛德（Winston Lord）1986 年在華盛頓一次講演的片斷。他這樣對美國人介紹中國改革開放後八十年代的一些社會生活的變化：

　　Some Chinese are trading in baggy blues and traditional opera for skin-tight jeans and disco. Others can sample Rambo and Amadeus, Kentucky Fried Chicken and Elizabeth Arden, even the barbarian Super Bowl. There will be a Holiday Inn in Tibet.

這段話直譯成中文是這樣：

　　「有些中國人換下了寬大的藍衣服，穿上了緊身的牛仔褲，不去聽舊戲而去跳迪斯可。另一些中國人已初識藍波和

阿瑪迪斯、肯德基炸雞和伊麗莎白‧雅頓，甚至也觀賞了野蠻的超級盃，不久，在西藏就要開一家假日客棧。」

這段話美國人一聽就懂並且覺得具體生動，中國人看這中譯文，有些現在能懂了，如牛仔褲、迪斯可、肯德基、假日客棧（後兩者在內陸省份恐怕還不一定都知道），有些恐怕大多數人還都不懂，如藍波是美國熱門電影《第一滴血》（*First Blood*）男主角、阿瑪迪斯是關於大音樂家莫札特的一齣名劇、伊麗莎白‧雅頓是一種名牌化妝品、超級盃是在美國最激動人心的美式足球（橄欖球）賽。

現在再來看幾個由於不了解語言的文化內涵而造成的「誤會」。

趙元任在〈我的語言自傳〉[31]（1971）中講過這樣一個很有意思的故事。他1943年（二戰期間）曾任美國陸軍專科訓練班漢語主任，他的幾個美國學生編了一張中文報（大概是絕無僅有的一張完全由西洋人編的中文報），因為他們都是大兵，大兵在英語裡是private，而譯成中文就是「私」字，所以他們為這張大兵編的中文報定名為《大私報》。

黃友義在一篇談論外宣品製作的文章[32]中說，有一位譯者將一本中國兒童畫冊中〈高興的小公雞〉譯成 *A Gay Cock*，外國人看了，笑得前仰後合。「若在四十年前，這句英文一點兒沒錯，但到八十年代，在西方，它字面上最文雅的意思也只能是『一個男性同性戀者』。」（按：中國作家高玉寶的作品《半夜雞叫》英文版也譯作 *The Cock Crows at Midnight* 並曾被選為七十年代英語教材，近年的中國電影「金雞獎」則已譯作Golden Rooster Award，避開cock一詞。）像這一類掉入文化「陷阱」的翻譯還可以找到

───────────────

[31]　《趙元任語言學論文選》，頁104，中國社會科學出版社，1985年，北京。
[32]　〈文字外宣品的製作是一項系統工程〉，《對外宣傳參考》，北京，1996年第11期。

許多例子，如「街道婦女」譯成 street woman（在英文裡 street girl, a woman of the streets 都指娼妓），「二級企業」譯成 second-grade enterprise（在英文裡可理解為「次等的」企業）等等，如廣為收集，也足夠編成一本新的中英對照《笑林廣記》。

2. 歷時的、宏觀的跨文化交流問題

以上我們討論的主要是共時的、微觀的跨文化交流問題，還有歷時的、宏觀的跨文化交流問題。

奈達提出：

「在翻譯希臘古典作品時，譯者必須決定：是盡可能保留古希臘獨有的文化特點，從而試圖把讀者帶回到原本的場景中去，還是為同樣的感知內容提供一種新的文化場景。如果十分重視文本的歷史場景和事件的歷史真實性，那麼譯者顯然會覺得應該強調獨特的歷史場景，並且通常用注釋的辦法來說明這種在受眾的文化中完全沒有的原本中的文化特點。如果歷史真實性不被認為是重要因素，那麼譯者常常認為他有理由把場景現代化——通常是為了突出譯品中所包含訊息的現實意義。」

他又說，

「同場景內容直接有關的二維是時間和文化。時間上距離越遠，文化上差異往往越大，如古羅馬同今日意大利。但即使在兩個同時代的場景中，兩者也可能存在巨大的文化差距。例如，要把納瓦霍人（Navajo 美國一個印第安部族——譯者）治病歌的內容譯成現代英語，其難度比翻譯荷馬的《伊利亞特》（Homer's *Illiad*）還大。有些譯者得出這樣的結論：如果想溝通在時間和文化上的鴻溝，不能只靠翻譯，而是需要一種評述或評注的辦法，如同《希伯來聖經》Aramic 語意譯本〔又稱《聖經注疏》（*Hebrew targum*）〕。但大多數

譯者寧肯避免這種 targum 式翻譯會造成的時代錯亂和內容扭曲而在譯本中保留原本的文化特點，用附注來說明其意義。」

「譯本在多大程度上保留外國文化場景主要取決於譯本需要發揮的祈使功能（imperative function）有多大。如果譯本的目的是促使受衆在其本身的文化範疇內做出某些特定模式的行為，那麼譯者會覺得有理由改變原有場景的文化特徵。但，如果目的在於使受衆了解在歷史上或在另一文化中在某一特定時間發生了什麼事情，那麼譯者一般會覺得有責任盡可能保留原有的文化場景。在翻譯科學文章時，時間—文化場景的因素通常是很重要的，除了輔助性的注釋之外，不能作文化上的改動。但在翻譯商業信函時，敏感的譯者常常會在內容的某些方面作較大的改動，以使信函所要傳達的訊息更易為對方所接受，因為大家都知道世界各地商業上的禮節是有很大不同的。但不能因此認為某一特定領域（如商業信函）所用文本的任何部分都可以改動，某些部分甚至於原本的形式也必須嚴格保留。」[33]

奈達在這裡提出了一個原則：為了逾越文化障礙，在翻譯時有時可以改動一下「文化場景」，有時則須保留原本的文化特點而用注釋的辦法來補救。後一種辦法是我們在翻譯實踐中常用的，而前一種辦法在翻譯史上則曾經常出現，但現在似乎不為中國翻譯界所認可。

費道羅夫在敍述西方翻譯史時曾提到：

十五世紀德國的阿爾勃列赫·馮·艾布「在翻譯普拉弗特的喜劇時採用了『改頭換面』的方法，以適應當地的情調，並且不但用更獨特的、當地的形象代替了原著中的形象，而且還改變了人物的姓名和背景，這和他在理論上闡述的觀點也是相聯繫的。

---

[33] *A Framework for the Analysis and Evaluation of Theories of Translation.*（引文是本書作者譯的）

照他的意思，翻譯應當『不按照字面，而按照意思和對事物的了解，使事物表達得能怎樣好就怎樣好，能怎樣明瞭就怎樣明瞭。』」他又說：

> 「莎士比亞的作品在〔十八世紀〕法文譯本中所遭受到的歪曲竟達到改變其悲劇的構造與結構以及改變其劇情的地步……弗洛里安在其所譯的《唐‧吉訶德》序言中說，『盲目的忠實是一種弊病……在《唐‧吉訶德》裡存在著多餘的地方、惡劣趣味的特點，為什麼不把它們刪掉呢？……當你翻譯長篇小說和類似的東西時，最使人愉快的翻譯當然也是最正確的。』」[34]

曹惇在〈《論語》英譯本初探〉[35]一文中介紹辜鴻銘（1856-1928 年）翻譯《論語》的原則是「要使中國人的才智和道德面貌能為一般英語讀者所理解、所接受」。辜稱：「持此目的，我們想使孔子和其弟子的講話，就如同受過教育的英國人在想要表達中國這些尊者所表達的思想時那樣從事。為了進一步盡量去除英國讀者會產生的奇異和古怪之感，我們的做法是：只要可能，一概不用中國人名、地名。」他常用基督教《聖經》裡的使徒或人物來比擬《論語》裡涉及的人和事，並用《聖經》裡的宗教詞語來譯《論語》的字句。

在本書第二章中曾提到嚴復的「換例譯法」，即用「中事中文」來取代原書中的「西事西文」（如《天演論》中以漢代「飛將軍」李廣殺霸陵尉事來取代埃及哈猛殺摩德開事），為吳汝綸所反對。賀麟在〈嚴復的翻譯〉[36]一文中則認為嚴「這種『引喻舉例多用己意更易』的譯法，實為中國翻譯界創一新方法。我們可稱之曰『換例譯法』……近年如費培杰所譯《辯論術之實習與理論》

---

[34] 《翻譯理論概要》，頁 29，見前。
[35] 載《中國翻譯》，1985 年第 8 期。
[36] 羅編《翻譯論集》，頁 152。

（1921，商務印書館出版），廖世承譯的《教育之科學的研究》（1923年，商務印書館出版），都是採用這種更易例子的譯法。」

這種「換例譯法」為了逾越文化障礙而混淆了翻譯與創作的界限、背離了原作——也就是背離了翻譯的基本原則，當然是不可取的。但正如紐馬克所說，「在翻譯中，沒有絕對的事情，一切都是有條件的。」奈達在他的論著中曾舉了許多實例，說明在《聖經》的翻譯中有時不得不採取這種「換例譯法」，因為在譯入語的那種文化中不存在原本中所表述的東西，如為了愛斯基摩人不得不把 Lamb of God 改為 Seal of God；為了非洲熱帶地區從不知雪為何物的某一民族，不得不把 white as snow 改成 white as egret feathers（白鷺的羽毛）。還有，如 he beat his breast（捶胸悲嘆之意），這個動作在中非 Chokwe 語中的意思是表示祝賀，相當於英語的 to pat himself on the back，所以必須改為 to club one's head。

他還講了這樣一個故事。在《聖經・舊約全書・創世紀》第49章中雅各為兒子猶大祝福，說「他在葡萄酒中洗了衣服」。一個非洲人讀了大不以為然，質問道，這是不是說雅各認為他兒子猶大將是個蠢貨，因為大家都知道酒是會把衣服弄髒的。後來別人向他解釋，這句話的真正意思是猶大將會變得十分富裕，他的葡萄酒將多得可以用來洗衣服。那位非洲人說，「喔，如果是這個意思，那麼我們的說法應該是『他在花生油中洗了衣服』」。[37]

當然，翻譯《聖經》是為了使之到達盡可能多的、屬於各個民族的受眾，所以不妨採取這種「換例譯法」。如何能夠既符合不背離原本的原則、又克服文化障礙，恐怕至今還是有待繼續研究的課題。除廣泛採用的注釋辦法外，段連城在上引文中提出了「解釋性翻譯」（即用少量文字補充必要的背景、按外文表達的

---

[37] *Translation: Possible & Impossible*（1996）.

需要重寫等），以用於對外新聞報導。在其他不少講述翻譯技巧的論著或翻譯教科書中也都提到過類似的方法。但如果僅僅是從技巧的角度來看待這方面的問題，那顯然是不夠的。

◆

　　近年來不少從事外語教學和外語幹部培訓的有識之士指出，由於忽視了語言與文化密不可分的關係，培養出來的學生的中外文化知識貧乏，因此語言也沒有真正精通，走上翻譯崗位，很不適應工作的要求。許卉艷、王紅梅在〈外語教學與人文素質教育〉[38]一文中從外語教學的經驗教訓，強調指出「不了解文化就不能真正掌握語言」這一真理。文章說，「外語學習到一定程度，其主要障礙已不在語言本身，而在於對所學語言的社會文化知識的了解程度，以及在此基礎上對所學語言思想內容進行分析、推論、評價等的思維能力。英語教學實踐證明，學生要真正達到較高的英語閱讀理解水平，除了要有紮實的語言功底外，還要對英語民族的社會文化歷史背景有比較全面深刻的體會，對英語這一語言外殼所蘊含著的整個西方社會的思想文化有比較廣博的了解。」

　　王佐良〈翻譯中的文化比較〉[39]一文從多個層次論述文化因素在翻譯中的重要性。他首先一語破的地指出，「不了解語言當中的社會文化，誰也無法真正掌握語言。」「〔譯者〕處理的是個別的詞，他面對的則是兩大片文化。」接著，他從我國近代翻譯史概括說，「一個國家的社會文化本身的情況決定了外來成分的或榮或枯。另外，同一著作或作品在不同國家引起的反響常不一樣，這也因為文化情況不同之故。」他最後在談到我國翻譯研究已取得的成績時提出，「如果我們能進而探討翻譯的文化意義和歷史作用，或者更進一步把它同比較文化這個新學科結合起來，

---

[38]　載《光明日報》，1997 年 8 月 15 日。
[39]　載《翻譯通訊》，1984 年第 1 期。

那就會增加一個新的方面。」由此可見，文化貫穿著翻譯實踐和翻譯理論──整個翻譯事業。離開文化是不可能真正認識翻譯的。

四、「等值」、「等效」只是一種理想

最後談為什麼說「等值」、「等效」只是一種難以達到的理想。

如果用一句話來回答這個問題，那就是：因為就一個文本（text）的整體而言，要把原作的全部意義、全部信息百分之百地在另一種語言、另一種文化中表現出來是不可能的──至少到目前為止的翻譯實踐證明如此。

不少中外譯學家都曾明白地說到這一點：

巴爾胡達羅夫說：「百分之百的等值」，「只是翻譯工作者應當力求達到、但永遠也達不到的最高標準。」「完全的等值翻譯與其說是現實，不如說是理想。」（請參閱第四章有關部分）

奈達說：「信息流失是任何交流過程中必然會有的。」「翻譯中絕對的對等是永遠不可能的。」「人們完全承認，絕對的交流（absolute communication）是極不可能的。」（請參閱第四章有關部分）

紐馬克說，「在我看來，『等效』與其說是任何翻譯的目的，還不如說是一種可取的結果。」「一個文本的文化色彩（地方色彩）越濃、時空距離越遠，等效就越不可思議。」（請參閱第四章有關部分）

卡特福德（J. C. Catford）指出：「翻譯決不是、或者說幾乎不可能是原語文本全部被譯語文本中的等值成分所替換。」（1964）[40]

40　據穆雷〈卡特福德論翻譯和教學〉，《中國翻譯》，1990 年第 5 期。

喬治・亨利・劉易斯（George Henry Lewes）在《歌德傳》（Life of Goethe）（1855）中説，「在最成功的努力之下，翻譯也不過是一種近似的東西（approximation），而努力並不常常是成功的。一篇翻譯作為翻譯也許可以算是好的，但它不可能是原作的完整再現。（A translation may be good *as* translation, but it cannot be an adequate reproduction of the original.）[41]」

林語堂説，「譯者所能謀達到之忠實，即比較的忠實之謂，非絕對的忠實之謂……一百分的忠實，只是一種夢想……凡文字有聲音之美、有意義之美、有傳神之美、有文氣文體形式之美，譯者或顧其義而忘其神、或得其神而忘其體，決不能把文義文神文氣文體及聲音之美完全同時譯出……我們須記得翻譯只是一種不得已的很有用的事業，並不是只代原文之謂，譯者所能求的只是比較的非絕對的成功。」[42]

范存忠師説，「嚴格地説，譯品最好能和原作品相等——内容相等、形式相等、格調相等，只是所用的語言不同。這就是馬建忠所説的譯品和原著完全一樣，而讀者看了譯品能和看原著一樣，但這是一個不可能完全實現的理想。」[43]

朱光潛説，「有些文學作品根本不可翻譯，尤其是詩（説詩可翻譯的人大概不懂得詩）。大部分文學作品雖可翻譯，譯文也只能得原文的近似。絕對的『信』只是一個理想，事實上很不易做到。」[44]

錢鍾書説，「文學翻譯的最高標準是『化』。把作品從一國文字轉變成另一國文字，既能不因語文習慣的差異而露出生硬牽強的痕跡，又能完全保存原有的風味，那就算得入於『化境』

[41]　Morgan, *Bibliography*.
[42]　〈論翻譯〉，羅編《翻譯論集》，頁 426。
[43]　〈漫談翻譯〉，同上，頁 790。
[44]　〈談翻譯〉，同上，頁 449。

……徹底和全部的『化』是不可實現的理想。」[45]

劉宓慶説，「在任何一個語法平面上求得形式對應，使之既處在語言文化、文字結構形式以及行文風格的互相參照的框架之内，又具有語義等值，實在是一種難以企及的理想……就漢英而言，就更難獲得這種等值了……所謂『等效反應』即便對同語系或同語族的雙語轉換，也只是一個理想。」[46]「翻譯中的『忠』與『信』，也只能是相對的，絕對忠實於原文的譯文也是不存在的。」[47]

吳義誠在〈對翻譯等值問題的思考〉[48]一文中説，「由於每種語言都有自己所特有的民族歷史、民族文化和民族心理的背景，所以不同語言之間尤其是屬於不同語系的語言之間往往在語言結構、語言背景、思維方式和表達方法等方面存在著很大差異。語言學派的翻譯理論正是無視這些差異的存在，而採用了一個不切實際且過於理想化的等值概念。」

楊忠、李清和在〈意・義・譯——議等值翻譯的層次性和相對性〉[49]一文中説：「以語言符號為媒介在兩種社會文化間傳遞信息，絕對等值的翻譯是不可能有的。」

以上引文中有的用「等值」、有的用「等效」、有的用「對等」、有的用「忠實」，實質上是一樣的。它的前提是原語的全部意義、全部信息都由譯語傳達出來，才有可能達到。當然就「等效」而言，這裡邊還有一個原語文本的受眾和譯語文本的受眾之間存在差異的問題。即使全部意義、全部信息都百分之百地傳達出來（當然這是理想，理論上似乎有可能性，實際上這種可能性是不存在的），由於兩種語言受眾之間的差異，仍然不一定

㊺　〈林紓的翻譯〉，同上，頁 696-698。
㊻　《現代翻譯理論》，頁 26-27，江西教育出版社，1990 年。
㊼　《文體與翻譯》，頁 31，中國對外翻譯出版公司，1982 年。
㊽　《中國翻譯》，1994 年第 1 期。
㊾　《中國翻譯》，1995 年第 5 期。以上引文中的著重點均為引用者所加。

能產生「等效」。但這種所謂「等效」實際上是一種「純理論」的設想，很少現實意義。巴雅德・Q・摩根（Bayard Q. Morgan）說得好：

> 「所有的翻譯批評文獻中都貫穿著這樣一個要求：譯作必須能產生同原作效果可以相比的效果（Cauer, 1896），猶如外國作家是地道的英國人一樣（Philips, 1663 年）。只有兩位批評家加了一個條件（它使這一要求變得真正有效），即：譯作對其讀者的影響應該如同原作對譯者的影響（Thomson, 1915, Hamilton, 1937）。我們有辦法知道古希臘羅馬的經典作品當時所產生的效果嗎？不了解這一點，譯者只好自以為是……所以這條等效的法則，雖然在理論上無懈可擊，在實踐中只不過是使譯者根據他自己的品位和技巧行事，因為他並無客觀的標準用來衡量原作對其讀者的效果，以及他想使他的譯作對他的受眾產生等效的努力在多大程度上獲得成功。」[50]

1. 可譯性與不可譯性

百分之百的「等值」、「等效」、「忠實」之所以不可能，是因為任何一種與特定文化密不可分的語言既有其可譯性，又有其不可譯性（有人稱之為「可譯性限度」）。誠如關世杰在《跨文化交流學》[51]中所說，「翻譯完完全全的可能是沒有的，完完全全的不可能也是沒有的。世界上一切翻譯活動都是在這兩個極端中進行的。」

首先應該肯定可譯性的存在。

賀麟從哲學的高度論可譯性，他說：

---

[50] *Bibliography,* 46 B. C.-1958, *ON TRANSLATION,* edited by R. A. Brower, 1959, Harvard:（引文是本書作者譯的）

[51] 關著，頁 249，北京大學出版社，1995 年。

158
論信達雅

「意與言或道與文是體與用、一與多的關係。言所以宣意，文所以載道，意與言、道與文間是一種體用合一而不可分的關係。故意之真妄，道之深淺，皆可於表達此意與道的語言文字中驗之⋯⋯今翻譯之職務，即在於由明道知意而用相應之語言文字以傳達此意、表示此道，故翻譯是可能的。因道是可傳、意是可宣的。再則，意與言、道與文既是一與多的關係，則可推知，同一真理、同一意思，可用許多不同的語言文字或其他方式以表達之⋯⋯今翻譯的本質，即是用不同的語言文字，以表達同一的真理，故翻譯是可能的⋯⋯譯本表達同一真理之能力，誠多有不如原著處，但譯本表達同一真理之能力，有時同於原著，甚或勝過原著亦未嘗不可能也。」[52]

語言學家們從對語言的研究中得出這樣的結論，即：任何一種語言都可以表達出其他語言所要表達的東西。如雅可布遜（R. Jakobson）說，「所有認識上的經驗及其區分，都可以承載在現存的任何語言中。如有缺陷之處，那麼可以通過借用詞、借用譯法、新造詞或語義轉換，最後還可以通過迂迴曲折的辦法，使詞語得以修整或擴充。」[53]奈達和紐馬克也都認為語言無「先進」與「原始」之分，全世界任何一種語言都能表達諸如計算機這樣的高科技或宗教歌曲這樣具有哲理性的作品的用辭和概念。（請參閱第四章有關部分）

　　這裡是從哲學和語言學的理論上肯定用一種語言表達的東西，用另一種語言也可以表達。正是在這個意義上，我們說在不同語言之間普遍存在著可譯性。但在實踐中，一種語言（作為文化的一部分）的言語材料的全部意義、全部信息，往往因為缺乏

---

[52]　〈論翻譯〉，載《翻譯研究論文集》上冊，頁 127-130。

[53]　*On Linguistic Aspects of Translation, ON TRANSLATION*, ed. by Brower, 1959, Harvard.

對等詞、思維方法和表達方式不同、語法結構不同、文化背景差異等等原因，不能充分地、完善地轉移入另一種語言的言語材料，因此在不同語言之間又普遍存在著不可譯性（或稱為可譯性的限度）。譬如，有個地方從不下雪，當地居民的經驗中自然沒有「下雪」的概念、語言中也沒有「下雪」一詞，但我們仍然可能把「下雪」用當地語言表達出來（如說，「天氣降到 0℃以下時空氣層中的水蒸氣便凝結成六角形的白色結晶體飄灑到地面上」或更通俗一點，「天冷時空中的水汽變成像粉末一樣白色的東西飄灑下來」）。因此，我們可以說「下雪」對於從不下雪的地方的受眾來說，也是可譯的。但是，「下雪」的情景、感覺、聯想、象徵等等顯然無法在這樣的「譯文」中傳達出來並為受眾所感受，因此又可以說是不可譯的。

也許，詩是既可譯、又不可譯的最好的例證。賀麟在前引文中說到譯詩的問題。他說，「就詩之具有深切著明人所共喻的意思、情緒、真理言，則這一方面的詩應是可以用另一種文字表達或翻譯的。就詩之音節格式之美，或純基於文字本身之美的一部分言，那大半是不能翻譯的。要翻譯時，恐須於深切領會到原詩意義情境之美後，更新創一相應的美的形式以翻譯之……一方面要承認詩是可以翻譯的，一方面又要承認詩之可譯性是有限的。」雅可布遜在前引文中也說到譯詩。由於詩在文字、音韻、隱喻等方面的特性，「從本義上說，詩是不可譯的」（Poetry by definition is untranslatable）而只能進行「創造性的移植」（creative transposition）。接著他寫道：「如果我們要把『traduttore, traditore』這一流傳已久的警句譯成英文『the translator is a betrayer』（翻譯者就是叛逆者），那麼這句富有韻律感的意大利名言就完全失去了它原有的文字價值了。」（We would deprive the Italian rhyming epigram of all its praronomastic value.）

王以鑄在〈論詩之不可譯──兼論譯詩問題〉[54]一文中對譯詩問題作了很好的分析。他自己愛好詩、譯過詩、出版過譯詩集並且主張把詩歌翻譯介紹作為中外文化交流的一個重要內容繼續開展下去，但是在理論上「我認為詩這種東西是不能譯的。理由很簡單：詩歌的神韻、意境或說得通俗些，它的味道（英語似為flavour）即詩之所以為詩的東西，在很大程度上有機地溶化在詩人寫詩時使用的語言之中，這是無法通過另一種語言（或方言）來表達的。」他舉了杜甫《月夜》一詩的英、俄兩種譯文為例。英譯者是路易‧艾黎（Rewi Alley），他的「譯文無疑是高水平的」，照錄如下：

今夜鄜州月，	This night at Fuchow there will be
閨中只獨看；	Moonlight, and there she will be
遙憐小兒女，	Gazing into it, with the children
未解憶長安。	Already gone to sleep, not even in
	Their dreams and innocence thinking
	Of their father at Changan;
香霧雲鬟濕，	Her black hair must be wet with the dew
清輝玉臂寒。	Of this autumn night, and her white
何時倚虛幌，	Jade arms, chilly with the cold; when,
雙照淚痕乾！	Oh, When shall we be together again
	Standing side by side at the window,
	Looking at the moonlight with desired eyes.

除了「信」的方面的問題不說，讀了英譯「其結果只會使得能欣賞原詩的人想：這是杜甫？這哪裡還有一點兒杜律的味道？」杜甫原作用四十個漢字所表述的多少層意思以及無窮的言外之意、

54　載《翻譯理論與翻譯技巧論文集》，頁192。

多少種表露的和含蓄的感情，即中國古詩之所以為詩的東西在譯文中都失去了。當然，這裡還存在著不同的讀者在社會文化背景、民族心理、知識領域等方面的巨大差異，使詩這種用最精煉的語言表達最豐富的想像和最細膩的感情的文學作品既難以翻譯、也難以為譯文讀者所真正領會和欣賞。

以上意在說明可譯與不可譯的辯證關係。在可譯性中有不可譯性，在不可譯性中有可譯性。

奈達在 1991 年發表的一篇論文，題目就叫做〈翻譯：可能與不可能（*Translation: Possible and Impossible*）〉。(55)

他一開始指出，「這篇論文的題目既非自相矛盾，也不是承認學術上的失敗，而是對翻譯工作者的任務所作的實事求是的估價——翻譯是可能的，同時又是不可能的。」

他在分析了語言和文化（「語言本身就是文化的至關重要的組成部分」）的共性之後指出，正是這些共性使翻譯成為可能。但「完全充分的翻譯」（fully adequate translating）有時是不可能的。這是因為語言總是不大可能百分之百地表達思想和現實，而且譯者對於他的工作對象（譯文受眾）的理解能力和知識範圍不能預知，「在譯品必須溝通文化差異時尤其如此。」此外，還有語言本身的「視差」（parallax）問題，即話語、用詞的表裡有「誤差」或不一致的問題。

奈達在這裡是從宏觀上、從語言和文化的本質上來闡明翻譯的可能性和不可能性——總的說來，翻譯是可能的，但在很多情況下，只能做到他所說的「最切近的自然對等物」（closest natural equivalents）而不能做到「完全充分的翻譯」（fully adequate translating）。

卡特福德（J. C. Catford）在《翻譯的語言學理論》（*A Linguis-*

---

(55) 請參閱本書附錄中該文的內容介紹。

tic Theory of Translation）⑤⑥一書中指出，「可譯限度」（limits of translatability）有兩種情況，一為語言的不可譯性（linguistic untranslatability）。⑴原文中兩個或兩個以上的語法單位或單詞合用一個形式。如 time flies 在沒有上下文的條件下就無法判斷是説 how quickly time flies，還是 observations on the speed of the flies，因此不可能譯出。又如雙關語，無法譯出。⑵一詞包含意義很寬、很籠統，在譯文中有時找不到對應詞語。二為文化不可譯性（cultural untranslatability）。例如日本有一種「旅館中供房客穿的鬆散長袍，用腰帶繫緊，可供室内穿，又可穿到室外或咖啡館中去，並可用做睡衣」，音譯為 yukata。它的含義須由英語 dressing-gown, bath-robe, night-gown, house-coat, pyjamas 等詞共同來表達，因為沒有任何英國式的衣服既可在睡覺時穿，又可在大街上穿。「在多數情況下，沒有必要嚴格區分語言不可譯性和文化不可譯性。有些文化上不可譯的詞語在譯文中找不到對應通順的搭配，也可以歸之於語言不可譯性。」

德國的沃爾夫拉姆・韋爾斯（Wolfram Wilss）曾對可譯性與不可譯性的問題作了這樣的概括：

> 「一個文本（text）的可譯性是由於在句法、語義及經驗的自然邏輯等方面存在著普遍的範疇。如果譯本在質量上達不到原本，原因往往不在於譯入語在句法和詞匯上的不足，而在於譯者對文本分析及語言群體在表達方式上的出神入化缺乏掌握的能力……因此有人説，即使在具有部分（不是全部）可譯性的情況下，也仍然存在不可譯性。我們只有在對譯入語用盡了各種法子而在原語同譯入語之間仍然達不到功能對等時，才能説『不可譯』……語言方面的『不可譯』出現在這樣的情況下，即：語言的形式除了表示事實關係外還

⑤⑥ 包振南〈開拓翻譯理論研究的新途徑──介紹卡特福德著《翻譯的語言學理論》〉，載《外國翻譯理論評介文集》，頁 71-74，中國對外翻譯出版公司，1983 年。

有另一種功能，從而成為達到功能對等所必需的組成部分，如文字遊戲就是如此，從詞義上可以充分譯出來，但譯不出那種風格和意趣。

「文化方面的『不可譯』出現在這樣的情況下，即：社會文化因素在原語和譯入語中屬於不同的經驗範圍，但為了表達所須表達的意思，必須使之一致起來……翻譯過程中常有『補償』的可能，因為在原則上只要理解原本內容就可以進行語際的轉換……

「關於可譯性與不可譯性的理論探討由此就成了一個統計學上的問題：按波普維契（Popovič）的說法，不可譯性只有在這樣的情況下才存在，即：由於缺乏外延的和內涵的對等關係，在原本的語言要素和譯入語的語言要素之間缺乏在意義和表達上所需的線性和功能互換性（1971）。在所有其他情況下，由於人類在非語言經驗上的相對可比性以及已為實踐證明的各種語言在認知上的共通性，在原則上可能做到在文本層次上的語際交流，並在內容和風格上達到相對的高水平。」⑤⑦

以上卡特福德和韋爾斯是從微觀上、從語言和文化的具體差異上來分析可譯性與不可譯性。

2. 「求其信，已大難矣」（嚴復）

這些論述使我們進一步明確：所謂可譯性即原語文本中的某些意義或信息可以由譯入語文本表達，所謂不可譯性即原語文本中另一些意義或信息不能由譯入語文本表達。

根據巴爾胡達羅夫在《語言與翻譯》一書中的論述，語言作為

---

⑤⑦ *The Science of Translation: Problems & Methods,* English edition,1982, Philadelphia, USA.（引文是本書作者譯的）

一種符號系統有三種類型的意義，即：⑴所指意義（或作外延意義、概念意義、實物－邏輯意義），即符號所標誌的現實生活中的實物（如桌子、狗）、過程（如行走、説話）、性質（如大小、長短）、抽象概念（如原因、聯繫、規律）等。⑵實用意義（或作内涵意義、感情意義、社會意義、修辭意義），即符號與使用該符號的人之間的關係，基本有三種：修辭特徵（絕大多數詞可用於各種場合，有一些詞只用於日常會話、書面、詩歌或術語），語域（親昵的、隨便的、中性的、正式的），感情色彩（肯定的、否定的、中性的）。還有一種實用意義，即交際功能任務。⑶語言内部意義（或作語言學意義），即符號與同一系統中其他符號的關係（如「桌子」和「家具」）。他概括説：

> 「譯者的任務是盡可能充分傳達各種類型的語義……翻譯時，語義不可避免地會有所走失，也就是説，原文中表達的意義在譯文中保留得不完全，只能傳達一部分。
>
> 「在翻譯中保留得最多的（也就是似乎『最可譯的』）是所指意義……實用意義傳達的程度要比所指意義差……語言内部意義由於其本身的性質決定了在翻譯時傳達得最少。一般説來，它們在翻譯過程中並不被保留下來。」

但是，意義的傳達順序也因體裁而異。科技作品所包含的最重要的信息在所指意義中，而文藝作品則實用意義（如感情色彩）中的信息往往比所指意義更重要，有時（如詩的翻譯）語言内部意義中的信息最重要。所以，「譯者應當根據具體情況決定，哪些意義應優先傳達，哪些意義可以犧牲。」

劉宓慶在《現代翻譯理論》一書中指出，作為翻譯實質的語際意義轉換中所説的意義，包括以下六種意義：

㈠概念意義（conceptive meaning），也就是主題意義（thematic meaning）。它是語言信息的核心和主體。

㈡語境意義（contextual meaning）。語言環境即上下文，語

境意義除上下文意義外還有情景意義（或稱功能意義）（meaning determined by the situation or social function），它是由言語的交際目的、交際對象、交際場合所決定的。

㈢形式意義（formal meaning）：表現概念意義的形式也是有意義的。

㈣風格意義（stylistic meaning）：原文風格所表現出來的意義。

㈤形象意義（figurative meaning）：指詞語的修辭比喻意義。

㈥文化意義（cultural meaning）。

他說，語際的有效的意義轉換，即可譯性的存在，使翻譯成為可能。但是，「可譯性不是絕對的。它有一定的限度，在語言的各層次中並不是處處存在著信息相通的通道，這就限制了有效轉換的完全實現。這種種限制，即所謂『可譯性限度』。」

他列舉了以下五種主要的語際轉換中的障礙：

㈠語言文字結構障礙，包括雙關語、文字遊戲等。

㈡慣用法障礙，如詞語搭配、成語結構等。

㈢表達法障礙，如正說與反說、主動與被動、形象性與非形象性、形態表意與詞匯表意、重心與層次等。

㈣語義表述障礙，如多詞一義、一詞多義、語義表述手段的局限性等。

㈤文化障礙。

以上摘引了中外兩部譯學著作中的論述，意在證明在翻譯實踐中一個文本要實現全部意義、全部信息的語際轉移通常是不可能的。（在漢語與英語之間更是突出）（用注釋、「解釋性翻譯」、「補償」、改變表達方式等辦法只能作為消除不可譯性的彌補手段，而不能排除不可譯性。即使是用這些辦法也仍然不能保證百分之百地傳達全部意義、全部信息）正因為這樣，所以嚴復要概嘆：「求其信，已大難矣。」（不是「小難」，而是「大

難」！）

事實有時會比理論更能說明問題。下面我們就來聽聽兩位翻譯家的經驗之談。

傅雷在剛譯完 *La Cousine Bette*（《貝姨》）一書後給友人的信上說，「談到翻譯，我覺得最難應付的倒是原文中最簡單最明白而最短的句子。例如 Elle est charmante ＝ She is charming 讀一二個月英法文的人都懂，可是譯成中文，要傳達原文的語氣，使中文裡也有同樣的情調、氣氛，在我簡直辦不到。而往往這一類句子，對原文上下文極有關係，傳達不出這一點，上下文的神氣全走掉了。明明是一杯新龍井，清新雋永，譯出來變了一杯淡而無味的清水。甚至要顯出 She is charming 那種簡單活潑的情調都不易。」[58]

王宗炎在談他譯美國現代史 *The Glory and the Dream*《光榮與夢想》（第一冊）的甘苦時舉了許多在中譯文中無法表達的例子，下面是其中的兩個。(1)羅斯福的政敵蘭敦州長對他進行人身攻擊，但用的是影射手法：Governor Landon of Kansas declared, "Even the iron hand of a national dictator is in preference to a paralytic stroke." 這裡的 "a paralytic stroke" 有兩層意思。一層是，將來當選總統的人要果斷英明，能挽救美國的危機，這個意思我譯出來了：「堪薩斯州州長蘭敦聲稱，寧可讓獨裁者用鐵腕統治，也不能讓國家癱瘓下來。」另一層意思是，羅斯福是個殘廢人，管不了國家大事，這個意思我無法表達，只好加上個腳注。

(2)羅伊斯城醫生為防賴賬，登了這樣一則廣告：

"If you are expecting the stork to visit your home this year and he has to come by way of Royce City, he will have to bring a checkbook to pay his bill before delivery."

---

[58]　〈致林以亮論翻譯書〉，載羅編《翻譯論集》，頁 545，見前。

「英國民間傳說，嬰孩是 stork（鸛鶴）帶來的。我的譯
文是『如尊夫人有喜，要來羅伊斯城流產，請備足款項交
費，才能接生。特此通告。』意思是譯出來了，可是開口就
是錢，過於露骨，原文因為用典，骨子裡冷酷，措辭卻很俏
皮。兩相比較，我的譯文差多了。」⑤

　　以上引用兩位翻譯家的經驗談，因為篇幅的關係，只能是片
言隻字，但也足以說明「完全的充分翻譯」之難以達到。

◆

　　綜上所述，我們對翻譯工作（translating）的認識固然應該實
事求是，對翻譯工作所定的原則或標準更加應該實事求是。有人
說：

　　「理想的譯文應該準確到這樣的程度：只要改動一個
字、一個標點都會多少損傷原作的精神，就像一幅最準確、
最逼真的肖像，哪怕只改動一道線條、一點色彩，也會損傷
人物形象一樣。」

　　但這樣「理想的譯文」從來沒有存在過，恐怕在可以想像的
將來也不會出現。既然如此，提出這樣的要求又有什麼現實意義
呢？我們所需要的不是烏托邦式的空想而是能夠指導翻譯實踐的
正確理論。當然，我們認識到「等值」「等效」只是一種理想，
決不是要減輕翻譯工作者的責任心和使命感。相反，正因為我們
清醒地認識到翻譯作為跨語言、跨文化交流的困難和意義，我們
就更應知難而進，充分發揮主觀能動性和創造性，以很好完成這
一交流任務。另一方面，我們在研究翻譯的原則（標準）時也應
該本著「實事求是」的態度，一切從實際出發，這樣的研究結果
才有可能指導實踐，才有意義。「信、達、雅」就正是這樣的符
合實際的翻譯原則。

---

⑤　〈求知錄〉，載《翻譯理論與翻譯技巧論文集》，頁 111、115，見前。

第 六 章

從翻譯的實踐看「信、達、雅」

在上一章裡，我們已從翻譯的本質來探究「信、達、雅」的合理性，這一章再從翻譯的實踐過程來對「信、達、雅」加以考察。

一、翻譯實踐過程中的三階段

從中國古代譯場的組織、古今中外許多翻譯家的經驗、中外譯學家及語言學家的研究以及我們本身從事翻譯工作的體會來看，翻譯實踐（translating）的過程，一般包含三個階段，即：對原文的理解和把握——在譯文中表達——使譯文完美。

國內外學者對翻譯過程作過不少分析研究，有的做到非常繁複的地步。

奈達用下面這張圖解來說明「雙語交流模式」（Two-language Model of Communication）①：

---

① *Principles of Translation as Exemplified by Bible Translating* by E. A. Nida, *ON TRANSLATION*, edited by R. A. Brower, Harvard University Press, 1959, p. 16.

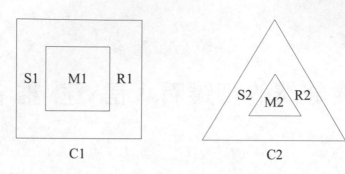

C1   C2

上圖中的方形指原文，三角形指譯文。S指訊息來源（source），M指訊息（message），R指接受訊息者（receptor），C指整個文化環境（culture）。用語言傳達的訊息M是文化的一部分，所以用一個在大方塊或大三角中的小方塊或小三角來表示。這也說明離開文化環境是無法理解語言所傳達的訊息的。

在這圖解中，譯者在原文這個方形中是原文接受者R1，而到了譯文這個三角形中他卻變成了S2，因為他把M1「重製」（re-produce）為M2，並從而使譯文接受者R2能作出與R1基本上相同的反應（至少在理論上或主觀努力上應如此）。還有兩個值得重視的情況是：⑴方形變成三角表示兩種語言的不同，所以M1和M2在形式上不同了，儘管它們的內容應該是相同的；⑵M1和M2不但在形式上不同，它們與之發生關係的文化環境也不同了。奈達說，「當然，實際情況不像圖解所示那樣簡單，因為像語言－文化關係這樣複雜的問題是不可能簡化成幾根線條的。」

從翻譯的實踐過程來看，左邊的方形代表了對原文理解的階段，在這裡譯者是原文接受者，他必須對原文完全理解了，才能夠在右邊的三角形中「變」成訊息來源（S2），從而完成用譯文表達階段的任務──這個任務又分成兩步，即以譯文表達和使譯文完美。有的翻譯教科書還建議，先按原文「直譯」出來，再照譯文的修辭要求進行修改。這種方法是否可取有待討論，但實踐證明，能夠「一步到位」的譯者是難得的，因為譯者從R1「變」

成 S2 確實是一個很複雜的過程。（有關這個過程的生理和心理研究似乎到現在還沒有給人以非常圓滿的答覆。）口譯時，儘管完成這個過程的時間很短，但「不管用什麼方法〔指順序 consecutive 傳譯，或同聲 simultaneous 傳譯〕，這一過程通常都包含明顯的三步：正確地理解，準確地變換，恰當地表述。」（understanding correctly, converting accurately and delivering with style）「同聲傳譯」除非事先讀了講稿或對講話者的用詞和思想非常熟悉，一般說來，由於時間十分迫促，譯文的水平不可能很高。一位美國漢英口譯專家羅伯特・B・埃克瓦爾上校（Col. Robert B. Ekvall）認為，如果兩種語言的差異不是很大，那麼同聲傳譯可能做好；如果差異很大，那麼同聲傳譯譯出來的東西會很彆扭，甚至於可笑（the product will range from the awkward to the grotesque），所以他始終相信，「為了達到最大程度的準確，順序傳譯是必需的。」②

◆

我國古代翻譯工作者對於這個三階段的翻譯實踐過程，很早就有所認識。這從譯場的組織明顯表現出來。我國佛經翻譯至唐代而達巔峰，譯場的組織也更為完備，職司多至十一種：

㈠譯主　全場主腦，精通華梵，深諳佛理，遇有疑難，能判斷解決；

㈡證義　譯主的助手，凡已譯出之意義與梵文有何差殊，均由他與譯主商討；

㈢證文　譯主誦梵文經時，由他注意原文有無訛誤；

㈣度語（又稱書字）　按梵文字音記成漢字，猶是梵音（如 sutram 記成「素坦覽」）；

㈤筆受　按記下的梵文字音，譯成漢文（如將「素坦覽」，

---

② 以上引文見 *Translating World Affairs* by R. A. Roland, p. 19.

再譯成「經」）；

㈥綴文　整理譯文，使之符合漢文習慣（如梵文之「佛念」改為「念佛」、「鐘打」改為「打鐘」）；

㈦參譯　校勘原文是否有誤，並用譯文回證原文有無歧異；

㈧刊定　因中外文體不同，故每句每節每章須去其冗蕪重複；

㈨潤文　從修辭上對譯文加以潤飾；

㈩梵唄　用讀梵音的法子來唱念譯出的經文，看是否便於僧侶誦讀；

(十一)監護大使　由欽命大臣監閱譯經。

以上一至四為第一階段（理解和把握原文），五至八為第二階段（在譯文中表達），九至十一為第三階段（使譯文完美）（由於佛經必須便於念誦，故有「梵唄」之設）。潤文的工作受到極大重視。應玄奘之請，唐高宗曾專門委派最高級官員左僕射于志寧、中書令來濟、禮部尚書許敬宗、黃門侍郎薛元超、中書侍郎李義府等對譯文的「不安穩處，隨事潤色」。③

早在一千三百多年前，大概只有中國有這樣完備的譯場組織和對翻譯工作的深刻認識，既注意到對原文的忠實，又注意到譯文對於中國受眾的可讀性和可接受性。而把翻譯作為有組織的、集體的事業更是開歷史之先河。這種傳統可以說一直綿延至今。中國最大的外文出版機構「中國外文出版發行事業局」（前身為外文出版社）從二十世紀五十年代初建立以來，其翻譯運作機制可以說即是從古代譯場發展而來。主要過程大致是：

㈠編輯部負責人審定中文稿；

㈡翻譯將中文稿譯成外文，如有疑難與中文稿的責任編輯商酌；

---

③　此節據馬祖毅《中國翻譯簡史（「五四」運動以前部分）》，頁 56-58，中國對外翻譯出版公司，1984 年。

㈢外文組長或資深翻譯核對譯文稿；

㈣送請外國專家修改潤色譯文（polishing）；

㈤外文組長或資深翻譯以中文稿為本，校閱外國專家潤色後的譯文。如有較重要的問題向編輯部負責人報告並商定處理辦法。

以上的過程實際也是分三個階段，並且對第三階段也十分重視。由於外文出版物的性質、任務、讀者對象是多種多樣的（有官方文件、領袖著作、文學作品、新聞刊物、兒童讀物、圖片畫冊等等），所以對翻譯標準的掌握、對譯文的要求也因之而異，這是同佛經翻譯的單一性不同的。第三階段的工作也隨之複雜得多。④

翻譯工作的集體化現在在國外開始受到注意。紐馬克在他的《翻譯教科書》（1988）引言中説，「作為一種專業，翻譯應該被看作是譯者、校閱者、名詞專家、（有時還有）作家和顧客（文學作品須有第二個以譯入語為母語的校閱者並且最好還有一個以原語為母語的人來進行核校）的共同合作過程，在此過程中求得共識。」另據董秋斯介紹，法捷耶夫 1949 年 10 月來我國時在一次座談會上説：蘇聯在把外國作品譯成俄文時，有三種人參加，第一種是通達兩國文字而且具有相當文化程度的人，由他們先把外國作品直譯成俄文，然後請一些作家來修飾這部直譯的作品，使成為藝術品，最後由原譯者本人或有才能的作家再來校對修飾一次。⑤這些情況都有助於我們進一步認識第三階段的重要性。

---

④　請參閱拙著《對外報導業務基礎》（第六章——對外報導的翻譯工作和編譯關係），增訂本，今日中國出版社，1992 年，北京。

⑤　見董秋斯〈論翻譯理論的建設〉（1951），載羅編《翻譯論集》，頁 539。

二、翻譯實踐的第一階段（理解）和
第二階段（表達的第一層次）

　　上節奈達雙語交流模式顯示出雙語交流或者說翻譯實踐是如
何進行和完成的，它的要點是必須認識譯者在交流中角色和地位
的轉變，而交流的內容則應是同一的。把握這一基本點很重要，
因為翻譯實踐中的一切問題都是由此而產生、也據此而解決（或
尋求解決）的。

　　勞隴在他近年的著作⑥中從符號學的觀點提出：在不同語言
的符號之間進行直接對等的翻譯是不可能的，必須經過「符號還
原為思想」和「思想再轉化為符號」這兩個步驟，略如下圖：

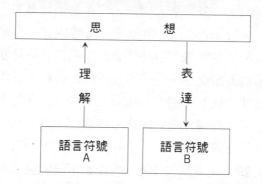

　　他說，翻譯的基本概念就是兩句話：透徹的理解和確切的表
達，兩者統一於「思想」，也就是意義（即奈達交流模式圖解中
的訊息）的一致。

　　但是，譯者在理解的階段，他是用語言 A 所傳達的訊息的接
受者，因此他必須用語言 A 來進行思索（如果語言 A 是英語，那
就是要 thinking in English），才能夠透徹地理解。而在表達的階

---

⑥　如〈試論現代翻譯理論研究的探索途徑〉，《外國語》，1994 年第 4 期，上海；
〈意譯論〉，《外國語》，1996 年第 4 期。

段，他又「變」成用語言 B 來傳達訊息的訊息源，而接受者則是語言 B 的使用者，因此他又必須改用語言 B 來進行思索，才可能確切地用語言 B 來表達同一訊息，並為使用語言 B 的接受者所接受。

　　茅盾說，「好的翻譯者一方面閱讀外國文字，一方面卻以本國的語言進行思索和想像；只有這樣才能使自己的譯文擺脫原文的語法詞匯的特殊性的拘束，使譯文既是純粹的祖國語言，而又忠實地傳達了原作的內容和風格。」[7]陸殿揚也說過類似的話，「我們的建議是：首先透徹地閱讀有關的句子或段落，理解它的意思，在你心中形成一個概念或意象。然後，合上你的書，用中文思考，把它當作你自己的思想表達出來。這樣，你就不會受到外國語言的約束或限制，就能夠自由地把原文的思想用中文表達出來。」法國十八世紀政論家孟德斯鳩（Montesquieu）談到拉丁文翻譯時有這樣一句名言：「翻譯的困難：首先必須很好地理解拉丁文，然後，必須忘掉它。」[8]這同錢鍾書的名言：「信之必得意忘言，則解人難索，」[9]可謂異曲同工。（引文中的著重點是引用者加的）

　　強調理解階段用原語思索，表達階段用譯入語思索，是完成翻譯作為交流的任務所必需的。以英漢互譯為例，英漢詞典和漢英詞典這類工具書自然是必需的，也是有幫助的，但依賴它們往往會造成誤譯、不恰當的翻譯、「對號入座」式的翻譯或「翻譯腔」。順便不妨在這裡一提的是：國內在外語教學上（特別是以外語為專業的教學）過分依賴中文翻譯的指導思想和做法從長遠來說是有害的。可以這樣說，用中文翻譯來學外語詞匯和語法，是很難真正學好的。這樣培養出來的學生也很難（除非經過一次

⑦　〈為發展文學翻譯事業和提高翻譯質量而奮鬥〉，羅編《翻譯論集》，頁 513。
⑧　以上兩處引文均轉引自勞隴〈意譯論〉，《外國語》，1996 年第 4 期。
⑨　《管錐編》，第三冊，頁 1101，中華書局，1986 年。

再教育）成為優秀的翻譯工作者，因為他既不能在理解階段用原語思索，也不會在表達階段「忘掉」原語而用譯入語思索。

正因為要用兩種不同的語言分別在理解和表達這兩個不同的階段來進行思索，而語言與文化（包括思維習慣和方法）的關係又如此密切，因此即使有了透徹的理解，並不能保證就必然能做到確切的表達。這裡不能長篇舉例，只能舉一兩個詞。英語中privacy這個詞在漢語裡就很難表達。《韋氏大字典》對這個詞的解釋是：

a. the quality or state of being apart from the company or observation of others

b. isolation, seclusion of freedom from unauthorized oversight or observation

錢歌川在《翻譯漫談》⑩中的解釋是：「所謂 privacy 是一個以個人主義為基幹的觀念，表示個人具有完全自由感的空間那種狀態。」如美作家 Christopher Morley 所寫：

Doors are the symbol of privacy, of retreat, of the mind's escape into blissful quietude or sad secret struggle.

這個詞難以在漢語裡找到對等的詞，是因為在我們的文化傳統中沒有這樣一種「以個人主義為基幹的觀念」。現在較多的做法是把它譯成「隱私」。《現代漢語詞典》對「隱私」的釋義是：「不願告人的或不願公開的個人的事」。把這個解釋同上面《韋氏大字典》對 privacy 所作的解釋來對照琢磨一下，就會發現兩詞並不對等，「隱私」沒有帶給接受者以 privacy 所含有的全部訊息，所以不能認為是一種確切的表達。⑪

反過來，漢語中的詞在英語中沒有對等詞、很難表達的例子

---

⑩　錢著，頁 73，中國對外翻譯出版公司，1980 年，北京。
⑪　據張新寶《隱私權的法律保護》（群眾出版社，1997），隱私（privacy）的基本內容有十項，可歸納為私人生活安寧與私人信息秘密兩個方面。

也是俯拾即是。前面談到文化差異時已涉及這方面的問題。除中國特有的事物和政治社會詞彙外，涉及思想意識的詞彙就更困難。如「仁」。《辭源》的解釋是「古代一種含義廣泛的道德觀念，其核心指人與人相親，愛人。」《漢英詞典》裡有關「仁」字的各種英文釋義是：

仁愛	kindheartedness
仁慈	benevolent, merciful, kind
仁義道德	humanity, justice and virtue
仁人志士	people with lofty ideal

從這些釋義不難看出，在英語裡實在找不到一個「仁」的對等詞，也就是沒有這樣一種「含義廣泛的道德觀念」。另外一個中國傳統思想中的「道」字在英文裡也無法翻譯，所以只能音譯為 Tao，「道家」就是 Taoism。

這裡想要說明的一個觀點是：理解和表達是兩個密切聯繫的階段，但也是兩個不同的階段。有人提出，翻譯的原則只有一條，就是忠實於原文，似乎只要理解和把握了原文，翻譯的全部問題就都可以解決。實際情況並非如此。由於兩種語言、兩種文化的差異，即使對原文有了透徹的了解，也很可能無法在譯入語中表達或不能確切地、充分的表達。

魯迅曾很生動地描繪這種情況說：

「我向來總以為翻譯比創作容易，因為至少是無須構想。但到真的一譯，就會遇著難關。譬如一個名詞或動詞，寫不出，創作時候可以迴避，翻譯上卻不成，也還得想，一直弄到頭昏眼花，好像在腦子裡面摸一個急於要開箱子的鑰匙，卻沒有。嚴又陵說，『一名之立，旬月踟躕』，是他的經驗之談，的的確確的。」[12]

---

[12] 〈「題未定」草〉，《且介亭雜文二集》，《魯迅全集》，頁352，人民文學出版社，1982年。

「我翻譯時倘想不到適當的字，就把這字空起來，仍舊譯下去，這字得稍暇時再想。否則，能夠因為一個字，停到大半天。」⑬

傅雷也談過類似的體會：「領悟為一事，用中文表達為又一事。」「有些疑難，便是馳書國外找到了專家說明，因為國情不同，習俗不同，日常生活的用具不同，自己懂了仍不能使讀者懂。」⑭

1. 理解之難

現在再回過頭來討論「理解」這個翻譯的第一階段，也是基礎階段，因為不完成這個理解階段，翻譯是無法進行的。嚴復說，「求其信，已大難矣」，實際就是說理解原文之難，因為只有在正確、全面的理解這一前提下才能談忠實於原作——也就是「求其信」的問題。就語言本身而言，理解其表層意義不難，理解其深層意義、聯想意義、「言外之意」難。這裡還有語境、語言的模糊性、方言行話等方面的問題。就文化內涵而言，除語言與文化的關係外，還有原作者及原文讀者的民族、歷史、地域、社會等文化背景的問題。如果是古代（即使是上一個世紀）的著作或資料，那麼在語言及文化兩方面的理解難度就更大。

有這樣一個有趣的故事可以說明理解之難。據說，二戰後期，同盟國向日本發出敦促投降的最後通牒，日本首相的答覆中用了 mokusatsu 這個日文詞，被誤譯為 “ to take notice of ”（「注意到」），而日方的本意是 “ considered ”（「考慮」），美國於是認為日本拒絕最後通牒，決定向廣島和長崎投原子彈。這個故事在美國流傳很廣，並且有不同的「版本」，如有的說被誤譯為

---

⑬ 〈致葉紫信〉。

⑭ 〈論文學翻譯書〉、〈翻譯經驗點滴〉，羅編《翻譯論集》，頁 627、694。

ignored（「相應不理」）而本意應是 delay until discussion has taken place（容再討論）。最近中國也有人研究，天振認為 mokusatsu 的釋義只有一條，即「注意到」，故當初並非誤譯。曹德和則不同意，認為 mokusatsu 根本不存在 to take notice of（即「注意到」）這樣的含義，它的實際意義是「置諸不理」、「置若罔聞」、「不予理睬」、「不放在眼裡」。⑮（承日文專家劉德有 1997 年 3 月 16 日告本書作者，mokusatsu 一詞用漢字寫作「默殺」，意為「不予置理」，沒有其他解釋。）二戰結束已過半世紀，這樁有關一個日語詞的歷史公案卻似還有待澄清。

葉君健師在〈回憶翻譯毛澤東詩詞〉⑯一文中談到：

「具有數千年歷史和傳統的漢文卻是陷阱重重，稍一疏忽就會『失誤』。英、美有四種毛詩的譯本，其中有一本還是美國一個對研究中國文學頗具聲望的大學出版的。如在《沁園春‧雪》這首詞中，它對『唐宗宋祖，稍遜風騷』的理解是『唐宗宋祖，文化修養不是太高，未能充分欣賞《國風》和《離騷》』；對『數風流人物』句中的『風流』，則理解為『風流倜儻』，具有花花公子的含意。同樣，《西江月‧井岡山》中『黃洋界上炮聲隆』句，被解釋成『在黃色海洋的邊上響起了隆隆炮聲』，這給人的印象是一支海軍正在登陸。」

前面提到過的錢歌川《翻譯漫談》中也有一些他稱之為「真正的錯誤」的誤譯，而譯者又都是研究中國文化的專家。這裡只引兩例。英國漢學家翟理思（Herbert A. Giles）把〈長恨歌〉中「漁陽鼙鼓動地來」譯成 But suddenly comes the roll of the *fish-skin* war-drums，原來他把「漁」「鼙」理解為「魚皮」了。「隨喜」舊指參觀廟宇，美國著名作家賽珍珠（Pearl Buck）把《水滸傳》上「要

---

⑮　請參閱曹德和〈誤譯後的誤譯——談關係到重大歷史事件評價的兩次翻譯失誤〉，《中華讀書報》，1996 年 7 月 10 日，北京。

⑯　載《對外大傳播》，1996 年第 11 期，中國外文局出版，北京。

來請賢妹隨喜」句卻譯成 I have long desired to come thither and invite you, My Good Sister, to go there and *take your pleasure as you please.* 大概她把「隨喜」理解成「隨便你怎樣喜歡」了。

中國古語:「智者千慮,必有一失。」這裡引用這些例子只不過是為了說明理解之難,即使專家亦有失誤的時候,學識才能不如他們,自然更難免了。翻譯工作者在多數情況下是把非母語的原文譯成母語,限於主客觀條件(如知識不足、參考資料和工具書不足等),對原文的理解(特別是對作者背景、歷史背景、原作受眾的文化背景等方面的了解)不深刻或不完整、在掌握分寸上不精確,是常常會有的。正確的態度應該是「知之為知之,不知為不知」,錯誤的(也是十分有害的)態度是「強不知以為知」。因為譯入語的接受者往往不懂原語或無緣看到原文,因此譯者給了他們錯誤的訊息,他們將難以發現,而貽害無窮。在這種情況下,「通順易懂」的譯文將比「佶屈聱牙」的譯文為害更大,因為包了糖衣的藥丸更容易吃下去。

◆

表達在本書中又把它分成兩個層次,即第二階段(用譯入語表達)和第三階段(使譯文完美)。為什麼要強調第三階段,下節將專門闡述。

如果說第一階段(理解原文)存在許多困難,那麼第二階段的困難一般說來要比第一階段更大,前面所引嚴復、魯迅、傅雷的經驗之談可證。這是因為在第一階段譯者是訊息接受者,他的工作是「解碼」(decode);而在第二階段他成了訊息源,他的工作是「編碼」(encode)。即使是用同一種代碼,後者也難於前者,更何況要改用另一種代碼(語言符號)。

范存忠師在〈漫談翻譯〉[17]一文中著重指出:翻譯的基本問

---

[17]　羅編《翻譯論集》,頁 786,見前。

題就是傳達問題。他說：

> 「對譯者的要求是，他對原文要盡可能做到透徹的理
> 解，同時，他還得把他所理解到的東西在另一種語言裡盡可
> 能做到確切的表達。我重複說了『盡可能做到』這幾個字，
> 因為透徹的理解和確切的表達都不是十分容易的事。」（著
> 重點是引用者加的）。

在談到表達上的困難時，他說，「我們寫作或講話，無非是
把自己的思想、感情等等表達出來，至於翻譯中的表達，那是把
一種語言裡已經表達出來的東西用另一種語言準確而完全地重新
表達出來……一種語言和另一種語言之間，總有差距──詞匯上
的差距、結構上的差距，等等。這就增加譯者在表達上的困難。」
這裡還應該加上由於文化上的差距而增加的困難。

2.「兩難」境地 ── 一個古老的翻譯問題

在表達階段的一個大問題，也是自有翻譯以來就出現的古老
問題，即如何正確地認識和解決兩種語言、兩種文化以及在不同
時空條件下的兩種受眾的差異。德國語言學家、哲學家威廉‧洪堡
（Wilhelm Freiherr von Humboldt）在 1796 年 7 月 23 日給友人的
信中說，「依我看來，所有的翻譯工作都不過是在試圖完成不可
能完成的任務（All translating seems to me simply an attempt to ac-
complish an impossible task），因為譯者必然要觸到兩個暗礁中的
一個而遭受失敗；或者過於嚴格地遵守原著，結果損害了本國人
民的興趣和語言，或者過於嚴格地遵守本國人民的特點，結果損
害了原著。兩者之間的某種中性的東西不但難以達到，而且簡直
是沒有的。」[18]

---

[18]　英譯文採自 B. Q. Morgan, *Bibliography*，見前。其餘引文轉引自費道羅夫《翻譯理
論概要》，頁 33，見前。

歌德（J. W. Goethe）是十分重視翻譯工作的，他在 1827 年
7 月 20 日給卡萊爾的信中說，「不管人們怎樣說翻譯的不足之
處，它始終是世界事務總體中最重要和最有價值的事業之一。」
[19]他對翻譯實踐中這種「兩難」狀況也有過很形象的描述，但並
不像洪堡那樣得出「悲觀」的結論：

> 「有兩種翻譯原則，一種是要使外國的作者遷移到我們
> 這裡來，以便我們能把他看作我們的同胞；另一種原則恰好
> 相反，要求我們出發到這位外國人那裡去，並且要去適應他
> 的生活條件、他的語言結構、他的特點……一切受過教育的
> 人士都充分了解兩者的優點。我們的朋友〔指作家、翻譯家
> 維蘭德〕在這方面也尋求中間路線，力求把這兩個原則結合
> 起來，但是在兩可的情況下，他作為一個有情感和有鑑賞力
> 的人，是偏重於第一種的。他十分堅定地相信，感人的不是
> 詞，而是思想。」[20]

魯迅作了同樣的比喻，但與歌德的傾向不同。他說：

> 「還是翻譯《死魂靈》的事情……動筆之前，就先得解決
> 一個問題：竭力使它歸化、還是盡量保存洋氣呢？日本文的
> 譯者上田進君，是主張用前一法的……我的意見卻兩樣的。
> 只求易懂，不如創作，或者改作，將事改為中國事，人也化
> 為中國人。如果還是翻譯，那麼，首先的目的，就在博覽外
> 國的作品……和旅行外國，是很相像的：它必須有異國情

---

⑲　採自 Morgan, *Bibliography*，見前。

⑳　轉引自費道羅夫書，頁 36-37，見前。路德維格‧富爾達（Ludwig Fulda）在 1904
年的一篇德文著作中也作過類似的比喻。他說，翻譯只有兩種選擇：(1)把外邊的世界變
成殖民地（colonize the foreign world）；(2)讓外國詩人移民進來（make the foreign poet an
immigrant），讓他歸化是最高目標（To make him a native is the highest goal）。德國翻譯
理論家施萊爾馬赫（F. Schleirmacher）在《論翻譯的各種方法》（1813）中則是這樣表述
的：「譯者的面前只有兩條路可供選擇，一是譯者盡可能不要驚動作者而把讀者領到作
者的面前，一是譯者盡可能不要驚動讀者而把作者領到讀者的面前。」（見〔德〕沃爾
夫拉姆‧威爾斯《翻譯學》，祝珏等譯，頁 25，中國對外翻譯出版公司，1988 年。）

調，就是所謂洋氣……凡是翻譯，必須兼顧著兩面，一當然
力求其易解，一則保存著原作的丰姿，但這保存，卻又常常
和易懂相矛盾：看不慣了。」㉑

中國古代佛經翻譯中的文質之辨、二十世紀三十年代以來的
直譯與意譯之爭，直到 1995 年上海《文匯讀書周報》發表《紅與
黑》幾種中譯本的「排行榜」所引起的討論㉒，都源於這個「老大
難」問題。從理論上講，翻譯是一種交流，而譯者又是用譯入語
來對這種語言的使用者完成交流任務的，「如同舞台上的演員，
譯者所面對的是活生生的受眾，他要尋求的是他們的認可。在此
前提下，任何譯作如果受眾不懂、不欣賞或不喜歡，那就決不可
能成功。」（摩根）㉓因此，好的譯文應該使讀者讀起來就像是
作者用譯入語寫的一樣。奈達説，「好的翻譯不應使人感到它的
非土生土長的來源。」（1959）錢鍾書説，「譯本對原作應該忠
實得以至於讀起來不像譯本，因為作品在原文裡決不會讀起來像
經過翻譯似的。」㉔

但也有似乎相反的説法。

㉑　前引〈「題未定」草〉。按：魯迅為了國人思想和語言的進步，主張「一面盡量
的輸入，一面盡量的消化、吸收，可用的傳下去了，渣滓就聽他剩落在過去裡」，「其
中的一部分將從『不順』而成為『順』，有一部分則因為到底『不順』而被淘汰，被踢
開。」（〈關於翻譯的通訊〉）半個多世紀的歷史事實正是如此，魯迅的努力有成功也
有失敗。如他竭力反對用中國的百家姓來譯外國人的姓的第一音節，主張把 Gorky 譯作
「戈爾基」，但至今大家通用的仍是「高爾基」，而且仍然喜歡用漢語中同音的姓來譯
外國人的姓的第一音節。他批評「用輕靚艷麗的字樣來譯外國女人的姓氏」，如把托爾
斯泰之女非譯作「妥妳絲苔」不可。這個譯法似已消失，但「安娜・卡列尼娜」的「娜」
字則仍沿用。這不是個人愛惡取捨的問題而是文化傳統、社會心理的問題，中國人給女
孩子取名仍喜歡用適於女性的字眼，這似乎也不一定是封建觀念，西方人至今也還是男
子用男子的名字、女子用女子的名字。

㉒　法國作家斯湯達（或譯司湯達、斯丹達爾，Stendhal，1783-1842）的小説《紅與
黑》是世界名著之一。我國自 1944 年以來，此書中譯本已有十五、六種。上海《文匯讀
書周報》根據所收到的讀者意見發表了中譯本的「排行榜」，引發了一場文學翻譯界的熱
烈爭鳴，其核心問題仍是譯文——用通俗的話説——應穿「中裝」、還是穿「西裝」的
問題（如最後一句女主人公「死」了和「魂歸離恨天」的優劣）。

㉓　B. Q. Morgan, *Introductory Note to Bibliography*，見前。

㉔　〈林紓的翻譯〉，羅編《翻譯論集》，頁 696。

前東德的作家和翻譯家阿‧庫勒拉説，「通常認為對譯作的最高讚譽是：『譯作讀起來不覺得是譯作』。我從來不認為這是最高的讚譽……每個作家都給我們語言中帶來一些新東西，以豐富我們的語言。譯者也同樣不但有權、而且有義務考慮如何豐富本語。他應當盡可能把原文中能夠移植的東西移植過來，遵守本族語法、詞法、句法規則，不破壞本語的結構。這一條既適合於詞匯，也適合於語法結構。」㉕

國內持類似看法的，如王育倫説，「翻譯作品必須有別於中國的文學作品，不僅在內容上使讀者想到這是外國的，而且應該在語言形式的某些方面使讀者想到這是『外國貨』。……翻譯作品讀起來必須像翻譯作品……我們主張在語言上保存『洋氣』，正是為了更好地表達原作『洋』的內容和神韻……也潛移默化地介紹了外國語言的某些特點，吸收了外語的新表現法，豐富了漢語，促進兩國語言的接近和交流。」㉖

馮世則問道：「忠實於何？是忠實於原文、包括它所運載的西方文化，還是忠實於中國固有的文化？……原文是異國文化的產品，翻譯欲求如實，譯文必有異國情調、不習慣（包括譯者自己也不習慣）乃至難懂的地方，這非翻譯所造成，也非翻譯所能解決。人人懂的書是沒有的；人人能懂且易懂的翻譯也不存在。如要一切都為中國人習聞慣見，何必談翻譯？」㉗

張學斌在前引的〈穿越語言文化差異〉一文中指出，「他〔魯迅〕的直譯是為了原原本本地反映原文的面貌，從而嘗試著穿越語言文化交際中的差異。」作者引用了魯迅從日譯轉譯的法國作家紀德（André Gide）〈描寫自己〉一文的開頭幾句：「我

㉕　〈阿‧庫勒拉論翻譯理論和實踐〉，王育倫摘譯，蔡毅校，《外國翻譯理論評介文集》，頁 39，中國對外翻譯出版公司，1983 年。
㉖　〈從「削鼻剜眼」到「異國情調」〉，羅編《翻譯論集》，頁 935。
㉗　〈忠實於何？〉，見前。

任憑你們以為和這肖像相像。那麼，我在街上可以不給你們認識了。況且我不很在巴黎。我倒喜歡在棕櫚樹下。橄欖樹下和稻子豆下，我也幸福的。柏樹下面，不大幸福。樅樹下面，就會不幸福了。我大概喜歡熱天。」認為雖經轉譯，「仍然可以看到法語遣詞造句的痕跡」。作者又引了 1978 年法國出版的 J・達爾斯譯的《水滸傳》，「大膽直譯」，如「天子」譯作 Le Fils de Ciel（天之子）、「翰林院」譯作 L'Academie de la Fôret des Pinceaux（筆桿子如林的皇家文人協會）、「張大師」譯作 Le Maître-Celeste Zhang（天之師張）等。作者說，這一譯本被法國評論家認為是「最優美、最忠實的譯著之一」。

其實，這個「兩難」問題與其說是個理論問題，不如說是個實踐問題。在理論上，這個問題應該說是不難取得共識的，因為大家都肯定，翻譯必須兼顧兩面（原文及其作者、譯文及其受眾），如同梁啟超所概括的「既須求真，又須喻俗」，不過各人所強調的畸輕畸重罷了。錢鍾書說：

> 文學翻譯的最高標準是「化」。把作品從一國文字轉變成另一國文字，既能不因語文習慣的差異而露出生硬牽強的痕跡，又能完全保存原有的風味，那就算得入於「化境」。

可見所謂「化境」決不是說好的譯文就要徹頭徹尾地化「洋」為「土」。既然是翻譯，原作是在另一種文化裡用另一種語言生產出來的，事是外國的事、人是外國的人，把這些東西都「化」掉，也就無所謂翻譯、無所謂交流了。[28] 所以在翻譯中不但外國的事、外國的人、異域風情、不同風格應盡可能用譯入語傳達出來，甚至於外國的詞彙、某些語法構造、某些表達方式以至思想方法，也往往通過翻譯，被引進或移植於譯入語中，從而成為譯

---

[28] 前面第五章第三節所提到的「換例譯法」，「實非正法」。林紓譯文中雖有「拂袖而起」，但洋人仍保洋名，洋物亦取洋名。

入語所屬文化的一部分。但這種引進或移植必須為譯文的受眾所理解和接受（庫勒拉也強調了這一點）。受眾如果不懂、不認可、不欣賞或不喜歡，那麼不但引進或移植會失敗，有時連整個譯文也會受到否定或排斥。因此，錢的「化」境說同庫勒拉等的說法，在本書作者看來並無實質上的分歧。

但一到具體實踐，分歧就出現了。屠岸認為「難就難在如何掌握好『歸化』和『洋化』的『度』」[29]，也就是說，分歧在於：如何才算「適度」，各人有不同的尺度。

有一些言語材料無論就思維或表達而言，在兩種語言中都是對等的。「翻譯是兩種文化的統一。」（Translating is the unity of two cultures.）（一位英國語言學家的話）「翻譯涉及用兩種不同編碼來承載兩個對等的訊息。」（雅可布遜）從這樣一些基本觀點出發，如果用這種對等的言語材料來傳達原意應該被認為是完全正確的和適當的。試舉數例。

梁實秋在《漫談翻譯》（1987）文中提到，莎士比亞戲劇中《維洛那二紳士》（第四幕第四場）中有" a pissing while "一語，「我頓時想起中國北方粗俗的一句話『撒泡尿』的功夫」；《馴悍記》（第四幕第一場）中有" you three inch fool "正好譯成我們《水滸傳》裡的『三寸丁』。」他把這些稱為「天造地設」的佳譯。

范存忠師在《漫談翻譯》（1978）文中提到：「我在英文報刊上看到下列幾句：One boy is a boy, two boys half a boy, three boys no boy. 譯成漢語就是：『一個和尚挑水吃，兩個和尚抬水吃，三個和尚没得水吃。』原文裡既没有『水』，也没有什麼『和尚』，但這幾句漢語仍然可說是一個有趣的相當的翻譯。」

本書作者在譯書中也遇到過不少這樣的例子。如有這樣一句

㉙　〈「歸化」和「洋化」的統一〉，《中華讀書報》，1997年5月14日。

原文：He would sooner plant potatoes than be ruler of the duchies un-
der such terms，立刻聯想到《七品芝麻官》裡那句名言「當官不為
民作主，不如回家賣紅薯」，雖然一種一賣，但都以之與做官相
對照，可謂巧合。[30]又如 Legislators wink at extortionate practices
中 wink 與中文「睜一眼閉一眼」相合；A stone is removed from
my heart. 譯作「我心裡一塊石頭落了地」，也算「銖兩悉稱」。

許多翻譯工作者都能從經驗中舉出這樣的譯例，從詞典中也
能找到不少。

但看似正確的方向，多走了一步，有時就會過頭。上引屠岸
文中曾舉一例。莎士比亞十四行詩第二十首中有一行：with shifting
change, as is false women's fashion，有一種譯文作「時髦女人的水
性楊花和朝秦暮楚」。屠岸指出，「莎士比亞大概不會知道中國
春秋戰國的歷史，因此在莎士比亞作品中出現秦和楚，便使人覺
得彆扭了。」他自己「譯莎劇時曾用『司空見慣』一詞，寫後再
一想，覺得莎不應與劉禹錫、李紳『搭界』，便把它改成『習以
為常』。」本書作者也有過類似的經驗，如有這樣一句原文 This
was to be wise after the event，腦子裡第一個反應便是「事後諸葛
亮」，但這樣地道的中國成語放在洋人嘴裡似乎不宜，因此還是
老老實實譯作「事後聰明」。有一位同行朋友中文很好，他的翻
譯就總是出現許多「中國化」的文字，如 a good day for the affair
譯作「黃道吉日」，hand-over「拱手交給」，talented「才華橫
溢」，spat「唾沫四濺」，等等。本書作者還曾在一本電影刊物
上看到過一篇報導美國影星馬龍·白蘭度（Marlon Brando）愛情
生活的文章，其中有這樣一段：

他深有感觸地說，「我好像一直在生活中追尋著什麼，但每

---

[30]　美國著名作家德萊塞（T. Dreiser）的小說《巨人》（The Titan）中有這樣一句話：The
man is thoroughly bad － from the crown of his head to the soles of his feet. 同中國俗話「這
個人壞透了——頭頂生瘡，腳底流膿」，也可算巧合佳例。

獲得一次就會失望一次，與塔麗塔的相識，才使我真正領悟到
『眾裡尋她千百度，驀然回首，那人卻在燈火闌珊處』的境界。」

　　不知道這是創作還是翻譯——不管是什麼，把中國十二世紀
詞人辛棄疾的名句放在二十世紀一個美國影星口中實在不可思
議。

　　香港中文大學出版的《譯事參考手冊》（英文本，頁 13，
1980）中說：

　　　「譯者受到的是雙重限制：除了他們自己在文體修辭方
　　面的限制外，還有原作加給他們的限制。如果我們珍視一位
　　作家的創造性，那麼我們對一位譯者的讚佩是在於他經過修
　　飾的忠實以及恰當把握（polished fidelity and a sense of exact-
　　ness）。一瞬間的寫作衝動常常不得不讓位於苦心經營和樸
　　素的準確意識。（A momentary stylistic flare must often give
　　way to painstaking care and simple accuracy.）」（著重點是引
　　用者加的）

　　這樣的話不是在翻譯實踐中體會至深的人是不能道的。Adam
did not waste words 譯作「亞當二話不說，單刀直入」，but they
were overwhelmed at last 譯作「可是到後來寡不敵眾、直敗下
來」，恐怕就是「寫作衝動」沒有讓位於「樸素的準確意識」的
結果。（未見上下文，只能孤立地就單句而論。）因為從原則上
說來，原文所有的意思在譯文中應充分表達，否則便是通常說的
「不足翻譯」或「不及翻譯」（under-translation）；原文中所沒
有的意思在譯文中不應表達，否則便是通常說的「超額翻譯」或
「過度翻譯」（over-translation）。（原文中的「言外之意」在譯
文中最好也是「意在言外」。）這兩句譯文有「超額翻譯」之
嫌。

　　當然，這只是一種理論上的探討，因為有兩方面的因素是在
翻譯實踐中要考慮到的。一方面是翻譯的不同材料、不同文本、

論信達雅

不同目的、不同對象，需要用不同的方法以及對翻譯原則的不同掌握。如香港公共汽車上關於乘客自行投幣的公告 please tender exact fare 中文譯作「恕不找贖」被認為比原文更好，因為中文說出了原文所沒有明說的「要害」問題——少付錢固然不可以，多付了錢也是不找的。準此以觀，北京出租車上的牌子 For Hire 中文為「空車」、Out of Service 中文為「停運」，也很好，因為中文簡明，中國人一看便知。但如用於政府文件、文學作品的翻譯，那就不行，不能「歸化」到如此程度。

另一方面是譯文受眾的接受態度。「譯作是否忠實於原作在一定程度上取決於讀者的心理承受能力。一般而言，譯作依存於原作，但譯作一旦進入了接受系統，就不可能完全置讀者的感受於不顧。因此，討論譯作的忠與不忠，公眾的期待視野應是我們必須考慮的因素」（韓滬麟〈翻譯首先得實事求是〉）。具體到所謂「歸化」與「洋化」的問題，在這裡所反映的是譯文受眾對待異域文化的態度。這種態度有其歷史、社會背景並且是隨著歷史、社會的演進而變化的。以中國大陸而言，在長期閉關鎖國之後一旦對外開放，對異域文化產生了濃厚的好奇、求知心理（在一些人中還產生模仿心理），表現在語言上是「外語詞」的大量湧現（如卡拉 OK、T 恤、的士、托福、MTV、「拜拜」（bye-bye）等等），表現在對外國物質和精神產品的態度上是「唯洋是尚」，並且要求看到和得到的是真正的外國本色的東西（施康強用「帶血的牛排」來形容這樣的東西）。

為了使原作通過翻譯為盡可能多的譯文受眾所接受和欣賞，以達到交流的目的，譯者自然要考慮受眾的心理，但不能「迎合」，即：不從翻譯的原則考慮、不分是非、一味追求適應一時一地受眾的要求。這樣做既有悖於翻譯工作者的職責，也不可能取得真正的成功，因為受眾的心理是會變化的。

回到「歸化」和「洋化」的「尺度」上來，我們恐怕只能說：

一是「因地制宜」「靈活掌握」，這是就非文學翻譯而言；二是「百花齊放」「百家爭鳴」，這是就文學翻譯而言。我們不可能有這樣一把精確而又萬能的「尺子」。文學作品是一種藝術創造，譯者同作者一樣也要盡量發揮創造性和想像力，同一原作有幾種以至十幾種不同的譯本是很自然的事。開展正常的評論並對不同譯本進行比較研究是有益於翻譯事業和翻譯理論建設的，但進行評比一類的活動似乎不必要，而且大概也很難有結果，藝術創造究竟是不同於體育競技的。對待文學藝術事業的唯一正確方針只能是「百花齊放」「百家爭鳴」。

關於這個「兩難」問題的探討實際已使我們進入了翻譯實踐的第三階段，所以在下一節中還會繼續談到這個問題。

三、翻譯實踐的第三階段（表達的第二層次）

張培基等編著的《英漢翻譯教程》和孟廣齡編著的《翻譯理論與技巧新編》兩書[31]都將翻譯過程分為理解、表達和校改（核）三個階段。孟書指出，「校核和修改譯文也是翻譯過程中不可缺少的一個階段。」「所謂『校』，就是指通過對譯文表達形式的校閱，來查對譯者對原文的理解是否準確；所謂『改』，就是把譯文中欠妥的表達形式進一步用更好的語言形式表達出來。」張書指出，「校核階段是理解與表達的進一步深化，是對原文內容進一步核實以及對譯文語言進一步推敲的階段。」

希萊爾・貝洛克（Hilaire Belloc）在〈論翻譯〉[32]（1929）一文中提出翻譯的三個階段：(1)透徹理解原文（read the original thoroughly），(2)把原文在你心中留下的東西用你自己的語言表達出

---

[31] 張著，頁 15，上海外語教育出版社，1980 年；孟著，頁 22，北京師範大學出版社，1991 年。

[32] Morgan, *Bibliography*，見前。

來（render into your own tongue the effect on your mind），⑶同原文進行核對，使譯文更接近於原文，但不能損害譯文的自然流暢（recheck with the original to get closer to it without sacrificing naturalness）。

　　大體說來，張、孟所說的三階段與貝洛克所說的三階段是相當的。但在第三階段，他們都認為主要是同原作作仔細的核對，在此基礎上對譯文作最後的潤飾。實際上，第三階段的工作重點主要應放在譯文及譯文的受眾上，第三階段的必要性正在於此。

　　從翻譯的全過程看，第一階段（理解原文）譯者作為原文訊息的接受者，他要解決的問題是正確地、充分地接受訊息，他工作的對象是用原語寫或說的原作。進入下一個表達的階段，他要完成從訊息的接受者到訊息源的轉變、完成跨語言和跨文化的轉變，他工作的對象既是原作、又是改用譯入語的譯文，在他面前出現的既有原作者、又有譯文的接受者，因此他往往不可能「畢其功於一役」而必須分兩步走，先完成語言（包括思維方式和表達方式）上的轉變，再使之完美。所以，本書中稱前面的一步為第二階段（用譯入語表達或表達的第一層次）、後面的一步為第三階段（使譯文完美或表達的第二層次）。

　　表達的第二層次包含兩個方面的要求。一方面是提高譯文的文字質量，提高譯文的藝術價值和美學價值（特別是文學翻譯），另一方面是提高譯文對譯文受眾的可讀性和可接受性，消除由於語言和文化差異而產生的障礙，解決新詞的引入、專名的創立、注釋的編寫以及其他由於可譯性的限度而產生的問題。因此譯者在第三階段注意的中心是譯文及其受眾。前面講到的在集體進行翻譯時，擔任第三階段工作的人有時往往並不懂原語，這樣他們在工作中反而可以不受原語的「干擾」，完全從譯入語及其受眾來考慮（當然，他們加工之後，仍需懂原語的人再複核一次），從而保證譯文的質量和可讀性。

1. 「花在文字加工上的力氣會三倍於初譯」

前面已經提到，有人認為翻譯只要忠實於原文則一切皆備，因此對這裡所說的第三階段的工作自然就不認為有重視的必要，至少不必如此重視。這是一種不正確的、有害的觀點和態度。香港中文大學出版的《譯事參考手冊》（*ECCE Translator's Manual*）（1980 年英文本）引言中特別強調譯文文字加工（polishing）的重要性：「我們必須孜孜不倦，決不要滿足於一下子就很容易地想到的譯法。生活以及表述生活的文字作品要更複雜得多。」「有職業責任感的翻譯工作者花在文字加工上的力氣會三倍於初譯。」

這裡舉一個很平常的例子。His pronunciation is no better than mine. 這句英文至少可有以下三種譯文：

> ⑴他的發音和我一樣糟。
> ⑵他的發音比我好不到哪兒去。
> ⑶他的發音並不比我好。

如果從忠實並曉暢地傳達原意（「信」和「達」）來看，三者幾乎難分軒輊，但最終必須選用其中之一，那就是求其譯文文字完美（「雅」）的功夫了。這要看上下文（context）來定，看哪一句對整個譯品來說是最適合的（包括分寸、語氣、場合、人物等因素。）確實，推敲的功夫也許會比譯出來要多三倍。

張振玉在所著《譯學概論》㉝一書中專闢「醜與美」一章，他說，「大凡譯者拙於譯文之語言文字，雖能了解原文之含義，並能體會其神理風格，亦必無由表達，徒嘆力不從心……若譯者嫻於語言文字，既能了解原文之含義，並能體會其神理風格，必能得於心、應於手，雖有難達之情、難描之景，必因巧於遣詞、精於造句，原意既忠實譯出，而譯文復不失文字之美。」可見在忠

㉝　張著，頁 423-447，1968 年第三版，台北。

實的前提下，譯文仍有「美醜」之分。他把譯文的美與醜分為五種情況：(1)錯亂與通曉，(2)生硬與流暢，(3)蕪雜與洗煉，(4)失妥與切當，(5)拙劣與工巧，並分別舉了許多譯例，用以說明。這裡限於篇幅，只引用第二種一例：〔 *Jane Eyre*（《簡愛》）第二十章中的一句〕

〔原文〕　　　　My pulse stopped; my heart stood still; my stretched arm was paralysed. The cry died and not renewed.

〔一種譯本〕　　我的脈搏停止，心臟站住，我的伸出的胳膊麻痺。這喊聲死去，沒有再重複。

〔張氏改譯〕　　我的脈搏不跳了，心臟靜止了，伸出的胳膊也麻痺了。那喊聲消失之後，就沒有再聽見。

　　張氏評論說，劃線處三詞原譯「皆係英漢字典上之解釋，原不得謂錯，但用於譯文中，未免失之生硬質直。」改譯後「似較為純熟流暢，免卻譯文體氣息。」

　　由此可見，「忠實於原文」不能「一了百了」，在用譯入語來傳達時還要下許多功夫，不但要表達得出，還要表達得好。

　　像上述這樣的例子，譯文的優劣高低尚易分辨。對於基本的詞匯和語法結構、簡單的句子，可以有公認的規律、正誤界限和評價標準。但對於稍為複雜一點的篇章就不那麼容易了。由於翻譯的實務非常複雜多樣，翻譯的「規則」往往是（也只能是）描述性的，而非規定性的；評價的標準是相對的，而非絕對的。如「透徹的理解」和「確切的表達」，究竟如何才算「透徹」、如何才算「確切」，恐怕道理好說，一碰到實際問題就會「見仁見智」「各持一端」了。這種情況在各行各業的翻譯中都常見，而在文學翻譯中更為突出。這是自然的，因為文學作品有最豐富的藝術內涵、最高超的文字技巧和最鮮明的個性特色，因此譯者作

為原文讀者對它的理解以及作為譯文作者——很多文學翻譯家本身又是作家——對它的表達，就呈現出差異。試看《簡愛》(*Jane Eyre*)中片斷的三個譯本：

〔原文〕 Well has Solomon said "Better a dinner of herbs where there love is, than a stalled ox and hatred therewith." I would not now have exchanged Lowood with all its privations, for Gateshead with its daily luxuries.

〔李霽野譯本〕 所羅門說得好：「有著愛的以草作餐，比帶著恨的豢養的肥牛還要強。」現在我不願拿葛特謝那裡的日常奢侈品，來換羅沃德和它一切的窘乏了。

〔陸殿揚譯本〕 所羅門說得好：「同愛人一起吃青草比同仇人一道吃肥牛還要強得多。」我現在真不願以羅沃德的苦生活去換葛特謝家中的日常豪華。

〔祝慶英譯本〕 所羅門說得好：「吃素菜，彼此相愛，強如吃肥牛，彼此相恨。」現在，我可不願意拿勞渥德的貧困去換蓋茲海德府的日常豪華了。

再看英國十八世紀詩人葛蕾(Thomas Gray)名詩《墓園輓歌》(*Elegy Written in a Country Churchyard*)首章的三種不同譯本[34]：

〔原文〕 "The curfew tolls the knell of parting day,
The lowing herd wind slowly o'er the lea,
The plowman homeward plods his weary way,

[34] 以上兩例均轉引自勞隴〈從奈達翻譯理論的發展談直譯和意譯問題〉，《中國翻譯》，1989年第3期。

And leaves the world to darkness and to
me."

〔卞之琳譯本〕　　晚鐘響起來一陣陣給白晝報喪，
　　　　　　　　　牛群在草原上迂迴，吼聲起落。
　　　　　　　　　耕地人累了，回家走，腳步踉蹌。
　　　　　　　　　把整個世界給了黃昏與我。

〔郭沫若譯本〕　　暮鐘鳴，晝已暝，
　　　　　　　　　牛羊相呼，迂迴草徑，
　　　　　　　　　農人荷鋤歸，蹒跚而行，
　　　　　　　　　把全盤的世界剩給我與黃昏。

〔豐華瞻譯本〕　　晚鐘殷殷響，夕陽已西沉，
　　　　　　　　　群牛呼叫歸，迂迴走草徑，
　　　　　　　　　農人荷鋤犁，倦倦回家門，
　　　　　　　　　惟我立曠野，獨自對黃昏。

　　從上引兩例的三種不同譯本不難得出這樣的看法，即：這些譯本都在力求透徹理解原文、忠實於原文，但用譯入語來表達時卻採用了不同的方法和技巧（包括藝術手法）；換句話說，這是在第三階段工作所產生的不同結果。不同的譯者各自認為他這樣譯是賦予了譯文以最高的藝術價值、美學價值。當然，你也可以從忠實的「程度」來加以評價，但可以肯定地說，這樣的評價將同譯作一樣存在很大的差異而不會有定論，也不可能有人有此能力或意願來充當「大法官」。

◆

　　在藝術要求不如文學作品的其他種類的譯作中是否也需要有第三階段的工作呢？許多科技翻譯工作者在他們有關翻譯的論著中作出了肯定的回答。例如黃華遠在〈科技翻譯的表達問題〉[35]

----

[35]　載《科技翻譯論著集粹》，頁136，見前。

一文中就舉了許多實例用以説明科技翻譯中也有必要提高譯文的文字水平，下面是其中三例：

〔原文〕　The black areas must not be fuzzy around the edges.

〔原譯〕　黑色部分不允許在邊沿處模糊。

〔改譯〕　黑色部分的邊沿不應該模糊。

〔原文〕　A pull at the rate of 2 inches（50.8mm）per minute shall be applied to the land side.

〔原譯〕　對導線（導線應於焊盤的一側）施加拉力，速率為每分鐘 2 寸。

〔改譯〕　用每分鐘 2 寸（50.8mm）的速率拉——拉焊接在焊盤上的導線。

〔原文〕　Pads of the circuit are to be well centered around holes.

〔原譯〕　電路的焊盤應該很準地定在繞著孔的中心位置。

〔改譯〕　電路的焊盤應該定好位置，務使各孔分別處於各焊盤的中心。

從以上三例中的原譯很容易使人們聯想起近來日益增加的中國和外國產品説明書或手册之類的譯文。這些譯文缺少文采不説，大多難讀難懂，甚至有錯漏（大概無人校核）。試舉一例。有一種日本相機的用法説明書有英、法、德、西、中五種文字，關於 flash switch（中文譯作「閃燈掣」，大概是港台用語，大陸通常稱「閃光燈開關」）的用法中有一條的英文和中文如下：

manual fill-flash

This mode is effective to balance the exposure of your subject with the relatively brighter back-ground. To use manual flash, slide the flash switch to ＊ and hold it while you take the picture.

手動閃燈補光

此模式有助於平衡主體景物在光線較強的背景下的曝光差異。採用手動閃燈補光時，將閃燈掣撥至＊，固定其位置，並進行拍攝。

英文說明是很清楚的，但在中文說明裡，前面一句要看懂已很吃力，後面一句把 hold it while you take the picture 譯成「固定其位置，並進行拍攝」卻是完全的誤導，因為這個開關的正常位置在中間，撥到＊處後要用手指按住它，否則它就會自動回到正常位置，英文說的 hold it while……就是這個意思，中文變成「固定……」就錯了，因為它是不可能「固定」在＊處的。假使稍下點功夫改動如下，也許就可避免上述毛病：

「這種用法在背景光線較強的情況下可以使拍攝主體的曝光得到適當的平衡。用時可將閃光燈開關移往＊處，用手指按住，進行拍攝。」㊱

科技翻譯（包括工商財貿實用材料的翻譯）中存在的質量問題同社會上不重視翻譯、特別是科技翻譯的風氣有關。這種情況在其他國家（包括發達國家）同樣存在。幾年前，有一份關於蚊蟲卵的材料要翻譯出來提供給世界衛生組織的瘧疾處，但當時在翻譯人員中沒有一個具有生物學或昆蟲學的學位，只好請一位婦科學家來翻譯。翻譯人員的專業知識不足，又怕出大錯，翻譯出來的東西不可避免地出現含混、不確切的地方。再看一份聯合國行政事務文件的英文本，是從法文譯出的，主題是關於設置新辦公桌的指示：

Turn the B tube of a number of turns corresponding about to 2 lbs. for instance; for a typewriting machine of 34 lbs., weight about, turn the tube of 17 teeth. To unbend the spring: engage the

---

㊱　此事為本書作者所親歷。

spindle into a hole, turn the tube, take out a click, take off the
second spindle, take out the second click, and brake the tube
by hand.

這樣的英譯文真有令人啼笑皆非之感。

　　魯思・羅蘭（Ruth A. Roland）在《世界事務的翻譯工作》[37]
（*Translating World Affairs*）一書中敘述了上述故事之後不無感慨
地說：

　　　　「大多數文學翻譯家瞧不起那些他們認為比他們低一等
　　的同行，這是使人不愉快的，但卻是事實。有人甚至於不承
　　認那些在文學翻譯圈子以外的翻譯工作者是『真正的』翻譯
　　工作者。這樣的態度是不對的。即使一個科技翻譯家不是一
　　個特別出色的作家，他必須既有廣博的文化素養、又精通至
　　少一個技術專業——後者是許多『文人學士』所難以倫比的
　　成就。還有一方面也是常常被忽視的，即：科技翻譯工作者
　　肩負巨大責任，而他們的文學翻譯同行們則在很大程度上不
　　必有這種負擔。在最壞的情況下，一個科技翻譯工作者因為
　　工作中的差錯而造成災難，他是可能會被起訴的。」

　　　　「科技翻譯工作者必須具有以下公認的素質：(1)真正百
　　科全書式的知識面，以及『活到老、學到老』的精神；(2)對
　　他正在翻譯的材料的前因後果具有敏感；(3)有能力在忠實於
　　原文和達到譯文文字的高水平——是的，即使在一部技術性
　　著作中也須如此！——這兩者之間取得很好的平衡。」

　　這段話說得很好、很中肯。看來，要糾正社會上不重視科技
翻譯的風氣，首先科技翻譯界本身需要改變觀念、提倡重視第三
階段的工作，提高譯文文字質量，使譯文完美。這樣做了，科技
翻譯必能贏得應有的重視和尊敬。

---

[37]　McFarland 出版，1982 年，美國。

2. 「一名之立，旬月踟蹰」（嚴復）

在自然科學和技術、社會科學、文化藝術、新聞報導等翻譯中，各種新詞（及詞組）和專名的翻譯是一個很大問題。[38]在文學翻譯中，也有原文中的詞彙、語法結構、表達方式應否移植進來及如何移植進來的問題。這方面的工作也是翻譯第三階段任務的一個重要內容。

關於語言發展的規律是需要專門研究的課題，這裡只能從翻譯的角度略加探討。

美國語言學家薩丕爾（Edward Sapir）說：

「語言像文化一樣，很少是自給自足的。交際的需要使說一種語言的人和說鄰近語言的或文化上占優勢的語言的人發生直接或間接接觸。交際可以是友好的或敵對的。交際可以在平凡的事務和交易關係的平面上進行，也可以是精神價值——藝術、科學、宗教——的借貸或交換……一種語言對另一種語言最簡單的影響是詞的『借貸』。只要有文化借貸，就可能把有關的詞也借過來……仔細研究這樣的借詞，可以為文化史作有意味的注疏。留意各個民族的詞彙滲入別的民族的詞彙的程度，就差不多可以估計他們在發展和傳播文化思想方面所起的作用。」[39]

這段話說明，詞的「借貸」是語言交流的常見現象，從中可以反映出文化交流的情況。我國語言學家高名凱、石安石主編的《語言學概論》[40]也指出，「各種語言隨著社會的接觸而彼此吸收

---

[38]　關於譯名問題，我國近代學者曾作過極有價值的研究，梁啟超、胡以魯（仰曾）、容挺公、章士釗（行嚴）、朱自清（佩弦）等人的有關論文載《翻譯研究論文集（1894-1948）》（譯協《翻譯通訊》編），請參閱。

[39]　《語言論——言語研究導論》，頁120-121，薩丕爾著，陸卓元譯，陸志韋校訂，商務印書館，1964，北京。

[40]　《語言學概論》，頁137-139、215。中華書局，1979（第四次印刷），北京。

一些成分，是語言相互影響中最常見的現象。」書中列舉了新詞產生的四種途徑（以現代漢語為例）：(1)利用原有的構詞材料，如「火車」、「陣營」等；(2)從外語借來新詞（外來詞），如「阿司匹林」（音譯）、「啤酒」（音義兼顧）等；(3)從方言和某種行業或科技部門的特殊用語中借用，如「搞」（西南方言）、「貨色」（江浙方言）、「奔頭」（東北方言）、「二流子」（陝北方言）、「開場白」（戲劇界用語）、「手術」（醫學用語）等；(4)從古語中借用，如「革命」，源出《易經·革》「湯武革命，順乎天而應乎人」，古者以天子受命於天，故王者易姓曰革命。（現在的含義自然已經不同）

　　以上四種途徑中的第二種（即外來詞）同翻譯工作有最密切的關係。高名凱、劉正埮著《現代漢語外來詞研究》[41]一書指出，外來詞是指那些「把外語中具有非本語言所有的意義的詞連音帶義搬到本語言裡來」的詞（如來自英語 humour 的「幽默」），而「飛機」則不是外來詞，儘管這種新事物來自外國，但卻是用漢語原有的詞所組成的語言形式來表達的。（關於意譯的詞如來自 horse-power 的「馬力」、來自 honeymoon 的「蜜月」是否應作為外來語，語言學界有不同看法。）從翻譯工作的角度來看，高書中的兩個論點值得注意。第一是對吸收外來詞應有正確全面的認識。一方面，外來詞是語言融合的產物、是普遍的語言現象、是文化交流的結果、是漢語詞匯豐富的原因之一；另一方面，要反對濫用外來詞的不良傾向。五十年代來自俄語的「習明納爾」（討論會）、「布拉吉」（連衣裙）時代，八十年代以來來自香港的「恤」（shirt 襯衫）、「派」（pie 餡餅）又成時尚。這種濫用的現象對漢語的發展無益有害。第二是外來詞的「創造者」雖

　　[41]　《現代漢語外來詞研究》，頁 7-15，文字改革出版社，1958，北京。據劉正埮、高名凱、麥永乾、史有為編《漢語外來詞詞典》，共收錄古今漢語外來詞一萬多條。該詞典由上海辭書出版社於 1984 年出版。

然往往是個人（大多數情況下是翻譯工作者），但「個人所提出的『創造方案』必須是社會所能接受的，必須是合乎語言自己的內部發展規律的，才能發展成語言中的一個『合法』的成分。」

從高書及其他研究資料不難看出，漢語的外來詞演變存在著某些規律。一是最初的音譯往往為以後的意譯所取代，如：

parliament	巴力門	國會、議會
telephone	德律風	電話
inspiration	煙士披里純	靈感
cholera	虎列拉	霍亂
boycott	杯葛	抵制
number one	拿摩溫	領班
comprador	康白度	買辦
stick	斯提克	手杖
laser	萊塞	激光

二是「連音帶義」搬進來的詞最易為漢語社會所接受，故這一類詞居漢語外來詞的多數，如：

jeep	吉普車	neon	霓虹燈
flannel	法蘭絨	bar	酒吧
cigar	雪茄煙	model	模特兒
czar	沙皇	shock	休克
ping-pong	乒乓球	Gestapo	蓋世太保
coffee	咖啡	Coca Cola	可口可樂

秦建棟、孫榮、劉小涵〈略論漢英詞匯的理據〉[42]一文對漢語吸收外來語的規律作了探討，指出：漢語外來語中的「音譯詞不能滿足漢民族的『望文生義』造字心理。於是，要取得漢語的承認並成為通用詞語，往往要改為意譯詞，使人們從詞的書寫形

42　載《南京理工大學學報》（哲學社會科學版），第八卷，3-4 期，1995 年。

體上就能看出意義來。」「理想的翻譯應是音譯與意譯並而有之，既可傳神，又可表形。」[43]「但倘若外來詞所表達的概念很朦朧含糊，只可意會不可言傳的話，音譯可能比意譯更適宜。例如 logic 一詞曾有人意譯為『名學』、『論理學』，但最終沒有戰勝音譯詞『邏輯』。這也許是邏輯概念本身十分抽象，涵蓋面很廣，人們難以找出確切中肯的漢語對應詞來描述。」

周有光在〈改革開放和外來詞問題〉[44]一文中談到我國在現代化過程中所面臨的引進新的科技術語的問題。他説，「中國引進科技術語，起初實行『單音節化』，創造新的科技專用漢字，例如：氫、氧。現在，這個辦法漸漸少用了。因為創造科技新字，打字、印刷、傳輸，很不方便，機械化和電子化都要求減少漢字。而且，説起來聽不清楚，例如：銥、釔、鐳……晚近術語翻譯的趨向是：雙音節化，不造新漢字。」但是，「現在每年產生的新術語，據説有十萬之多，被稱為術語爆炸，全部意譯，是辦不到的，而且術語意譯，使中國術語跟全世界不同，成為術語孤立，不利於學術溝通。」[45]

除外來詞的問題外，某些語法結構應否引入、如何引入也是翻譯工作中第三階段會遇到和需要處理的問題。在這方面，確實有一個經受歷史和實踐考驗去取的過程。如二十世紀三十年代有人曾用過「……的地」來譯英語語法中的「形容詞＋ ly」的副詞，以後大家保留了「地」，一直沿用下來（如 quickly 敏捷

---

[43] 美國著名的性感明星 Marilyn Monroe 譯成「瑪麗蓮・夢露」並流行全國，也屬此類。（按標準譯法應為「瑪里琳・門羅」）。

[44] 載北京《群言》月刊，1994 年第 6 期。

[45] 據《光明日報》1997 年 7 月 19 日報導，全國科學技術名詞審定委員會公布了「internet 及其相關名詞」中的十七個中文推薦名，向信息領域科技名詞的規範化邁出了一大步。這十七個中文定名中有的音譯為主，如「因特網」（internet），有的意譯之，如「互聯網」（internet, interconnection network），是在現有名的基礎上統一制定的。1997 年，國內科技界對 clone（克隆／科隆／單生）和 virtual reality（靈境／虛擬現實／虛擬實在）的譯法也在進行討論。

地）。英語中現在進行時態，有人譯時加「著」。胡喬木在1980年的一封信中曾評論說，「『擁有著』。『有』下加『著』在漢語裡是毫無根據的，比方說，誰也不說『我有著一個頭，你有著嗎？』這樣的話。雖用來甚久（如魯迅即喜用），仍應摒絕，『擁有』之後再加『著』就更難聽了。」[46]看來這也是一個值得討論的問題。有些譯法，如 armed to teeth 最初照英語字面譯成「武裝到牙齒」、it means 譯成「這意味著」，有人不同意，認為於漢語語法不合，但到現在，似乎約定俗成，已被認可了。

儘管如此，翻譯工作者在「引進」的問題上仍然應該遵循基本的規則，即：必須尊重譯入語的基本詞匯和基本語法構造以及使用譯入語的社會文化環境和群體心理狀態。以漢語而言，現在有許多譯文似乎無視這一規則，使人難懂或難以接受，流風所及，許多用中文寫的文章，也是用詞奇詭、語法混亂，使人如讀來自外星人的天書。

余光中在〈怎樣改進英式中文──論中文的常態與變態〉[47]一文中對「中文生態」（「措詞簡潔、語法對稱、句式靈活、聲調鏗鏘」）由於他所說的「惡性西化」而遭到破壞，深感不安。在他所列舉的「病態」中有：一是「偽術語」（pseudo-jargon）的濫用。「本來可以說『名氣』，卻憑空造出一個『知名度』來，不說『很有名』卻要迂迴作態，貌若高雅，說成『具有很高的知名度』，真是酸腐可笑。」二是「複數的禍害」、「『人們』實在是醜陋的西化詞，林語堂絕不使用」。「『……之一』的泛濫，不容忽視」。「『作為竹林七賢之一的劉伶……』……把英文的語法 as one of the Seven Worthies of Bamboo Grove, Liu Ling……生吞活剝地搬到中文裡來……何不平平實實地說『劉伶

----

[46] 胡喬木1980年10月3日給〈祖國高於一切〉的作者陳祖芬的信，載《報紙動態》簡報17期，1981年5月6日。

[47] 原載香港《明報月刊》，轉載於中國外文局《編譯參考》，1988年第1期。

是竹林七賢之一⋯⋯』」？」三是「『與』『及』的濫用與誤用。」四是「畫蛇添足的介詞」，如「關於」「由於」。「他家境貧窮，只好休學」，不必寫成「由於他的家境貧窮，只好休學」。五是「『成功地』泛濫成災」。如「國父孫中山先生成功地推翻了滿清」。六是「『的』字成了形容詞除不掉的尾巴⋯⋯一碰到形容詞就不假思索交給『的』去組織，正是流行的白話文所以僵化的原因。」如雪萊（P. B. Shelley）的句子 an old, mad, blind, despised and dying king 一連五個形容詞，直譯過來就成了：「一位衰老的、瘋狂的、瞎眼的、被人蔑視的、垂死的君王」。「目前的形容詞又有了新的花樣，那便是用學術面貌的抽象名詞的打扮。」如：「這是難度很高的技巧。」「他不愧為熱情型的人。」為什麼不說「這是很難的技巧」、「他是個很熱情的人」呢？七是「化主動為被動的弊端」。「目前西化的趨勢，是在原來可以用主動語氣的場合改用被動的語氣」，而且「千篇一律只會用『被』字，似乎因為它發音近於英文的by」。如：「我不會被你這句話嚇倒」，「他被懷疑偷東西」、「他被升為營長」、「他不被准許入學」等。余文最後指出，「語言誠然是活的，但應該活得健康，不應帶病延年⋯⋯西化的趨勢，當然也無可避免，但不宜太快、太甚，應該截長補短，而非以短害長⋯⋯變化之妙，要有常態襯托才顯得出來。一旦常態不存，餘下的只是亂，不是變了。」

梁實秋在〈豈有文章驚海內 —— 答丘彥時女士問〉（1987）的訪談錄[48]中曾說，「中文而歐化，是值得研討的問題⋯⋯不高明的翻譯助長這種歐化的趨勢。新字或新詞有使用的必要，但是也要審慎。太俚俗的固不足取，浮濫的新名詞往往徒亂人意。常見有些文字，滿紙『架構』『取向』『層次』『認同』『落實』

---

[48]　《梁實秋文壇浮沉錄》，頁 21，黃山書社，1992 年。

『回饋』……我感覺不像是純正的中文，像是翻譯。」

董樂山在〈外來語汲取三階段〉[49]一文中也指出台灣近年來在一些外來詞的翻譯和使用上所呈現的問題。如「作秀」（show）原來是娛樂演藝界對演出節目的稱呼，後來「用到政界上去，這如果出諸俏皮心理，倒不乏風趣，但如在高層次上也採用此種方式，則不見得恰當。」「有人把 myth（虛構、神話）譯為『迷思』，表面看來，似乎音義兼顧，但這種譯法作自我欣賞或者與同行調侃，是可以的。要為不懂英文的普通讀者接受，恐怕有困難。另外一個例子是把 fuzzy 譯為『弗晰』，明明是『模糊數學』偏要叫它是『弗晰數學』、『模糊邏輯』叫『弗晰邏輯』，這不是存心叫人看不懂嗎？」

以上的引文對我們提出了許多有趣的、有意思的語言現象——漢語在變化發展中所出現的值得重視的問題。對於這些問題，需要語言學家和其他有關專家的研究和討論，也離不開我們翻譯工作者的參與，因為這些問題的出現和解決都同翻譯有直接的關係。

名詞的翻譯不但是一樁攸關語言文化發展的大事，有時還涉及到重大的政治問題。在 1983 年 5 月 20 日中國翻譯工作者協會第一屆理事會第一次全體會議暨北京市譯協成立大會上，楊尚昆在講話中指出：「『法權』這個名詞的翻譯，在文化大革命中被『四人幫』當作一把斧頭，他們動輒就揮舞『資產階級法權』來整人。因此，翻譯不單純是個技術工作，而是高度的政治工作。」[50] 1997 年 7 月 17 日，《光明日報》上發表了一篇評論日本

---

[49] 原載香港《大公報》，1995 年 1 月 14 日，轉載於北京《參考消息》，1995 年 1 月 19 日。

[50] 載中國譯協《翻譯通訊》，1983 年第 6 期。按「法權」譯自德文原文 Recht，有「法」「權利」「公正」「正義」等義。「法權」一詞究竟指「法」還是指「權利」不明確，故在 1978 年後均改譯為「權利」。舊譯中的「資產階級法權」均改譯為「資產階級式的權利」（據吉林人民出版社《哲學辭典》，1983 年）。

少數學者荒謬歷史觀的文章，中國現代國際關係研究所研究員劉江永指出，這些人「竟稱英語中所說的aggression沒有『掠取』的意思，應譯為『侵攻』，即『未受挑釁而進行攻擊』，『這不算國際法上的犯罪』。」

在名詞翻譯上目前還存在一個現實的問題，即：大陸與台、港譯名不一致，很不利於交流和溝通，也不利於中華文化的發展。如美國兩位前總統 Reagan 和 Bush 分別被譯作「里根、雷根、列根」「布什、布希、布殊」。missile 在大陸譯作「導彈」，在台灣則作「飛彈」。

任何一個有責任心和使命感的翻譯工作者都會意識到，翻譯作為交流，當他把原來是外文的作品譯成本民族文字後，他的譯作就成為本民族的文化積累的一部分，他的勞動就成為建設民族文化的努力的一部分。從翻譯工作對發展和建設民族文化擔負著重大使命這個高度來認識，翻譯實踐第三階段的重要性就更不容忽視了。

四、三階段與「信、達、雅」

在分析了翻譯實踐的三階段之後再回頭來看一下嚴復在《天演論‧譯例言》中對「信達雅」的論述，就很容易發現二者若合符節。他一開始就說到「信」，實際上就是說的理解階段，因為只有深刻全面地理解了原文，才談得上「求其信」。他還具體指出在理解階段的三個通病：「淺嘗」、「偏至」、「辨之者少」，有此三病就不能「信」，自然也就不能「達」。

他把「信」「達」看作互為條件，「信」固然是首要的，「顧信矣不達，雖譯猶不譯也，則達尚焉。」換句話說，理解了而不能表達或表達得不好，那麼理解——對翻譯來說——就是空的。這同我們對這兩個階段的關係的分析是一致的。

在理解和表達兩個階段都有語言和文化差異所造成的困難。嚴復指出了這種情況：在文化上，原作「本五十年來新得之學」，同中國傳統學術相去甚遠；在語言上，西文語法句法與中文迥異，「假令仿此為譯，則恐必不可通，而刪削取徑，又恐意義有漏。」如何克服這個困難？嚴氏的經驗是：「此在譯者將全文神理，融會於心，則下筆抒詞，自善互備。至原文詞理本深，難於共喻，則當前後引襯，以顯其意。凡此經營皆以為達；為達即所以為信也。」在這裡，嚴氏把理解與表達兩者之間的辯證統一關係說得再簡明不過了。

嚴氏又說，「信達而外，求其爾雅。」也就是我們所說的使譯文完美的第三階段。他十分重視這個階段，「期以行遠」，也就是我們所說的提高譯文的文字水平，以提高譯文對譯文受眾的可讀性和可接受性。

嚴氏的名言：「一名之立，旬月踟躕」，不只表現出他嚴肅認真的工作態度，更可說明他對於「如何使新的文化為具有深厚傳統文化背景的中國讀者所理解和接受」這一問題的重視。這一點不要說在百年之前難能可貴，就是在百年之後的今天也仍然值得我們翻譯工作者學習。他說當時「新理踵出，名目紛繁，索之中文，渺不可得，即有牽合，終嫌參差。譯者遇此，獨有自具衡量，即義定名」，這種情況今天依然存在。他敘述了與夏曾佑、吳汝綸討論「導言」一詞定名的經過，最後決定捨「卮言」「懸談」不用，很能說明他們在處理前面討論過的「兩難」（「歸化」還是「洋化」）問題上的正確態度。

由此可見，「信達雅」正是對翻譯實踐三階段的指導原則。

傅國強和另一些翻譯研究工作者提出了翻譯過程中三個不同層次的活動的論點，並分析「信」「達」「雅」三者同翻譯活動的三個層次相對應，認為這是嚴復提出「信達雅」說的重大理論貢獻。

傅著〈對「信、達、雅」說的再思考〉[51]一文中說，翻譯過程由思維活動、語言活動和藝術再創造活動這三個不同層次的活動組成。「信」是對翻譯的基礎層次即思維層次（借助人類共有的思維規律來保證原語和譯入語內容的同一）的要求或標準。「達」是對翻譯的語義層次（用通達的譯入語來正確傳達原語思想內容）的要求或標準。「雅」是對翻譯的審美層次（發揮語言的美學功能，作藝術再創造）的要求或標準。語言的美學功能在文學語言中表現最為典型，但是非文學語言（如科技語言及其他應用語言）也同樣具有美學功能，也有規範與不規範、精確與不精確、簡潔與繁冗、高雅與粗俗之分，所以審美層次在各種翻譯中都存在並且是翻譯的最高層次。他接著說：

「如果說翻譯的層次性理論具有科學性，那麼信達雅的提法也是科學的，我們就應當繼承和進一步發展這一理論，並用來指導、檢驗我們的翻譯實踐」。

---

[51] 載《科技翻譯論著集萃》，頁 86。見前。

第 七 章

繼承和發展「信、達、雅」學說

　　王佐良在研究嚴復的一篇專文①中有這樣幾句意味深長的話：

　　　　「嚴復翻譯的重要性可能比我們所已經認識的還要大，而他所採取的翻譯方法也可能是另有深意在的。」

　　　　「他對於西方文化的了解比人們所承認的要深得多，他想通過翻譯達到的目的也比人們所覺察的要大得多。」

　　在經過了以上幾章的探討之後，我們對這幾句話的深刻性有了更深一層體會，對作為翻譯原則的「信、達、雅」也有了更深一層的認識。

一、前六章的小結

　　以上幾章所探討的問題和本書作者的觀點可概括如下：

　　㈠對嚴復「信、達、雅」說的評價雖不盡相同，但百年來作為我國翻譯工作者所遵循的總原則，它始終處於主導地位。這是歷史事實，也是當前現實。

　　㈡關於對「信、達、雅」說的理解和解釋。「信」是忠實於原作（即嚴氏所說的「意義則不倍本文」），眾議僉同，儘管對忠實的範圍、深度和要求有不同的說法。

　　「達」是要使原作的內涵充分而又明白曉暢地在譯作中得到

---

① 〈嚴復的用心〉，《論嚴復與嚴譯名著》，見前。

表達（即嚴氏所說的「信矣不達雖譯猶不譯也」「為達即所以為信」「刻意求顯」），而不是孤立地、表面地評價原作或譯作是不是「達」，因此根本不存在「原文不達、譯文如何能達」的問題。

「雅」是要使譯作的語言規範化並達到盡可能完善的文字水平，還要適合譯入語使用群體的社會心理和文化背景，以使譯作為其受眾所樂於接受（即嚴氏所說的「用漢以前字法句法則為達易」「信達而外求其爾雅」「期以行遠」）。後人對「雅」的解釋，歧義最多，較為普遍的是把「雅」理解為孤立地追求譯作文字之美，故又有「原文不雅、譯文如何能雅」的問題以及「用一個『雅』字打消了『信』和『達』」的説法。前面那個問題是不存在的，後面那個説法則應該說是個誤解。把「雅」解釋為風格也是不恰當的。

「信、達、雅」是一個有機的整體，是相互依存、互為條件的，是不可分割的。

㈢「信、達、雅」說同泰特勒、費道羅夫、奈達、紐馬克諸家學說均有相通之處。中外譯論應融合而非排斥，對「信、達、雅」說的研究也應該和可以從外國譯論研究成果中吸取營養，但試圖將外國譯論「照搬」進來以取代我國在傳統基礎上發展起來的譯論（如「信、達、雅」說），歷史已經證明是不可能成功的。

㈣翻譯的本質是跨語言、跨文化的交流。翻譯不是單純的語際轉換，翻譯還必須完成兩種文化間的溝通，才能達到交流的目的。離開了這個目的，翻譯便失去存在的意義。嚴復明確宣示，他是為交流而翻譯的，所以他總結出來的「信、達、雅」原則符合翻譯的本質。

有人認為，翻譯只需要一個「信」字。這是把翻譯看成單純的語際轉換的結果，忽視了翻譯作為交流的本質，忽視了文化因

素在翻譯中的重要作用（語言本身就是文化的一部分，語言和文化密不可分）。而且，可譯性與不可譯性都是相對的，而非絕對的。就一個文本的整體而言，百分之百的「等值」或「等效」的翻譯是一種難以實現的理想，因此，孤立地把「信」作為唯一的翻譯原則缺乏理論意義和實際意義。

㈤翻譯的實踐過程可分為三個階段，第一階段為理解原作，第二階段為用另一種語言（文字）表達出原作的內容（表達的第一層次），第三階段為使譯作完善（表達的第二層次）。第三階段的必要性在於：在翻譯實踐中一般不可能在同一時間內對原作（及其作者）和譯作（及其受眾）給予同等的注意力，在第二階段往往把注意力集中在前者，所以還必須有第三階段把注意力轉而集中在後者。

「信、達、雅」是對這三個階段要求的最精煉的概括。

由此可見，如傅國強文中所指出，「信、達、雅」說「抓住了翻譯活動的本質和關鍵環節」[2]，它既符合翻譯三要素，又適應翻譯實踐的三階段。可以說，這就是「信、達、雅」說的「合理內核」，它的生命力之所在，也就是我們應該加以繼承——並發展——的理由。下面再就其理論意義、實踐意義和普遍意義稍加闡發。

二、「信、達、雅」的理論意義

理論研究和實踐經驗表明，翻譯（translation）的三要素是：原文（及原文的作者）、從原文到譯文的轉移（及完成這一轉移的譯者）、譯文（及譯文的接受者）。三要素是一個整體，不可或缺，但又有先後，原文（及其作者）為先，餘二者在後，沒有

---

② 〈對「信、達、雅」說的再思考〉，見前。

原文自然就不存在翻譯。（詳見第五章）

　　與三要素相對應，翻譯實踐過程（translating）有三階段，即：理解原文——用譯文表達——使譯文完美。理解原文自然是最重要的，如果不理解就不可能進行翻譯；如果理解不透、不充分，譯文就不可能充分表達原意；如果理解錯誤，則譯文勢必以訛傳訛。但理解了，並不一定就能在譯文中表達或表達得十分完美，這是翻譯作為跨語言、跨文化交流所必然遭遇的困難，所以後兩個階段同樣非常重要，有時表達會變得比理解更困難、更重要。有過翻譯實踐經驗的人對此均有體會。（詳見第六章）

　　「信、達、雅」正是本著這翻譯三要素，以最精煉的語言提出的對翻譯實踐三階段的指導原則。原文是翻譯之本，原文與譯文、原作者與譯者的關係是主次關係，因此，正確地、盡可能充分地理解原文所涵的意思、訊息、情感、風格等等，以使譯文不背離原文③，乃是翻譯的首要任務，這就是「信」。由於語言、文化的差異，理解原文並非易事，所以嚴復告誡：「求其信，已大難矣。」

　　但是，光有「信」，並不能完成翻譯。同樣，由於語言、文化的差異，要用另一種含有不同文化因素的不同語言來表達原文的內涵，亦非易事。在這裡就出現了兩種語言、兩種文化的矛盾，而這個矛盾是不能用「非此即彼」的辦法來解決的。如果一切服從原文，譯文背離了譯入語的語言規則及文化背景，則將無法為其受眾所理解，從而背離了翻譯的交流目的。如果一切服從譯文，則勢必背離原文，同樣背離了翻譯的目的。因此，解決這個矛盾只能用溝通的辦法，即使譯文既合乎其語言規則及文化背

論信達雅

---

③　嚴復的「信」的精義是「意義則不倍本文」。一般理解，「信」即是忠實於原文（本書有時也從此解），細究起來，「意義則不倍（不背離）本文」與「忠實於原文」存在著微妙的差別，猶如說「不違反規定」與「嚴格遵守規定」，其尺度是不完全一樣的。由於翻譯的複雜性和高難度，把「信」按嚴氏原意理解為「意義則不倍本文」，會產生更大的餘裕。

景、為其受眾所理解，而所表達的內容又完全來自原文，也就是嚴復說的「譯文取明深義，故詞句之間，時有所顛倒附益，不斤斤於字比句次，而意義則不倍本文」。他又指出，由於西文異於中文，照西文的字法句法，「仿此為譯，則恐必不可通，而刪削取徑，又恐意義有漏」，正確的辦法是「譯者將全文神理，融會於心，則下筆抒詞，自善互備」，有時還要「前後引襯，以顯其意」。這就是「達」。「達」是為了解決原文和譯文在語言及文化上的矛盾，以完成翻譯的交流任務。在「信」的前提下，「達」轉化成占主要的地位，所以嚴復說，「顧信矣，不達，雖譯猶不譯也，則達尚焉。」「為達即所以為信也。」

但是，做到了「信」、「達」，只是解決了原文和譯文、原作者和譯者之間的關係問題，還存在著原文和譯文（從理論上說，兩者應被認為是同一的）與譯文受眾之間的關係問題。換句話說，譯文應不但為其受眾所理解，還應為他們所樂於接受（或欣賞），用嚴復的話說，就是「期以行遠」。嚴復能在一百年前就把譯文受眾納入研究翻譯的視野，比費道羅夫、奈達等西方譯學家早半個世紀，這不能不說是一項光輝的貢獻。

嚴復所提的「雅」（「求其爾雅」）包含兩層意思，一是「期以行遠」，一是「刻意求顯」。（他認為「用漢以前字法句法」比「用近世利俗文字」更易於傳達他所譯西書中的「精理微言」。④）「刻意求顯」與「期以行遠」實質上是一致的，也就是說，在他看來，「達」與「雅」是一致的。從「刻意求顯」來說，「雅」是為「達」服務的，也就是為「信」服務的；從「期以行遠」來說，「雅」有它的自身作用，但與「信」「達」也仍然是一致的，因為所謂「行遠」者無非是使「信」「達」的成果能落到實處。

---

④ 張經浩在《譯論》（頁57）中說，對嚴復這句話「不能作機械理解。嚴復所處的時代仍是以漢以前字法句法為正統、規範的時代。實質上，嚴復提倡的是用規範化語言求得『達』，無可非議。」又，請參閱本書第二章有關部分。

三、「信、達、雅」的實踐意義和普遍意義

紐馬克在他的《翻譯教科書》（1988）序言中開宗明義就指出：「這本書的各項理論都不過是翻譯實踐經驗的總結。」在第一章引論中又強調：「翻譯理論如果不是來自翻譯實踐中的問題、如果不是為了滿足冷靜考慮文本內外的各種因素以作出決定的需要，那麼這樣的理論是毫無意義的、沒有生命的。」

任何翻譯理論都來自實踐並為實踐服務，這是國內外翻譯界所一致公認的。在上一節中已可看出，「信達雅」作為翻譯工作原則的理論意義來自它的實踐意義，它符合翻譯的三個要素、三個階段、三個層次，因此對於翻譯實踐有非常具體的指導作用。這一點似乎不再需要進行論證。

同「信達雅」相比，「等值」「等效」就明顯地缺乏實踐意義。前面第四章第二節中已經指出，費道羅夫的等值論，要求譯文「表達原文思想內容的完全準確和在修辭作用上與原文的完全一致」，即使在同一語系的兩種語言之間也不易做到，更不必說中西兩種毫無親緣關係、又有巨大文化差異的語言之間了。「等值翻譯」既然只能是一種「理想」（巴爾胡達羅夫），它對翻譯實踐就很難說能起多大指導作用了。

奈達的「動態對等」論及後來的「功能對等」論，以「對等」取代「同一」是一個進步（費道羅夫的「確切性」即在我國通常被譯作「等值」的概念，實際上更近於「同一」），提出譯文受眾的反應應與原文受眾的反應相等，在對翻譯本質的認識上更是一個進步，但在實際上幾乎沒有「可操作性」，因為這兩方面的反應既難以掌握又難以比較。考慮到原語和譯入語的差異，原語受眾與譯入語受眾在文化背景、心理因素、思維方法等方面

的差異，兩方面對同一訊息（假定他們得到的是同一訊息）的反應，很難一致或很難完全一致。以一則商品廣告詞為例，如果是為西方消費者寫的，那麼譯成中文後，中國消費者恐怕很難會意，從而很難產生與西方消費者相同的反應。⑤至於文學作品，因為文化和心理因素的作用更為巨大，即使是大翻譯家的譯作，原語和譯入語受眾的反應恐怕差別會更大。（一般說來，各國優秀的文學作品和藝術創作會得到世界性的讚賞，但這同我們在這裡討論的原語和譯入語受眾反應不是一回事。同是讚賞，所讚賞之處、所以讚賞之理，可以各不相同。反應不同可能表示觀點相反，也可能表示觀點一致但觀感互異。）

　　而且，如前面第四章第三節所已指出，譯者要掌握原文受眾的反應是不現實的。譯者只能作為原作接受者來體會。這是就原語不是譯者母語的情況而言。如果原語是譯者母語，那麼他可能較易掌握原語受眾的反應，但又很難掌握譯入語受眾的反應。〔在這裡，想到中國著名翻譯家楊憲益和他的英籍夫人戴乃迪（Gladys Yang）的合作，真可謂「珠聯璧合」了。〕

　　由此可見，奈達的「等效」原則同樣缺乏對翻譯實踐的具體指導作用。

　　「神似」說和「化境」說作為文學翻譯的理論，應有其地位，但對非文學翻譯來說，恐怕就缺乏理論意義和指導實踐的作用。譬如一篇政府聲明、一份會議紀要、一本講公司財務的書、一本機械設備的手冊，在翻譯中如何求其「神似」、如何才算臻

---

⑤　以下幾則西方商品廣告詞可作為這方面的例子：
　　叉車：Our partnership with reliability is the key to our success（我們與可靠性的伙伴關係是我們成功的關鍵）
　　多媒體顯示器：Take your dog and pony show on the road（把你的展示帶到路上去）（dog and pony show 指為推銷或公關而舉行的盛大表演）
　　威士忌酒：For the man who makes his own rules（專供自己定規矩的男人）
　　香水：What would audacity be without grace?（大膽而不文雅，那就成什麼了？）

於「化境」？因此我們如果是在研究翻譯的普遍原則，那麼「神似」、「化境」就很難採擇。這一點羅新璋在〈我國自成體系的翻譯理論〉一文中說得非常明確。他對傳神說與化境說是極為推崇的（「化境」比「神似」更進一步、更深一層），認為是「標誌著幾十年來我國翻譯事業的巨大進步，翻譯思想的深入發展」（劉靖之也有類似看法），但他接著說：

> 「但傳神說即使對信達雅是一個突破，也未能取代它的地位。信達雅在較大程度上概括了翻譯的特點，適用範圍較廣，即使是科技翻譯，譯筆優美，引人入勝，何嘗不好？傳神則主要指文藝翻譯而言，當然政論講演等，能譯得神形逼肖，文采斐然，效果當然更好。但適用範圍終究不及信達雅廣。假如說，信達雅可以作為包括文學翻譯在內的翻譯工作總的標準，那麼傳神說大抵只是文藝翻譯的一種標準。

至於「化境」說，則錢鍾書說得很明確：「文學翻譯的最高標準是『化』」，他是專就文學翻譯而言，並不作為翻譯的普遍原則的。

「神似」和「化境」都只是文學翻譯所企求的理想境界。至於如何才算達到「神似」「化境」，很難有用以衡量的客觀標準，如何才能達到「神似」「化境」則更是「只能意會，不可言傳」、「運用之妙，存乎一心」，因此也難對實踐有具體指導作用。

1. 「還是信、達、雅好」（周煦良）

近二十多年來，用得較多的「新」的翻譯原則（標準）是「正確（準確）、通順、易懂」。⑥也有以「忠實」取代「正確」

---

⑥ 馮世則在〈忠實於何？──百年來翻譯理論論戰若干問題的再思考〉一文中說，「『準確、通順、易懂』大約於六十年代末或七十年代初出現，約通行到七十年代末或八十年代初。其失誤甚為顯然，應當不乏識者。但在眾多仿『信達雅』而來的新的『三一律』式標準中，『準確、通順、易懂』仍最有權威。而所以權威，主要還不在於它列入了眾多出版社對翻譯作品的稿約，而在於時值『文革』、以及『文革』剛剛結束之際，不是說理論事的年代。」（載《國際社會科學雜誌》，1994 年 2 月號）

者，在前面第三章第四節中對此已經作過分析，不再重複。

　　至於用「正確」（或作「準確」）來取代「信」，則從科學性上來說，反而不如。「信」明確表示譯文（譯者）須不背離（或忠實於）原作（作者），而這二者的關係（或曰矛盾）正是翻譯所要解決的最基本的問題。但「正確」（「準確」）只能表示對譯文（譯者）的要求，並不指明譯文（原作）與原作（作者）的關係，即並不說明「正確」（「準確」）與否的判斷依據。換句話說，「信」雖然只有一個字，但它包含著主體與客體的關係，即主體須忠實於客體，才可稱之為「信」。「正確」有兩個字，卻反而不明確。是指什麼？譯文的用詞正確？語法正確？體裁正確？用什麼來衡量其是否正確？（如用「準確」則更不清楚，「準確與不準確」較之「正確與不正確」更難判斷。）更重要的是，「正確」不能全面反映譯文與原文的關係，而「信」則能做到這一點。因此，在理論意義上，「信」勝於「正確」。

　　用「通順、易懂」來取代「達、雅」，則在譯學理論研究上更乏積極意義。凡寫文章必須「通順、易懂」，這是常識範圍以內的事情，小學的作文課老師都會講的。假使一篇譯文既不通順、又不易懂，怎麼能夠公諸於世？怎麼能夠說是完成了翻譯的交流任務？用小學作文課老師的要求來作為我國譯學界提出的標準，豈不是太自貶了嗎？

　　「易懂」作為翻譯原則還有一個不科學的地方，就是：什麼叫做易懂、什麼叫做不易懂？魯迅說過這樣一段話：「現在最普通的對於翻譯的不滿，是說看了幾十行也還是不能懂。但這是應該加以區別的。倘是康德的《純粹理性批判》那樣的書，則即使德國人來看原文，他如果並非一個專家，也還是一時不能看懂。自然，『翻開第一行就譯』的譯者，是太不負責任了，然而漫無區別，要無論什麼譯本都翻開第一行就懂的讀者，卻也未免太不負

責任了。」⑦其實這個意思，嚴復早在他的《天演論・譯例言》中就說過了，如讀者對書中學理「向未問津，雖作者同國之人，言語相通，仍多未喻，矧夫出以重譯也耶？」由此看來，「易懂」實在不應作為翻譯的原則。

從理論意義上講，則「通順、易懂」更不能與「達、雅」並論，因為前者只是對譯文文字的基本要求，並不揭示上文已提到的翻譯中的基本矛盾。令人遺憾的是，不少人未能明辨於此，而是把「達」與「通順」「流暢」等同起來。「達」不是脫離開「信」而只講譯文的通順、流暢，「達」是指「達原意」，也就是說，譯文要很好地傳達原作的意思，使之為受眾所了解，而「雅」則是進一步要使譯文完美，為受眾所樂於接受（或讚賞）。因此，「信、達、雅」反映出翻譯的本質，其科學性是「正確、通順、易懂」所不能企及的。⑧

本書第三章所引各家學說中，「新的『三一律』式標準」不可謂不多，除上引「準確（或正確）、通順（或流暢）、易懂」外，尚有：

　　㈠「忠實、通順、美的」

　　㈡「信、達、切」

　　㈢「正確、鮮明、生動」

　　㈣「透、化、風」

　　㈤「信而有據、達而能化、文必同風」

細究起來，均未對「信達雅」說有顯著突破。㈠是對「信達雅」

---

⑦　〈為翻譯辯護〉，《准風月談》，《魯迅全集》第五卷，頁 259，人民文學出版社，1982 年。

⑧　范存忠師在〈漫談翻譯〉中對嚴氏「信達雅」說予以積極的評價，他說，「我們現在所倡導的正確、通順、易懂，看來是參照嚴氏的三原則，針對當前的需要而提出來的。」他沒有說明「針對當前的需要」一語的含意，很可能是有他的用心的。本「吾愛吾師，吾更愛真理」之義，這裡就事論事，對「正確、通順、易懂」的提法提出不同的看法。

的通俗解釋，但用「美的」來代替「雅」，涵義反而縮小。㈢同上面剛討論過的「正確、通順、易懂」屬同一類型，即把作文的要求用到翻譯上了，儘管「鮮明、生動」比「通順、易懂」要求要高一些，仍不能反映翻譯的本質。㈡㈣㈤都把「風格」列為三個標準之一，關於這個問題在第二章第四節中已作了分析評論。㈣的「透」「化」實在不見得高於「信」「達」，「吃透原文」是為了求「信」，要做到「信」自然必須「吃透原文」；「化成漢語」（譯入語）是為了求「達」，要做到「達」自然必須「化成漢語」，可見「信」「達」的內涵反比「透」「化」豐富。同樣的道理，㈤的「信而有據」「達而能化」實質上也沒有為「信」「達」增值（儘管對之作了有益的分析）。

有人總覺得以「信達雅」三個字作為中國的翻譯原則（標準）似乎過於「簡陋」。在這個問題上，羅新璋有一段非常精闢的話：

> 有人認為作為一個論點，一種標準，三言兩語，就不能嚴密，不夠科學。其實未必。英國泰特勒《論翻譯的原則》……他的三原則……其實，一、三兩條相當於嚴復的「信」「達」，第二條約略可說是廣義的「雅」。凡是深受祖國文化的薰陶，一般都會覺得信達雅要比這三條簡明易記，而內涵或許還要深廣一點。言簡意賅，正是我國文論的特點……不在乎用語的繁簡，而在於概括得是否允當。（《我國自成體系的翻譯理論》，著重點是引用者加的。）

理論是經驗的總結和昇華，原則（標準）又是理論的提煉和概括。由於翻譯的多樣性和複雜性，翻譯的原則如果要想具有實踐意義和普遍意義，必須「言簡意賅」。在很「簡」的「言」裡邊有很豐富的含意、很廣闊的迴旋餘地，才能適應各種各樣翻譯實踐的要求。本書第三章所引各家評說可以證明，從事文學翻譯的學者、從事科技翻譯以及其他非文學翻譯的學者，甚至於從事

口譯工作的學者幾乎都一致接受「信達雅」作為翻譯原則（雖然在現場即興式口譯時很難達到「雅」的要求）。這是因為，「信達雅」是描述性的而非規定性的，是高度概括的而非具體化的。它所描述的是翻譯所應達到的一種狀態、一種境況，它有一條大概的「基線」，在此基線之上則可以「因地制宜」、靈活掌握。舉例說，翻譯一篇政府聲明、一份廣告、一本小說，都可以按「信、達、雅」原則去做。三者的「基線」是：

「信」──「意義則不倍本文」（譯作內容不背離原作），

「達」──「刻意求顯」（使原作內容在譯作中得到充分、明白的表述），

「雅」──「期以行遠」（使譯作為其受眾所樂於接受）。這也可以說是對三方面的基本的、共通的要求，但如何才算達到了這三方面的要求，或者說，如何掌握「信達雅」原則，則因文本而異。政府聲明的「信」同廣告的「信」、小說的「信」，不僅在尺度上不同，在具體要求上也不同；「達」「雅」亦然。而這三方面的側重，也不一樣。政府聲明自然應重「信」，廣告應重「達」，小說應重「雅」，但政府聲明也要「達」（使譯文為受眾理解），也要「雅」（譯文文字得體）；廣告也要「信」（遵循原作創意），也要「雅」（譯文能吸引對象）；小說也要「信」（人物、場景、主題均同於原作），也要「達」（體現原作者意圖）。換句話說，在翻譯實踐中，「信、達、雅」是總的原則，其具體要求須根據所譯文本、對象、目的而不同。

在這裡，應該重提一下翻譯是跨語言跨文化交流這一本質。如果我們把翻譯看成單純的語際轉換，那麼就必然會去「找出」或「建立」一套轉換的規律或規則，一種硬性的模式或標準，而實際上這是不現實的。何況翻譯並非單純的語際轉換，翻譯是為交流而存在的。因此，在各種不同的情況下，翻譯為了達到交流的目的，有必要靈活運用各種方法。前面曾經在第四章第四節中

論信達雅

介紹過紐馬克所列舉的多種翻譯方法：

　㈠按對原語的著重程度依次為：字對字翻譯──直譯──忠
　　實翻譯──語義翻譯

　㈡按對譯入語的著重程度依次為：改譯──自由翻譯──習
　　語化翻譯──交際翻譯

從「字對字翻譯」到「改譯」，都屬翻譯領域，但差別幅度很
大。所以，翻譯的原則必須有很大的「彈性」，很大的涵蓋力，
才會有普遍意義。「信、達、雅」作為翻譯原則就具備這樣的特
點。它既是「實」的、又是「虛」的。因為是「實」的，所以能
對翻譯實踐起指導作用；又因為是「虛」的，所以有很大的靈活
性，能適用於各種不同的翻譯。以「信」而論，「字對字翻譯」
可謂之「信」，因為字字對等（在很大程度上是相對意義上的對
等）；「改譯」也可謂之「信」，因為原本和譯本主要內容仍然
是一樣的。

　　在這裡應該著重指出的是，靈活性同隨意性是兩個不同的概
念。「字對字翻譯」中的「信」與「改譯」中的「信」在重點上
和程度上不相同，但在「信於原文」這個核心意義上仍是一致
的，決不是說「信」可以隨意解釋，「信」或「不信」是無界限
的。如果是這樣，「信達雅」就變得毫無意義，翻譯也無所謂原
則或標準了。⑨

◆

　　在討論「信達雅」普遍意義的最後，讓我們考察一下國際上

---

⑨　陳忠華在〈論翻譯標準的模糊測度〉一文中指出，「翻譯標準所蘊含的信息是一
種模糊信息，這是因為，原文對譯者的影響（或者說譯者對原文的理解和總體感受）、
譯者對譯文形式的選擇及內容的把握，以及譯文讀者對譯文的總體要求和實際印象，在
程度上都是不確定的、不分明的……翻譯標準作為翻譯活動的支點應該處於什麼位置，
諸元之間的相互關係才可以調節到和諧一致的程度，達到相對平衡，這完全是一個模糊
測度問題……翻譯標準的模糊性不等於模糊的翻譯標準或者模稜兩可的翻譯標準，翻譯
標準的模糊性反映了人們對翻譯標準的一種基本認識，所以不可把翻譯標準的模糊性看
作是消極的東西。」（載《中國翻譯》，1990 年第 1 期）

現在大體公認的翻譯原則。

國際翻譯工作者聯合會（The International Federation of Trans-lators）的《翻譯工作者章程》（Translator's Charter，1994年修訂）第一章「翻譯工作者的一般義務」中有如下規定：[10]

「譯文應忠實於原文，準確表現原作的思想與形式——這是翻譯工作者應盡的道德與法律義務。」（第四條）

「但是，忠實於原文並不等於逐字逐句的直譯；譯文的忠實性並不排除為使原作的形式、氣氛和深層意思得以用另一種語言在另一國再現而進行的適當調整。」（第五條）

供全球翻譯工作者組織採用的《職業道德及權益法典》（*Code of Ethical Practices and Professional Rights*）（參考本）第一句就是：

「每一翻譯工作者均有責任在翻譯時盡力之所及做到最大限度的忠實和準確，努力使他的讀者和聽者獲得如同閱讀或聆聽原本一樣的印象。」[11]

以上這些國際通行的原則同我們所講的「信、達、雅」實質上是一致的，或者說，相通的；而後者更為全面、更適合中外互譯。香港中文大學出版的《英中、中英譯事參考手冊》（*ECCE Translator's Manual*）（1980英文本）明確提出：「本手冊編者希望這本書對於國際社會在交流過程中實現最基本的忠實性、易解性和可讀性（信、達、雅——引用者）作出微薄的貢獻。」（The editors of this manual hope that it will make some modest contribution to the basic fidelity, intelligibility and readability of the communication process in the international community.）又指出：「嚴肅的翻譯工作者必須使他的工作按照原則來進行，並自始至終遵守這些

---

[10] 黃長奇譯，載《中國翻譯》，1996年第5期。

[11] 資料來源：《譯事參考手冊》（英文本）（*ECCE Translator's Manual*），頁9，香港中文大學出版，1980年。

原則。」（The conscientious translator must found his work on organizing principles which should be maintained for the duration of his work.）

四、爲建設我國現代翻譯理論而努力

關於對待「信達雅」說的態度，張經浩在《譯論》（頁50-51）中有一段話頗有見地：

> 「有人說嚴復的『信、達、雅』是百來年前提出的，不能停留於百年前的理論。這種說法是大可商榷的。如果現在的翻譯家或者翻譯理論家提出的新說的確比嚴復的『信、達、雅』高明，那無疑應採用新說。但問題是，現在的新說不見得有哪一個比嚴復的高明。學術上不能搞『舊的不去、新的不來』，更不能搞時裝更新式的術語更新。新理論的提出並不等於新理論的成立。任何理論，不會因其新而正確，也不會因其舊而謬誤。的確，嚴復的『信、達、雅』屢遭非議，但仍流傳至今，這一點本身就足以說明其可取性。」

傅國強在〈對「信、達、雅」說的再思考〉一文中提出的見解則更爲開闊：

> 「我們今天提『嚴復的信達雅說』也好，稱之爲信達雅理論也好，絕不是、也不應該是僅僅指嚴復當初在《天演論·譯例言》中提出『信、達、雅』三個字時所做的有限的解釋，而應當把嚴復之前、尤其是嚴復之後翻譯界人士對這一思想的闡述、修正和補充意見中那些爲翻譯實踐證明爲合理的東西都總結概括進去……所以我們是否可以說：信達雅說是以嚴復爲代表的中國近代和現代翻譯界前輩人士對涉及外中互譯、特別是西語和漢語互譯活動中成功經驗的科學總結和理論昇華，是中國翻譯文化的寶貴財富，對當代翻譯活動

仍具有重要指導意義。」（《科技翻譯論著集萃》，頁 88）

誠然，百年前嚴復承我國古代譯論餘緒，在《天演論・譯例言》中提出：「譯事三難：信達雅」，道出其中甘苦和經驗，恐無創立某種翻譯學說的意向。後來「信達雅」為廣大學人和譯界所重視或認同，並進行研究和討論，逐漸形成一種學說。在此過程中，也吸收了一些國外的翻譯研究成果或影響。所以，今天當我們談論「信達雅」說時，它已迥異於嚴復當初的「三難」說了。今天的「信達雅」說中飽含著百年來無數學者的辛勤貢獻，包括對它的駁難和批評。所以，當我們說要繼承「信達雅」說時，我們所要繼承的實際上是從嚴復以來百年間我國翻譯界的全部理論研究成果。正因為如此，把繼承「信達雅」說看成是「抱殘守缺」「因循守舊」，顯然是不恰當、不應該的。本書第三章的資料表明，持這樣態度的學者是少數，譯界的主流對「信、達、雅」說的態度是積極的、正確的、前瞻的。

比繼承更重要的是發展——使「信、達、雅」學說得到進一步的充實和提高。「信、達、雅」學說作為我國翻譯的原則（標準）（Principle of Translating）只能是我國現代翻譯理論（Theories of Translation）體系的一個組成部分，它的充實和提高有賴於、有待於後者的建立和完善。建立我國現代的翻譯理論體系，早在五十年代初，翻譯界前輩就已發出呼籲，至今似尚未見端倪，就因為在方向上始終未能取得共識。看來我們既不能認為我國自古以來的譯論已經發展形成為完整體系，也不能認為只要「引進」外國的翻譯理論就可以解決中國在翻譯實踐中產生的問題。我國已有的譯論顯然不足以滿足現代的需要，而外國的翻譯理論是西方（或歐洲）中心論的產物，外國翻譯學者不了解——也不重視——中國的語言和文化，而且他們的研究工作固然有許多長處和成果，也有不少主觀、機械或煩瑣的東西。前文已經指出，我們無疑應該學習、借鑒、吸收外國翻譯研究的經驗和成

果，但決不應「照搬」。

翻譯理論研究是一種綜合性的研究，因為翻譯牽涉到語言、文化、思維、傳播、社會心理等許多方面。本書第一章開宗明義，已經談到，在當前信息交流空前發達的時代，在中國的現代化進程飛速前進的時代，翻譯工作面臨許多新的挑戰，需要理論指導。紐馬克曾這樣概括二十世紀末同二十世紀初相比在翻譯中所出現的新因素：

㈠重視受眾和場合，因而重視譯文的文字流暢、易於理解、使用語匯恰當。

㈡翻譯的題材不限於宗教、文學、科學，還有技術、貿易、時事、公告、宣傳等等，事實上有多少種不同的作品，就有多少種不同的譯品。

㈢文本的形式也變得多種多樣，從書籍（包括戲劇和詩歌）到文章、刊物、合同、條約、法律、通知、須知、廣告、公告、食譜、配方、函件、表格、文書，等等。後面這些形式在數量上已大大超過書籍，所以現在要在較大範圍內計算翻譯的工作量和語言數變得相當困難。

㈣用詞的標準化。

㈤翻譯小組的組成以及對校訂者的作用的承認。

㈥隨著更多的翻譯工作者來自高等院校，語言學、社會語言學和翻譯理論將發揮更大的作用。

㈦翻譯現在被用來既交流文化，又傳播知識和增進不同群體及民族之間的了解。

他最後說，「總而言之，所有這一切使翻譯成為一種新的學科、新的專業；一種現在被用於各種各樣不同目的的古老的行當。」⑫

---

⑫　P. Newmark, *A Textbook of Translation* （1988）, pp. 9-10.

許鈞在談到今後我國譯論研究的方向時也指出，「二十世紀以來，翻譯現象比以往任何一個時期更複雜、多樣化了，在這個意義上說，翻譯的內涵在不斷擴大，我們對翻譯的認識和科學定義要堅持發展的觀念。」「翻譯不是一個從文本到文本的封閉過程，要跳出以往較為狹隘的視野，從歷史、社會、文化等各個方面去認識翻譯活動，解釋翻譯現象。」「譯論研究應該走出象牙塔，關注文化、社會現象。」[13]

因此，我們首先應該擴大對翻譯的視野，在一定程度上要更新翻譯的觀念，才能適應這些新的情況、新的變化，滿足時代的要求。在此前提下，中國翻譯界（包括台港澳及海外華人）應該通過討論，對翻譯理論研究的大方向達成共識，團結一致形成合力，分工合作，齊頭並進。應該進一步深化中外（特別是在國際交流中居主要地位的英語和西方文化）比較語言學和比較文化學的研究（為此必須深化中國文化語言學、社會語言學等方面的研究），積極開展對外傳播學、跨文化交流學及思維科學、電腦翻譯的研究。在這樣的基礎上，我國的翻譯理論研究必能進入一個新的紀元。

關於「信、達、雅」說，探討應繼續深入擴大，以逐步取得共識。（不同意見必然會長期存在，只要多數意見基本一致，就可以認為取得了共識。）在同意用「信、達、雅」作為翻譯總原則（標準）的人中間，對於「雅」的內涵須進一步求得一致。然後應就各種不同主題、不同功能、不同目的、不同方法、不同文本（text）的翻譯中對「信、達、雅」原則的運用作深入的分類研究，使之更能發揮指導作用。

1991年，在拙作〈繼承‧融合‧創立‧發展──我國現代翻譯理論芻議〉中曾引用姜椿芳在中國翻譯工作者協會1986年第一

---

[13] 〈關於翻譯理論研究的幾點看法〉，《中國翻譯》，1997年第3期。

次全國代表會議上所作報告裡的一段話。現在重錄這一段話作為本書的結束，也作為本書作者對我國翻譯界的期望：

「在探討翻譯理論方面，我們既要認真汲取國外各個學派的精華，更要創立自己的學說。我國翻譯界的先驅和前輩為我們留下了寶貴的遺產，我們要繼承，也要在其基礎上前進和發展。過去提過譯事三難『信、達、雅』，但時代的進展要求我們創立適應我國現實、有鮮明特色的現代翻譯理論體系。」

論「信、達、雅」

因為工作的需要，也由於自己的興趣，近年來讀了一些有關翻譯理論的著作和篇章，發現對嚴復的著名的翻譯理論「信、達、雅」有著各種不同的解釋和評價，因此也想把自己的一點看法寫出來，以就教於前輩和同行。

◆

嚴復（1854-1921）為了救中國，畢生致力於翻譯介紹西方民主主義的文化學術，產生了極為深遠的影響。當然，同歷史上任何先進人物一樣，他有其時代的局限性。對於他在當時作為一個「先進的中國人」的思想、業績以及他的消極面，尚有待於我們作深入的研究。就翻譯方面而言，他是我國近代翻譯事業的先驅者、偉大的翻譯家，他的「信、達、雅」翻譯理論幾十年來在我國翻譯界有著巨大影響，這些都是歷史的事實。

我國的翻譯事業現正以空前規模發展。為了更快地、普遍地提高我國翻譯工作水平，必須重視翻譯理論的研究和建設，用以指導翻譯實踐。我國翻譯事業有悠久的歷史、光輝的成就和寶貴的經驗，我國翻譯工作者應當總結和承繼這些珍貴遺產，其中自然包括嚴復的卓越貢獻。這是我們從事我國翻譯理論建設所必須做的事情。因此，我認為對嚴復的「信、達、雅」理論繼續作較為認真、深入的探討，並不是沒有現實意義的。

◆

　　研究和評價一種理論，總不能離開提出或創導這種理論的人
及其所處的時代。嚴復所處的時代，影片《甲午風雲》已經給了我
們極為具體生動的印象——那位「定遠」艦管帶劉步蟾就是同嚴
復一起被派赴英國留學的同學。關於翻譯界的情況，這裡只引兩
段當時人的記錄：

　　　　「所謂通事，一為無業商賈……一為外人所設義學招收
　　之貧苦童稚……此等人識見淺陋，且僅通洋語者十之八九，
　　並識洋字者十之一二，所識洋字不過貨名銀數與俚淺文
　　理。」①

　　　　「今之譯者，大抵於外國之語言或稍涉其藩籬，而其文
　　字之微辭奧旨與夫各國之所謂古文詞者，率茫然而未識其名
　　稱，或僅通外國文字言語，而漢文則粗陋鄙俚，未窺門徑
　　……又或轉請西人之稍通華語者為之口述，而旁聽者乃為彷
　　彿摹寫其詞中所欲達之意，其未能達者，則又參以己意而武
　　斷其間。蓋通洋文者不達漢文，通漢文者又不達洋文，亦何
　　怪夫所譯之書皆駁雜迂訛，為天下識者所鄙夷而訕笑也。」②
　　這是就譯者方面的情況而言，當時的讀者——封建知識分子
方面的情況又如何呢？

　　　　「今西書之流入吾國，適當吾文學靡敝之時，士大夫相
　　矜尚以為學者，時文耳、公牘耳、說部耳。捨此三者，幾無
　　所為書。而是三者，固不足與文學之事。今西書雖多新學，
　　顧吾之士以其時文、公牘、說部之詞，譯而傳之，有識者方
　　鄙夷而不知顧，民智之淪何由？」③

---

① 馮桂芬（1809-1874）：〈上海設同文館議〉。
② 馬建忠（1844-1900）：〈擬設繙譯書院議〉（1894年）。
③ 吳汝綸（1840-1903）：嚴譯《天演論》序。

正是在這樣的時代、社會、文化背景下，嚴復開始了《天演論》的翻譯，並從他艱巨的實踐中總結出了「信、達、雅」理論。《天演論》出版後風靡一時，知識分子爭相傳誦，在社會上取得了公認的學術地位。如果說嚴復的《天演論》標誌著我國近代翻譯事業開始一個新的時代，他的「信、達、雅」理論把我國近代翻譯工作推進到一個新的水平，我想是不過分的。

◆

我讀到過的一些翻譯論著大多正確地指出了嚴復的歷史功績，分析了「信、達、雅」三者既有主次又是一體的關係，並肯定這一理論的價值及對實踐的指導意義。但也有一些翻譯論著對嚴復的譯著及其「信、達、雅」理論持否定或基本否定的態度。這些論著不是把「信、達、雅」作為一個整體去考察，而是採取「分而治之」的辦法——往往先把「雅」打倒，然後「達」被驅逐，「信」雖勉強「保其首領」，但「獨木不成林」，這一理論也就站不住了。它們既不是把「信、達、雅」理論放在一定的歷史條件中去考察，又不允許這一理論隨著歷史的發展而發展。例如有一本書中寫道：

「歷史是無情的，斷然拒絕了嚴復先生這一主張。1919年發生了五四運動，白話文崛起，譯作中的白話文占有了絕對優勢，桐城派的古文完全消聲匿跡了。」

這樣的論斷本身實在也太「無情」。嚴復先生提出他的主張的時候，並不知道二十多年後會發生「五四運動」，而在「五四運動」發生之後兩年他就去世了。在他拿起《天演論》來翻譯的時候，除了「之乎者也」的古文以外，他還能有什麼別的文字工具?!

◆

現在還是讓我們先來看一看《天演論·譯例言》中幾個重要的部分，完整地考察一下嚴復的理論：

「譯事三難：信、達、雅。求其信，已大難矣；顧信

矣，不達，雖譯猶不譯也，則達尚焉。」「為達即所以為信也。」

　　「易曰，『修辭立誠』；子曰，『辭達而已』。又曰：『言之無文，行之不遠。』三者乃文章正軌，亦即為譯事楷模。故信達而外，求其爾雅。此不僅期以行遠已耳。實則精理微言，用漢以前字法句法，則為達易；用近世利俗文字，則求達難，往往抑義就詞，毫厘千里。審擇於斯二者之間，夫固有所不得已也。豈釣奇哉！不佞此譯，頗貽艱深文陋之譏，實則刻意求顯，不過如是。」

　　從這些話裡可以很清楚地看到：「信、達、雅」是一個相互密切聯繫的整體，「信」是首要的，但「信」而不「達」，等於不「信」，為「達」即所以為「信」。求「達」有兩個方面，一是不拘泥於「西文句法」，並用各種翻譯技巧，「以顯其意」，一是譯文要「求其爾雅」，以「刻意求顯」。他所以選「用漢以前字法句法」而不用「近世利俗文字」，是因為前者「為達易」而後者「求達難」。由此可見，嚴復這個「雅」字是為「達」服務的，也就是為「信」服務的。

　　這裡不妨補充說明的一點是：嚴復同他的一些同時代人一樣，認為西方哲學、社會科學，甚至自然科學中的一些原理，同中國古人之理皆合，或可互相印證。如他以為牛頓動力之學、赫胥黎之天演說，皆合《易經》乾坤之義。因此，他自然得出了「精理微言，用漢以前字法句法，則為達易」的結論。他這樣的認識是否正確可置之不論，重要的是他所闡明的「雅」和「信、達」的有機聯繫及其整體性。如果把「雅」同「信、達」分割開來而只理解或解釋為單純追求譯文文字優美、優雅、典雅、古雅等等，那是一種片面性；說嚴復是把「雅」置於「信、達」之上，在上述引文中，我們也找不到任何根據。至於說「在翻譯標準裡面，根本沒有『雅』字容身之處」，「這一『雅』字完全是人為

的，多餘的，同時也是不科學的，有害的」，那就近乎武斷了。

◆

　　「雅」之所以如此為一些論者所深惡痛絕，我很懷疑是嚴復受了桐城派大師、「平生風義兼師友」的吳汝綸老先生之累。吳是嚴譯介西方學術名著的鼓舞者和支持者。他為嚴譯《天演論》作序，竭力推崇「嚴子之雄於文」，「今赫胥黎氏之道……嚴子一文之，而其書乃駸駸與晚周諸子相上下」。但通觀全序，他的用意無非在努力提高這部譯作的文化學術地位，而不是在闡釋嚴的翻譯理論，更不是像有些論者所認為的那樣，宣揚「以文害意」。實際上，吳對於嚴在《天演論》中用中國事例來取代原書外國事例的做法是不贊成的。他在 1897 年覆嚴的信中說：

　　　　「執事若自為一書，則可縱意馳騁，若以譯赫氏之書為
　　　　名，則篇中所引古書古事，皆宜以元〔原〕書所稱西方者為
　　　　當，似不必改用中國人語，以中事中文固非赫氏所及知。」④
在 1899 年另外一信中又說：
　　　　「歐洲文字，與吾國絕殊，譯之似宜別創體制……今不
　　　　但不宜襲用中文，並亦不宜襲用佛書。竊謂以執事雄筆，必
　　　　可自我作古。……不通西文，不敢意定。獨中國諸書，無可
　　　　仿效耳。」⑤
這些議論就當時來說無疑都是頗有見地的。
　　在一些論著中常被提到並作為「雅」的罪狀的是吳汝綸所說的「與其傷絜，毋寧失真」這句話。（在有些論著中把這句話歸到嚴復名下，就更冤枉了。）這話就出在上面引過的 1899 年那封信中，上下文如下：
　　　　「來示謂行文欲求爾雅，有不可闌入之字，改竄則失

---

④　王蘧常：《嚴幾道年譜》（商務，1936）。
⑤　王蘧常：《嚴幾道年譜》（商務，1936）。

真，因仍則傷絜，此誠難事。鄙意與其傷絜，毋寧失真，凡瑣屑不足道之事，不記何傷？……如今時鴉片館等，此自難入文，削之似不為過。倘令為林文忠作傳，則燒鴉片之事，固當大書特書……亦非一切割棄，至失事實也。」⑥

這是很清楚的，「與其傷絜，毋寧失真」的意見是對那些「不可闌入之字」而言的，並非籠而統之，泛指一切。其次，他的這個意見也不是絕對的，要看具體情況而定（如為林則徐作傳就非寫鴉片不可）。當然，今天來看，提出這個問題本身就是有點好笑的，但無論如何，把這句話同「雅」等同起來並作為它的罪狀，至少是不公平的。

◆

在一些論著中，提出這樣的論點：「信、達、雅」是嚴復定下的翻譯原則，《天演論》是他的譯作，也就是「信、達、雅」的體現，而此書譯文與原文大有出入，故「信、達、雅」不能成立。

這裡又有必要把《天演論・譯例言》第一則再引幾句：

「譯事三難：信、達、雅。……今是書所言，本五十年來西人新得之學，又為作者晚出之書。譯文取明深義，故詞句之間，時有所傎〔顛〕到附益，不斤斤於字比句次，而意義則不倍〔背〕本文。題曰『達旨』，不云『筆譯』，取便發揮，實非正法。什法師云，學我者病，來者方多，幸勿以是書為口實也。」

在這裡，「開宗明義第一章」，嚴復已經說得再明白不過。第一，翻譯要做到「信、達、雅」。第二，《天演論》的翻譯沒有完全按照這一理論去做，嚴格說來不是翻譯，而只是「達旨」（表述要旨）。他所以這樣做是因為想使《天演論》這一新的理論、新

---

⑥　王蘧常：《嚴幾道年譜》（商務，1936）。

的思想能為國人所理解和接受。第三，就翻譯工作來說，他這種「達旨」的做法「實非正法」，希望後人不要仿效。

令人遺憾的是，至今還有人「以是書為口實」來批駁他的「信、達、雅」理論。

在一些論著中，又引用《魯迅全集》中的話來批評或否定「信、達、雅」。偉大的魯迅從長期的、大量的翻譯實踐中創立了自己的翻譯理論，但他對嚴復的翻譯工作及歷史功績是肯定的。我們不妨仔細讀一下〈關於翻譯的通信〉（《二心集》）。J. K. 在給魯迅的信中寫道：

> 「嚴幾道的翻譯，不用說了。他是：譯須信達雅，文必夏殷周。其實，他是用一個『雅』字打消了『信』和『達』。……古文的文言怎麼能夠譯得『信』，對於現在的將來的大眾讀者，怎麼能夠『達』！現在趙景深之流，又來要求：寧錯而務順，毋拗而僅信！……」

請注意，這是 J. K. 的話，不是魯迅的話。魯迅在回信中是這樣寫的：

> 「趙老爺評論翻譯，拉了嚴又陵，並且替他叫屈，於是累得他在你的信裡也挨了一頓罵。但由我看來，這是冤枉的，嚴老爺和趙老爺，在實際上，有虎狗之差。」（著重點是引用者加的）

魯迅在指出嚴復為進行翻譯所下的功夫之後說：

> 「最好懂的自然是《天演論》，桐城氣息十足，連字的平仄也都留心。搖頭晃腦的讀起來，真是音調鏗鏘，使人不自覺其頭暈。……然而嚴又陵自己卻知道這太『達』的譯法是不對的，所以他不稱為『翻譯』而寫作『侯官嚴復達旨』……」

> 「那麼，他為什麼要幹這一手把戲呢？答案是：那時的留學生沒有現在這麼闊氣，社會上大抵以為西洋人只會做機

器——尤其是自鳴鐘——留學生只會講鬼子話,所以算不了『士』人的。因此他便來鏗鏘一下子,鏗鏘得吳汝綸也肯給他作序。這一序,別的生意也就源源而來了,於是有《名學》,有《法意》,有《原富》等等。但他後來的譯本,看得『信』比『達雅』都重一些。」

魯迅在這裡用風趣的語言指出了《天演論》所以要採用那樣一種譯法和文字的時代條件。魯迅在《朝花夕拾·瑣記》中還對他讀到《天演論》時的情形,作了極為生動的描寫。

在上面的引文之後,魯迅接著又就嚴復的翻譯,從根底上作了分析。他說:

「他的翻譯,實在是漢唐譯經歷史的縮圖。中國之譯佛經,漢末質直,他沒有取法。六朝真是『達』而『雅』了,他的《天演論》的模範就在此。唐則以『信』為主,粗粗一看,簡直是不能懂的,這就彷彿他後來的譯書。」

由此可見,嚴復研究和承繼了古代譯經的歷史傳統,他的「信、達、雅」理論如果不是說總結、至少也是包含了古代翻譯的歷史經驗。

◆

以上就一些對嚴復「信、達、雅」理論的片面看法作了簡單的辯證。在我看來,它不但不應該被當作「糟粕」丟進垃圾箱,而且也不應該被當作「故紙」塞進檔案櫃。歷史已經證明,「信、達、雅」理論八十年來一直在對我國的翻譯工作起著指導作用,至今它還有生命力。許多學者先後提出過各種不同的翻譯原則(標準),但看來還沒有一種能夠完全取代它。如「忠實、通順」,「忠實於原作、完善的譯文形式」,「在準確的基礎上通順」、「準確、簡明、通順」,「準確、流暢」等等,我的淺見總覺得並沒有超越「信、達、雅」的範疇,在理論深度上或尚不如,因為如前所述,「信、達、雅」完整體現了翻譯工作的特

殊規律，在翻譯工作中的任何問題幾乎都離不開這三個方面，因此它具有極大的實踐意義。還有一種主張，認為「譯文形式與原文內容的辯證統一」才能成為翻譯標準。這樣的提法，其科學性如何，我不敢妄斷，但我實在感覺不出它的實踐意義。

　　當然，立意創新、不斷變革的進取精神總是值得重視和讚佩的，而任何理論也總應該隨著歷史的發展而發展，「信、達、雅」自然也不例外。嚴復只是提出了「信、達、雅」理論原則，沒有作系統的、深入的、全面的闡釋，而且如前所述，他的認識有時代的、階級的局限性。前面討論到的他的「用漢以前字法句法」的主張，就是這種局限性的一種反映。今天我們指出「信、達、雅」的實踐意義當然不是說要繼續「用漢以前字法句法」去翻譯，而是說要在翻譯實踐中注意到提高譯文的文字水平，注意到研究用怎樣的譯文文字「則為達易」（「為達即所以為信」），注意到研究如何「引進」外語的表達方式及詞匯以豐富本民族語言而又符合本民族語言發展規律，研究專名、新詞、成語、土語等等的翻譯原則。這些方面的問題是我們做翻譯工作的人隨時都會碰到的。但上述「忠實、通順」等等翻譯原則都未能觸及這些問題，而「信、達、雅」理論則觸及到了這些問題。

　　承繼和沿用某些傳統理論，不斷賦予新的含義，這是生活中常見的事情。譬如「德、智、體」三育，至少在半個世紀前，即我在上小學的時候就知道了。現在我們也還是提倡「德、智、體」全面發展，當然其內涵和我上小學時已大大不同了。因此，在沒有產生更深刻、更全面、更簡明、更富於實踐指導意義的新翻譯理論以前，我們沿用「信、達、雅」並賦予新的意義，我以為也是可以的。有人擔心一提「信、達、雅」就意味著要譯者搖頭晃腦地去寫桐城派古文。我看不必要，因為我們現在一提「德、智、體」，大家都知道是要培養下一代具有現代社會道

德，而不必擔心會使人誤解為提倡封建或資產階級「道德」的。

寫於嚴復逝世六十周年之冬

（原載《編譯參考》，1982年第2期，輯入羅新璋編《翻譯論集》，1984年，北京）

繼承・融合・創立・發展
——我國現代翻譯理論建設芻議

　　1951 年董秋斯在〈論翻譯理論的建設〉一文中曾經提出：
「經過一定時期的努力……我們要完成兩件具體的工作，寫成這
樣兩部大書：(1)中國翻譯史，(2)中國翻譯學。這兩部大書的出
現，表明我們翻譯工作已經由感性認識的階段，達到了理性認識
的階段，實踐了『翻譯是一種科學』這一命題。」①

　　四十年來，中國大陸及台灣、香港翻譯界做了大量研究工
作，出版了許多論文和專著，特別是在 1984 年一年裡在北京出版
了馬祖毅著《中國翻譯簡史——五四運動以前部分》、中國譯協《
翻譯通訊》編輯部編《翻譯研究論文集（1894-1983）》和羅新璋編
《翻譯論集》。可說是譯界盛事。但是，總的說來，我國的現代翻
譯理論建設，進展是十分遲緩的。四十年前董文中提出的奮鬥目
標未能實現，而且在可見的將來似乎尚無實現的希望。就我有限
的見聞所及，翻譯理論研究工作仍處於盤旋的狀態、脫節的狀
態、隨意的狀態，而不能有重要突破。

　　所謂盤旋，就是說我們的理論研究總是在同一個水平上轉
圈，而不是螺旋形上升。對於嚴復的「信達雅」說（有人稱之為
理論、有人稱之為原則、有人稱之為標準）的研究大概最足以說
明這種狀態。就我所能讀到的著作而言，從二十年代到八十年
代，大體上不外乎三種類型的意見。一種是肯定，一種是否定

---

① 《翻譯通報》，1951 年第二卷第 4 期。

（或全部否定，或部分否定）；還有一種是雖然並不否定（或不作肯定或否定的明確表示），但提出自己的説法加以取代，如「忠實、通順、美」，「正確、通順、易懂」，「正確、流暢」，「正確、鮮明、生動」，「準確、通順」，「忠實、通順」，「準確、流暢」，「自明、信達、透明」，「透、化、風」，「信、達、切」，「信、達、貼」，如此等等。就各家意在取代「信、達、雅」的説法而言，我實在看不出在科學性上有何提高。一些批判「信達雅」説的文章，其論點均「似曾相識」。

所謂脫節是指對我國自古以來的翻譯理論的研究同對外國翻譯理論的研究，「各行其道」，缺少交叉；也指翻譯理論的研究同翻譯實踐的需要未能密切結合。這就使我國建設自己的現代翻譯理論體系既缺乏營養，也缺乏動力。

所謂隨意是説我們的翻譯理論研究工作始終沒有擺脱「人自為戰」、「興之所至」、「你説你的、我説我的」這樣一種自流狀態，既無規劃，也無課題。

上述狀態的造成，我想主要有以下三方面的原因：

㈠翻譯理論的建設未能得到翻譯界內部、社會各界和政府有關部門的足夠重視。翻譯界內部的不重視是最致命的。譯界同仁中一直有人認為翻譯是一種技術，所以不必講什麼理論；又有人認為翻譯是一種藝術，「神而明之，存乎其人」，所以也不可能講什麼理論（上引董文中就提到過這兩種看法）。其實，技術也好，藝術也好，任何實踐總是受著某種理論（多數是經驗的總結）的指導，不過理論有正誤、高下、成熟或幼稚之分，實踐者對此理論有自覺或不自覺之分罷了。當然，也有不少譯界同仁認同翻譯理論之重要，但急功近利，總覺得「遠水解不得近渴」，還是掌握更多翻譯技巧，無論提高自己能力或教書育人，都來得更為迫切、更切實際。其實，翻譯理論的建設決非「遠水」。不是説，要把我國的翻譯理論體系完整地建設起來了，理論才能發

揮作用。我們完全可以「邊建設邊生產」。譬如說，我們能否就翻譯標準集思廣益，參照國際譯聯的《翻譯工作者憲章》，訂出一個「共同綱領」，大家共同實行，在實行過程中逐步完善呢？有了這樣的「共同綱領」，在評論譯品時就可以有一個判斷是非優劣的準繩，在培訓翻譯人才時也有了一個努力的明確方向。

㈡在翻譯理論建設的方向問題上尚未達成共識。在這個問題上，我國翻譯界內部歷來存在著兩種不同意見，一種強調我國自己的傳統，認為應該努力建設我國自成體系的、獨特的翻譯理論；另一種主張以引進外國翻譯理論為主。五十年代關於翻譯標準的論戰中，一方提出「信達雅的辯證統一」，另一方說「信達雅」完全不行，應該用費道羅夫的翻譯準確性標準。在 1987 年夏全國譯協召開的第一次全國翻譯理論研討會上仍然反映出這兩種意見的對峙。

㈢在整個翻譯研究工作中缺乏必要的組織保證和後勤保證。五十年代初有一個總管全國翻譯事務的出版總署翻譯局（後改編譯局），一時翻譯事業頗有振興氣象，權威性的《翻譯通報》對翻譯理論建設和翻譯批評相當重視。但好景不常，隨著出版總署的撤銷，翻譯事業也就失去了全國性的主管部門。八十年代初期，隨著改革開放的實施，翻譯事業再現蓬勃氣象。1982 年成立了中國翻譯工作者協會，出版了會刊《翻譯通訊》（現名《中國翻譯》），開展翻譯研究。但中國譯協的地位遠不及中國記協，甚至不及中國作協。如果考慮到現在全國從事翻譯工作的人員之多、工作量之大、對改革開放及實現四化的關係之巨，那麼這種地位的不相稱就更明顯。如何改善譯協的地位和工作條件、充實人力和物力，這是有望於譯界有影響人士和有關領導的。

在上述三方面的因素中，我想最為關鍵的還是我國翻譯理論建設的方向問題──這也應該是我們翻譯界內部共同努力解決、也可以解決的問題。在這個問題上逐步取得共識，大家的努力就

能「擰成一股繩」，就能出成果。有了成果，用以指導實踐，必能使翻譯工作水平提高，從而使更多人認識和參與理論研究——這樣就會形成理論—實踐—理論的良性循環，逐步建立起我國的現代翻譯理論體系。

1986 年，在中國譯協第一次全國代表會議上所作報告中，姜椿芳會長說：「在探討翻譯理論方面，我們既要認真汲取國外各個學派的精華，更要創立自己的學說。我國翻譯界的先驅和前輩為我們留下了寶貴的遺產，我們要繼承，也要在其基礎上前進和發展。過去提過譯事三難『信、達、雅』，但時代的進展要求我們創立適應我國現實、有鮮明特色的現代翻譯理論體系。」②

我體會這段話裡所指明的我國翻譯理論建設的方向，可以概括為「繼承」「融合」「創立」「發展」八個字。

首先是繼承我國翻譯界先驅和前輩留下的寶貴遺產，這是我們前進的基礎。換句話說，繼承是為了發展，而決不是抱殘守缺、泥古不化。但在繼承問題上，我們固然要抱批判的態度，更要抱尊重的態度、實事求是的態度、歷史唯物主義的態度，而不可苛求於古人，以至厚誣古人。我讀到過的八十年代的一部翻譯研究著作可以作為這方面的一個極端的例子。作者寫道：

「嚴復的『信達雅』說，以及翻譯有所謂直譯、意（義）譯之分的說法……十分不幸，這些錯誤的理論竟在我國長期流傳，以致給我們的翻譯事業帶來莫大的危害，並實際造成無法估量的損失。」「嚴復不負責任地隨意發了那麼一通議論，他自己不但從未打算實行，而且可以說是說過便忘了。」「他其實不過是要通過翻譯以顯示他自己的桐城派古文修養和文學才華。信與不信，達與不達，於他何干焉？」

這樣的態度決不是一位嚴肅的研究工作者應取的態度。持這

---

② 《中國翻譯》，1986 年第 4 期。

樣的態度還能談什麼繼承呢？值得我們注意的是，對嚴復及其「信達雅」說採取「一棍子打死」態度的，並非個別現象，如有人說：「信達雅這三字經也只是庸人自擾的囈語而已」；有人說，「『信達雅』這三個字，自從嚴復提出以後，八十多年來一直被奉為文學翻譯的基本原則，這是一個令人惋惜的、早已應該解除的誤會。可以毫不誇張地說：這一『原則』本身的缺陷，以及人們對它的熱心推崇，已經給中國的文學翻譯事業帶來明顯的危害。」

另外還有一些學者則認為我國翻譯理論之所以不發展是由於「信達雅」說長期束縛了人們的思想。

這裡就出現了這樣一個帶根本性的問題：嚴復的「信達雅」說八十年來究竟對我國的翻譯事業是起了好作用、還是壞作用？它是不是阻礙我國翻譯理論發展的罪魁禍首？它應該作為一項「寶貴的遺產」來繼承並加以發展，還是應該被扔進歷史的垃圾堆？

科學的一條最根本原則就是尊重事實。嚴復在我國翻譯史上的地位和貢獻、他的「信達雅」說在當時歷史條件下的理論價值以及八十年來在我國翻譯界所產生的巨大和深遠的積極影響，這些都是不爭的事實。為什麼至今仍然有那麼多翻譯工作者接受、研究和運用它？嚴復早已作古，也從來沒有一種超學術的權力把「信達雅」說封為「聖經」。這只是因為翻譯工作者感到在工作中需要它，並且感到迄今還沒有另外一種學說可以取代它。不是「信達雅」三個字擋住了翻譯理論的發展，而是翻譯研究工作的薄弱使我們至今還沒有創立起一種超越「信達雅」說的、具有現代科學特徵的翻譯理論。

繼承決非因襲，而是分析批判，取其精華、棄其糟粕。在這取棄之間則務求嚴謹。譬如「嚴復的『雅』是同他的第一，亦即最重要的一點——『信』——緊密相連的。換言之，雅不是美

化，不是把一篇原來不典雅的文章譯得很典雅，而是指一種努力，要傳達一種比詞、句的簡單的含義更高更精微的東西，原作者的心智特點，原作的精神光澤。……他又認識到這些書〔指嚴譯西方名著〕對於那些仍在中古的夢鄉裡酣睡的人是多麼難以下嚥的苦藥，因此他在上面塗了糖衣，這糖衣就是士大夫們所心折的漢以前的古雅文體。雅，乃是嚴復的招徠術。」（王佐良著〈嚴復的用心〉③）像這樣的真知灼見，我想如起嚴復於地下，也必嘆為知己。據此以觀，「用漢以前字法、句法」固然因時代、文化之變遷而應予揚棄（實際上也早已自然淘汰），但「期以行遠」（使譯品為最大限度的受眾所接受）這一「雅」的「合理的內核」是完全可以繼承的。

如何在繼承前人遺產的基礎上發展，主要的途徑就是「認真汲取國外各個學派的精華」，並使之與我們自己的研究相結合。勞隴在〈「殊途同歸」——試論嚴復、奈達和紐馬克翻譯理論的一致性〉④一文中說：「東西方的語言文字雖然屬於不同的語系，有很大的差別。但是也有語言的共性（language universals），而彼此對於翻譯的本質和功能的認識又是一致的；因此翻譯的基本原理彼此是可以相通的。」「融合東西方的理論構成我國完整的翻譯理論體系的基礎，是完全可能的。」

在這裡，重要的是融合。融合不但是完全可能的，而且是完全必要的。幾十年的歷史已經證明，單純引進外國翻譯理論，而不與我國自有的翻譯理論相結合，在中國翻譯界難以生根，因為它同實踐脫節，不能對實踐起指導作用。據說，北京一所著名學院的一位外語講師當被問到對 1988 年《中國翻譯》上所載四篇關於符號學翻譯理論文章的觀感時，回答是：「看不懂」。這個例子很能說明問題。另一方面，過分強調我國語言、文字、文化的

---

③ 《論嚴復與嚴譯名著》，商務印書館，1982 年。
④ 《外國語》（上海外國語學院學報），1990 年第 5 期。

特殊性，過高估計我國自有翻譯理論的發展水平，從而在實際上
（口頭上不這樣說）拒絕接受外國翻譯理論，同樣無助於我國現
代翻譯理論體系的建設。現代翻譯理論體系的建設必須吸收語言
學、文藝學、符號學、邏輯學、哲學、心理學、傳播學等多種學
科，以至信息理論、系統工程等方面的研究成果。儘管國外的翻
譯學同其他一些學科相比，起步較晚，成就不大，但在與現代科
學結合這一點上，我們與之相比還有很大的差距。（這當然也與
我國在這些學科上與先進國家存在差距有關。）因此，汲取西方
及蘇聯翻譯理論精華，為我所用──猶如吸收國外先進科技以用
於四化建設──不僅必要，也是事半功倍的良策。

　　融合是一個過程，自非一蹴而就。儘管整個看來這裡有阻
力、有困難，但也不乏有識之士在這方面做了功夫。如吳獻書在
《英文漢譯的理論與實際》（1936 年）一書中、徐永煐在〈論翻譯
的矛盾統一〉（1963 年）一文中、劉重德在〈試論翻譯的原則〉
（1979 年）一文中、錢歌川在《翻譯漫談》（1980 年）一書中，
都曾把嚴氏「信達雅」說與泰特勒三原則進行了比較研究，提出
自己的看法。勞隴1989 年著文則從奈達翻譯理論的發展來談直譯
和意譯問題⑤。這個問題紛紜數十年，現在用現代科學理論來加
以界定和分析，就有撥開雲霧的感覺。在上引〈「殊途同歸」〉
一文中，勞隴又把嚴復的「信」「達」同奈達的「功能對等」進
行比較研究，指出「譯文必須信而且達，才能達到功能對等
（functional equivalence）的效果。」他又說：「譯文之所以要求
雅，就是為了行遠；也就是說，要得到廣大讀者的歡迎。用現代
的語言說，就是譯文要充分考慮譯文讀者的接受性（acceptabi-
lity）。從這個意義上說，那麼，紐馬克的『交流翻譯』（com-
municative translation）就可以說是『雅』字的最好的注腳了。」

---

⑤　《中國翻譯》，1989 年第 3 期。

「信達雅」説由於歷史的局限，不是、也不可能是一種完整的翻譯理論，更不用説具有現代科學的性質了。（嚴格説來，國外現代翻譯理論的發展也不過是近五六十年的事。）它是嚴復翻譯經驗的總結、提煉和概括，是對翻譯工作的要求（他在〈譯例言〉中就用的「求」字：「求其信」「求其達」、「求其爾雅」）。它反映了、而不是揭示出翻譯的客觀規律。由於它反映了——儘管只是在一定程度上——這一規律，因此它具有一定的理論價值和對實踐的指導意義，從而至今還有其生命力。但由於它並未揭示出這一規律，因此它缺乏科學的精確性、深刻性和規範性。勞隴努力將奈達和紐馬克的理論「注入」嚴氏的學説，無疑是一種有益的嘗試。這將有助於使我國現代翻譯理論體系在繼承和融合中逐步創立和發展。

翻譯理論建設是一個宏大的課題，非我學力所逮。我所以要為之吶喊，是因為在我四十年對外新聞工作的經歷中，痛感「新聞無學論」、「翻譯無學論」的危害。因為「無學」，評論無標準，培養無方向，工作無突破。因為「無學」，大家永遠在走「盤陀路」，永遠處於摸索的狀態，錯誤重複犯，經驗無人理。這種情況實在不應該長此下去了。為了四化偉業、也為了我們翻譯界自身的發展，把翻譯理論建設提上日程並切實開展起來，已是刻不容緩的事情了。

（《外國語》，1991 年第 5 期）
（《中國翻譯》，1992 年第 5 期）

奈達近著《翻譯：可能與不可能》 內容介紹

　　尤金・奈達博士（Eugene A. Nida）1991 年在美國的一次翻譯學術研討會上發表了一篇題為〈翻譯：可能與不可能〉（*Translation: Possible and Impossible*）的論文，1996 年出版。①

　　他一開始就指出，「這篇論文的題目既非自相矛盾，也不是承認學術上的失敗，而是對翻譯工作者的任務所作的實事求是的估計——翻譯是可能的，同時又是不可能的。」既然翻譯是可能的，為什麼常常有人不能做到「準確和可接受的」（accurate and acceptable）翻譯呢？主要是因為「對翻譯的本質存在著錯誤的認識」。一是誤認為「字對字」的翻譯才算翻譯，結果不但傷害了語言而且「不可避免地造成嚴重錯誤和歪曲」。二是誤認為譯者必須保持「完全客觀」的態度，他們只可「重現」（reproduce）本文而不要試圖去加以「解釋」（interpret）。但是翻譯者是不可能不去解釋意義而把一個句子翻譯出來的。三是誤認為語言是服從於規則的（rule-governed），翻譯只要遵循按照這些規則制訂的一系列操作規程（如同計算機程序）去做，就可以得到「滿意的結果」。但語言的規則化決沒有到這樣的程度（No language is rule-governed to that extent），要翻譯的原文在語言的運用上總是富有創造性和藝術性的，決不是憑死板的規程所能完全認識和分

---

　　① 載 *Translation Horizons Beyond the Boundaries of " Translation Spectrum "*, *TRANSLATION PERSPECTIVES*, IX 1996, edited by Marilyn Gaddis Rose, Center for Research in Translation, State University of New York at Binghamton.

析的。四是誤認為判斷翻譯的優劣只要把原文和譯文在文本上加以比較就可以了。但這樣一種語言文字上的比較，遠沒有在原文受眾的理解和譯文受眾的理解之間進行比較來得重要。當然，除了理解之外，還有受眾的欣賞程度和接受程度。

奈達接著用無可爭辯的事實否定了那種認為某些「貧乏的」「原始的」語言不可能傳達複雜的信息的說法。他說，「不存在語言中固有的缺點，在翻譯者身上缺乏靈性倒是常常有的。」

他說，「真正的問題不在於諸語言間不相對應的性質而在於對翻譯的語言和文化基礎須有真知灼見，才能產生——而且確實也產生了——許多非常優秀的譯品。」他舉 B・B・羅杰斯（Rogers）所譯古希臘阿里斯托芬（Aristophanes）的戲劇、約翰・費爾斯廷納（John Felstiner）所譯聶魯達（Neduda）的詩、威廉・韋弗（William Weaver）所譯翁貝托・埃科（Umberto Eco）的 *The Name of the Rose* 作為優秀譯品的範例。

對於「為什麼既有真正傑出的譯品而又有許多人譯得那麼失敗」這個問題，他說，「答案在於：對語言和文化的本質是否具有更為充分的了解和更高的鑒別力。」

接著，他在「語言的本質」一節的一開始就指出：

「語言的本質在很大程度上說明為什麼翻譯（translating）是可能的。所有語言都顯示出如此眾多的結構上類似之處，這一事實保證了進行有效的語際交流的潛力。」

他說，所有語言都隨某一文化內部發展以及與其他語言一文化的接觸而不斷消長變化。他概述了所有語言的一些普遍現象，如語義分類和詞形分類以及兩者的交叉所引起的複雜性、各種語言所特有的表義聲（如英語中shsh表示要求安靜）、語詞的意義往往有其廣泛性、話語組成的一些普遍規律（基本特點為時間、空間、類別，次要特點為層次、因果、對話程序）、所有語言都有修辭手段且能互通、所有語言都有心理和社會功能。

他認為「語言的最重要的普遍性就在於一系列重大的在心理學和社會學方面的語言功能。」前者有定名（naming）、表述（stating）、認識（modelling）、抒情（responding）、思維（thinking），以思維為最重要。後者有人際交際（interpersonal）（或稱交感 phatic）、信息（informative）、祈使（imperative）、行為（performative）、表感（emotive）。他指出，絕大多數話語都具有多種不同的功能。

◆

在「文化的本質」一節中，奈達一開始就強調指出：

「離開了有關語言的各自的文化而談論翻譯（translating）是永遠不可能的，因為語言本身是文化至關重要的一部分（文化是『一個社會的全部信仰和習俗』）。字詞只有在使用它們的那種文化中才有其意義，儘管語言不決定文化，它當然要反映一個社會的信仰和習俗。如不考慮語義的文化內涵，就必然會導致錯誤。」

他說，

「在社會生活方面，語言起著特別重要的作用……所有的社會都以某種方式承認，可普遍地運用語言來取得權力和一致、區別內外、顯示個人的特殊才能。對於古希臘的戲劇家和演說家來說，語言的效果特別重要；對於現在非洲的故事宣講人和中國的五十多萬口譯員和筆譯員來說，語言的效果也受到高度重視。」

他指出，

「事實上，在全世界各種文化中，人際關係和行為的主要模式儘管有一些差別（大部分是表面的），卻驚人地相似。不論何地，人們文化上的『同』多於『異』；即使是兩種文化之間的『異』也往往少於某一特定文化內部思想與行為的變異。歸根到底，正是這種文化間顯著的『同』使翻譯

（translating）成為可能。」

他說，

「語言不是一個社會中進行交流的唯一代碼。」

各種社會都用手、臂和身體姿勢（形體語言）來交流重要和複雜的信息。在各種儀式中有象徵性動作。還用戲劇、小說和神話來解釋不可感知的現實。

《聖經》裡有些故事對於所謂「原始」民族解釋起來比對於西方世界中那些咬文嚼字的人還更省事。聽信神話的人更容易了解象徵的意義。例如，他們知道，亞當（Adam）這個名字同「大地」（ground）有關，而「夏娃」（Eve）這個名字則是從「活著」（to live）演化而來的。

奈達接著尖銳地指出了翻譯理論研究的誤區。他說：

「由於語言和文化有這麼多的相近之處，研究翻譯過程的人寫了無數有關翻譯理論和實踐的文章和書籍。他們在一流大學裡開了許多課，教導學生如何提高翻譯技巧。翻譯理論家們繼續不斷地制訂出一套又一套複雜的程序，有些人還拒絕同象徵性語言（figurative language）打交道，因為這將會使他們所訂的『規則』不精確和不科學。另外一些人試圖闡釋翻譯的科學性，把翻譯過程比附於某些有關的學科，如語言學、交流理論和符號學。」

「但這些翻譯理論中沒有一種贏得廣泛贊同。這也不奇怪，因為在這些有關的學科中也沒有一種學科具備獲得廣泛贊同的理論。在所謂『科學世界』中，人們總在謀求得出總體性的理論，某種能夠解開所有問題奧秘的總鑰匙。所有那些感染上了『唯科學主義』和『唯理論主義』病毒的人，儘管越來越知道即使在數學系統中也有不定因素、偶然性作用和不可避免的混亂，卻似乎還在一門心思地尋覓在美學上和邏輯上都滿意的理論──甚至巨型的理論（mega-theories）。」

「最成功的和最富創造性的翻譯家很少需要或完全不需
要翻譯（translation）理論。有人認為，只有那些不會翻譯的
人才成為翻譯（translating）的理論家。在現實中，傑出的翻
譯家是天生的，不是培養的，因為如果不具備創造性地運用
語言的潛質，研究翻譯的過程和原則是不大會產生優異成果
的。」

在「翻譯（translating）的不可能性」一節中，奈達說，一些
最有才能的翻譯家也認為，「完全充分的翻譯」（full adequate
translating）有時是不可能的。關於語言和交流的新觀點為了解這
種「不可能性」提供了基礎。

第一，「語言既表露又隱藏」。就是說，語言常常不能百分
之百地表達思想或現實。

第二，譯文必須為其受眾所理解才有意義，但譯者對其譯文
受眾的理解能力和知識範圍不能預知，「在譯品必須溝通文化差
異時尤其如此」。譯者只能力求其譯品最大限度地為受眾所理解
和接受，但能否成功是沒有保證的。

第三，每種語言都有「視差」（parallax）。「語言的分類永
遠不可能完整地反映現實，詞法結構永遠不可能同實際經驗完全
吻合，話語永遠不可能說清全部原委。」人們還常常會變換說
法，如說軍隊是「重新集結」而不是「敗退」、機器是「不能操
作」而不是「損壞」、證券市場是「整頓」而不是「倒閉」。

他說，

「我們不應當試圖使翻譯（translating）成為一門科學，
因為它本質上不是一個能夠自立門户的學科，而是一種創造
性的技術，一種利用多學科見解的工作方法。翻譯決不可能
比它所依靠的各種學科具有更多的整體性和全面性。而且翻
譯像語言一樣，是沒有一定之規的，因為翻譯工作必須同各

種各樣的文本打交道，這些文本是為各種不同的受眾準備的，並且對於翻譯出來是個什麼樣子有不同的設想。要把如此複雜而又隨時變化的用法加以妥善的分類和量化是辦不到的。沒有任何方法論（methodology）可以規定程序中的所有步驟，按照這些步驟達成恰當的解決。但是，主意必須拿定，而許多大翻譯家往往是以一種無法預見的辦法以及一般譯者常常不認識的方式，本能地找到了解決的途徑。」

「優秀的翻譯（translating）是一種創造性的藝術，它既是再現，又是轉變，因為它的目的是要在本義和聯想意義兩個方面達到表象上的和推論上的真實。但要完成這件事，需要有一整套極端複雜的、雙向的處理辦法：(1)在原文方面，要判定它的意義以及它具有影響力的原因，(2)在譯文受眾方面，則要使譯文能為他們所理解（根據他們已有的知識和由此而來的設想）。要了解這個過程，最好的比方是維特根斯坦（Wittgenstein）（1953）所提的『遊戲（比賽）』（game）。遊戲是既有規則，又有策略的。在翻譯工作中，有某些事情是不可以做的，但總是有充分的餘地，發揮創造性的策略，以產生某些意想不到的成果。這樣的做法永遠不可能在正式的規則下出現，但只有這樣的做法才是產生優秀的語際交流的力量源泉。」

他指出，要使一個文本（text）具有影響力（impact）和感染力（appeal），原作者和譯者都必須遵守下述原則：既有關聯性（受眾感到有價值）、又有新鮮感（有意外收穫）──這樣就會有影響力；既有完整性和節奏感、又有嚴密性和諧調感──這樣就會有感染力。這些原則要根據不同的文本、不同的受眾和不同的交流目的加以靈活運用。

奈達最後說：

「在一定意義上，翻譯（translating）既是令人沮喪的、

又是富有挑戰性的工作。說它令人沮喪是因為沒有簡單的規則可循，也無法預知所用的解決辦法是否完全正確和可使人接受；說它有挑戰性是因為它有使人激動的創造性。在翻譯工作內部的緊張矛盾中，在那些有天賦知道如何進行『遊戲』的人身上會產生最優秀的產品。」

252

後　記

　　我從1945年大學畢業後就一直從事翻譯或外文工作，但對翻譯理論研究產生興趣卻是八十年代以後的事，而且有些偶然因素。七十年代末恢復工作、重新讀書，讀到幾篇批判嚴復「信達雅」說的文章，表現出一定的片面性、非歷史主義和對先哲前賢的不尊重態度，使人很難接受。於是就寫了一篇題為〈論「信、達、雅」〉的專文，刊登在我的工作單位外文出版局所辦的刊物《編譯參考》1982年第2期上。這一年中國譯協出版的《翻譯通訊》第6期上發表了周煦良教授的〈翻譯三論〉，文章一開頭就提到拙文，表示同意，並說「要談翻譯標準，還是信、達、雅好」。以後羅新璋兄為商務印書館編纂《翻譯論集》（1984年出版），又把拙文選入。我沒有想到這篇東西會受到這樣的注意，很受鼓舞。有些友人勸我把這篇文章再發展一下。我接受了他們的意見，為了「發展一下」就「鑽」進去了。正如俗話說的：「初學三年，天下去得；再學三年，寸步難行。」「鑽」進去之後才發現，翻譯理論這門學問實在是太博大精深，而我的學術根底又實在太淺，要想有所建樹，談何容易！但同時也使我更深地認識到翻譯理論研究的重要性。翻譯是人類最高級、最複雜的智能活動之一，它要征服語言和文化這兩座大山的障礙才能完成，因此它十分需要正確的理論指導。經驗無疑是非常寶貴的，但經驗只有昇華為理論才具備普遍的指導意義，才能深化認識、提高水平。

　　這樣，我「鑽」進去的過程實際上就成了我學習的過程。我採取的是「笨」辦法，先從中國翻譯史學起，再認真仔細地讀嚴復的《天演論・譯例言》，再把十多年來所能收集到的對「信達

雅」的評論一一細讀，分門別類。這樣，我對「信達雅」說的來龍去脈和「百年滄桑」有了較全面深入的了解。

然後我學外國翻譯理論，主要是泰特勒、費道羅夫、奈達、紐馬克這四家，因為它們在中國傳播最廣。我是結合「信達雅」說來學習的。中國必須有自己的翻譯理論，因為我們有自己獨特的語言和文化。但中國要建設自己的翻譯理論必須吸收外國翻譯理論研究成果中對我們有益有用的部分。對「信達雅」說的研究也是如此。為了找出它的「合理的内核」，即其生命力之所在，必須用現代的科學方法來加以深層次的剖析。因此我又從翻譯（translation）的本質和翻譯實踐（translating）的階段（層次）這兩個方面進行探討，以期對「信達雅」的理論價值作出回答。

現在這本書就是我十餘年來學習的一個匯報。我這樣說決不是「故作謙虛」。在本書第一章末我就說，這一研究只是一種探索，「而探索的意義往往不在探索的結果而在探索本身」。我之所以希望出版這個學習報告，完全出於「拋磚引玉」的動機，因為「信達雅」說雖已傳世百年，尚無一本專書，這不能不說是我國譯壇的一個缺憾，如果這本書的出版能對我國現代翻譯理論建設——特別是一個新的、現代化的「信、達、雅」說的建設——起一點微小的推進作用，那就是我最高的願望了。

在學習、研究和寫作本書的過程中，我注意了以下兩點：第一，現在的世界已隨信息時代的到來而成為「地球村」，翻譯已滲透到各國人民生活的所有領域，所以必須從廣闊的視野來看翻譯，而不能仍然只在語文學或語言學的框子裡打轉。翻譯的原則必須適用於各行各業各種翻譯，才能真正具有普遍意義。第二，理論來源於實踐，又作用於實踐，所以理論應該密切結合實踐和實際，理論應該是平易近人的，而不應該是無數高深玄妙的學術名詞的聚積，使人望而卻步（當然並非不要學術名詞）。只有這樣的理論才會令人感興趣，才會有更多的人去研究。我非常高興

地看到，我們現在已有了一批有志於研究翻譯理論的中青年學者，其中有人已有著作問世，具創見卓識。我們希望有更多莘莘學子，投入翻譯理論研究行列。

本書所作的對「信、達、雅」說的探索性研究完全是在譯界許多前賢和同道所作業績的基礎上進行的。在任何研究著作中，敘明從前輩或同時代人著作中得到啟發、參考、支持或師承的情況，我以為是應該的、甚至可以說是必需的。抹殺這一切而以「獨創」為標榜，我以為是不道德的。在引用他人著作時，還應力戒斷章取義、「各取所需」。（由於篇幅所限，使引文有時不完整，則常不易避免。）本書在對待徵引問題上持這樣的態度。在引用外國翻譯理論著作時因為本身也常有翻譯上的問題，所以對一些重要的詞、句以及少數段落，盡可能附上原文，以便讀者考校。（為行文簡潔，未附被引用者的職銜或尊稱，祈鑒諒。）

我要特別感謝老同事羅新璋兄（現任中國社會科學院外國文學研究所譯審、法國文學研究會理事）在我研究「信達雅」的工作中自始至終給予的鼓勵和支持。在本書開始寫作時，我請他看提綱，他認真地看了，提了很好的建設性意見。本書初稿寫成後，我送了一份複印件給他，他不顧複印質量不佳，從頭至尾細看一遍，連我的幾處筆誤和脫漏也發現了，又指出了一些應修改之處。書稿粗竣，我請他作序，他放下手頭的譯書工作，欣然命筆。

我還要感謝對本書從不同方面給以關心和幫助的——

美國紐約州州立大學（賓厄姆頓）翻譯研究中心主任羅斯教授（Professor Marilyn G. Rose, Director, Center for Research in Translation, State University of New York at Binghamton），哈佛大學教授、老同學吳文津；

原中顧委委員梅益先生、全國政協委員張惠卿先生，歷史學家、老同學蘇壽桐先生；

國內翻譯界的勞隴（許景淵）、許鈞、馬祖毅、楊枕旦、羅進德、張經浩、傅國強、陳福康、趙秀明等先生；

外文出版局老同事劉德有、黃友義、齊鉉、陳廷祐、陳燕，《今日中國》社老同事張彥、陳日濃、郭安定、周幼馬、李揚等先生；

中國譯協《中國翻譯》編輯部孫承唐、尚岩和其他先生（該刊自創刊以來的合訂本是我最寶貴的資料庫）；

商務印書館楊德炎、李連科、徐式谷、程孟輝、常紹民、陳應年等先生（他們為本書的及時出版給予很大的支持）。

最後要感謝我的家人和親屬，沒有他們的關愛和支持，我是不可能完成這一研究和寫作的。

台灣大學教授、老同學朱立民關心和幫助我的研究和寫作，不幸他於 1995 年猝然病逝，不及見本書出版，在此謹致悼念。

誠摯地期盼著譯界同仁和讀者的批評指教。

沈蘇儒

一九九八年七月，北京。

譯學探索的百年回顧與展望
——評《論信達雅——嚴復翻譯理論研究》*

許　鈞**

　　在二十世紀即將結束，二十一世紀就要到來的世紀之交，各
個學科都毫不例外地在回顧自己所走的路，總結學科建設的經
驗，對二十一世紀的自身發展進行思考與展望。我們譯學界也同
樣在做這樣的努力，《中國翻譯》新年開闢的「二十一世紀中國譯
學研究」欄目就是一個明證。

　　當我們冷靜地回顧、思考、檢點中國譯學百年來所作出的種
種努力，梳理其發展的脈絡，探索其成敗的奧秘，總結其建設的
得失時，當我們試圖追尋中國譯學探索的百年蹤跡，在世紀末的
思考中對二十一世紀譯學發展提出自己的想法、觀點或構建出真
正意義上的譯學體系時，我們不能不把目光投向近代意義上的譯
學開創者——嚴復，不能不去探究嚴復所提出的「信達雅」之說
何以具有永久的生命力，不能不去思考他為我們的譯學發展所建
立的奠基性的功勛。最近，我們欣喜地讀到了譯界前輩沈蘇儒先
生對嚴復「信達雅」之說進行探索的系統性成果——《論信達雅
——嚴復翻譯理論研究》。

　　《論信達雅——嚴復翻譯理論研究》共七章，分別為「緒
言」、「嚴復的『信、達、雅』說」，「各家對『信達雅』說的
評價及各種新說」、「在我國流傳較廣的幾種外國譯學學說」、

---

*《論信達雅——嚴復翻譯理論研究》，沈蘇儒著，商務印書館，1998 年 12 月版。
**南京大學外國語學院教授，博士生導師。

「從翻譯的本質看『信、達、雅』」、「從翻譯的實踐看『信、達、雅』」和「繼承和發展『信、達、雅』學說」。從章節的安排，我們不難看到作者撰寫此書的基本思路。作者明確指出，他的這一研究分四步走。第一步，正本清源，以期對嚴復「信達雅」說的本意以及與之有某種傳承關係的古代佛教譯論有一個正確的認識。第二步，把幾十年來對「信達雅」的評論，無論是肯定的、基本肯定的，還是基本否定的、完全否定的，集中起來，加以檢討，以弄清楚兩個方面的問題：⑴在「信達雅」說百年歷史中，其主流是有益於我國翻譯事業的發展和翻譯水平的提高，還是「給我們的翻譯事業帶來莫大的危害並實際造成無法估量的損失」（引自八十年代一本翻譯研究著作）？我國幾十年來多數翻譯工作者和翻譯理論研究者對這個問題的答案是什麼？⑵在對「信達雅」說的評價中存在著什麼問題？怎樣才能使研究深入一步？第三步，把目光移向國外，看看外國各家譯學理論研究中確立的翻譯原則是什麼？同「信達雅」有無或有何相通之處，從而有無融合的可能？第四步，在國內外翻譯理論研究的啟示下，探討翻譯（translation）的本質和翻譯實踐（translating）的過程，並與「信、達、雅」說相印證。從上面的研究步驟，我們可以看到，作者以嚴復的「信達雅」說為研究對象，以闡釋、梳理嚴復的翻譯思想為基礎，但不囿於嚴復的學說本身，而是以強烈的理論意識和開闊的學術視野，通過百年來國內譯界對「信達雅」之說的各種評價與新說的檢閱與審視，「探索其生命力之所在，找出其『合理的内核』，予以繼承，加以發展」〔見緒言第11*（6）頁〕；同時通過與在我國流傳較廣的幾種外國譯學學說的比較，將嚴復的「信達雅」之說置於一個國際學術的大背景下進行剖析，以闡明中外譯學研究在一些基本的、帶有共性的問題上的相

---

*此為本書 1998 年版的頁數，其後括孤内的數字表示本版的頁數。以下均同。

通之處，並揭示出嚴復的翻譯原則根植於中華文明沃土，具有其獨創性和特殊的意義。然而，理論的闡發與梳理，學科的建設與發展，並不是終極的目的，作者從文化交流的根本目的著眼，就嚴復翻譯理論對翻譯實踐和跨文化交流活動的指導價值進行了分析，具有獨到的目光。現在，讓我們跟隨作者的思路，看一看這部世紀末思考的譯學論著到底給我們以怎樣的啟示，能引發我們怎樣的思考。

　　細讀全書，首先我們可以深切地感受到作者具有強烈的歷史使命感和自覺的理論追求。他在「緒言」中明確指出，對嚴復「信達雅」的研究是「作為建設我國現代翻譯理論體系的努力的一部分」。早在九十年代初，沈蘇儒先生有感於我國譯學建設的種種模糊認識，以及譯學研究「人自為戰」、「興之所至」、「你說你的，我說我的」，既無規劃、也無課題的自流狀態，對我國譯學研究難以深入發展的原因進行了分析，指出了「翻譯理論建設未能得到翻譯界內部、社會各界和理論有關部門的足夠重視」，「在翻譯理論建設的方向問題上尚未達成共識」，「在整個翻譯研究工作中缺乏必要的組織保證和後勤保證」這三大原因是造成譯學研究停滯不前的主要障礙，而最根本的，還是我國翻譯理論建設的方向問題。我們應該看到，這幾年來，由於譯界同仁的共同努力，沈蘇儒先生指出的第一條和第三條已經有了改觀，但是，他所提出的譯學建設的方向問題，仍然是我們應該思考，加以探索，期待解決的根本性問題。這一問題，涉及到對中國文化遺產和傳統譯論如何對待，如何繼承的一面，也涉及到外國譯學的優秀成果如何借鑒，如何吸收，如何融合的一面。在《論信達雅──嚴復翻譯理論研究》中，沈蘇儒先生的態度是明確的，觀點是積極的。他指出：「歷史也已證明，把外國的譯論『照搬』進來並力圖取代中國傳統譯論的做法是無效的，行不通的」〔見第四章第147（125）頁〕。「我們的任務就是要在嚴復

開闢的道路上繼續前進，去創立和發展一個完整的理論體系。在這樣做的時候，我們必須從外國已有的譯論研究成果中去吸取營養」〔第 148（126）頁〕。

　　確定了譯學研究的大方向，自然也就為譯學研究的方法和途徑確立了一個前提：「中外譯論應融合而非相互排斥」。這一主張拓展了研究的視野，在研究的方法上由於借鑒了國外譯學研究的有益成分，也得到了豐富，向科學性與系統性邁了一大步。沈蘇儒先生研究嚴復的翻譯思想與理論，沒有牽強的附會，也沒有武斷的結論，沒有東拼西湊的資料堆砌，也沒有浮光掠影的隨意發揮。他採取的是歷史觀照與中外比較的方法，正如羅新璋先生在序中所說，沈先生「以嚴復譯論為座標，縱的方面古今襯映，橫的方面中外比照，善發議端，精於持論。」我們發現，沈先生研究嚴復，並非狹義的研究，不是就嚴復的「信達雅」談「信達雅」，全書始終體現了一種開放的精神。從對「信達雅」之說的歷史淵源的追溯，到「信達雅」之說的學術內涵的發掘，從「信達雅」之說與外國譯論的相互參照與闡發，到對「信達雅」之說合理內核的探幽與價值體系重建，作者的學術視野是十分開闊的。在整個研究過程中，他始終注意兩點：一是現在的世界已隨信息時代的到來而成為「地球村」，翻譯已滲透到人類物質生活的各個方面和精神生活的諸多領域，所以「必須從廣闊的視野來看翻譯，而不能仍然只在語文學或語言學的框子裡打轉。翻譯的原則必須適用於各行各業各種翻譯，才能真正具有普遍意義」。二是理論來源於實踐，又作用於實踐，所以理論應該密切結合實踐和實際〔見 293（254）頁〕。作者是這麼說的，也是這麼做的。開闊的視野與務實的精神相結合，構成了這部研究專著的突出特點之一。作者旗幟鮮明地指出：理論應該是平易近人的，而不應該是無數高深玄妙的學術名詞的聚和，使人望而卻步。在研究的學風方面，沈蘇儒先生無疑給我們提出了一個警示。

全書在理論的探索方面也頗具特色。作者以現代的科學方法
對「信達雅」說的「全理內核」進行了深層次的剖析。他從翻譯
的本質和翻譯實踐層次兩個方面入手，步步深入，就翻譯實踐所
涉及的一些基本問題進行了各個層面的探討。作者對翻譯的本質
進行了界定，提出：「翻譯是跨語言，跨文化的交流。翻譯是把
具有某一文化背景的發送者用某種語言（文字）所表述的內容盡
可能充分地、有效地傳達給使用另一種語言（文字）、具有另一
文化背景的接受者」〔第 156（133）頁〕。這一界定明確了翻譯
的任務和實質，也廓清了翻譯的過程與基本內容。作者首先強調
了翻譯是「交流」。他指出，我們研究的翻譯是一種社會行為，
因此，翻譯研究不能囿於兩種語言轉換的語言層面的研究，而應
著重於研究如何通過語際轉換達到傳達信息的目的，要把翻譯的
主體和客體結合起來進行研究。作者認為，只要強調翻譯的交流
本質，使翻譯的原則與必要的技巧服從於交流這個目的，就不會
再孤立地進行「直譯」「意譯」之爭了。出於同樣的道理，由於
翻譯是交流，而交流的具體內容、對象、層次、作用不同，因此
翻譯的手段（方法）在不背離原作和符合譯入語要求這兩個大前
提下，應該允許（有時是必須）有所不同〔參見第 159（135）
頁〕。作者從本質認識入手，明確指出：翻譯「如果背離了原
作，就失去了交流的本體；如果不符合譯入語要求，就不可能達
成交流的目的」。而談到交流，最本質的是文化的交流，作者深
入地探討了翻譯與文化的關係問題，以語言與文化的關係為切入
點，對翻譯的任務和使命進行了界定，並從翻譯實踐的層次，對
共時的、微觀的和歷時的、宏觀的跨文化交流問題進行思考與剖
析，以揭示翻譯的本質障礙，探索在文化交流這個大前提下克服
障礙的可行手段。特別是通過對可譯性與不可譯性這一翻譯基本
問題的分析、論證與闡述，指出任何一種與特定文化密不可分的
語言既有可譯性，又有其不可譯性，「可譯與不可譯」呈「辯證

關係，在可譯性中有不可譯性，在不可譯性中有可譯性」〔見第189（162）頁〕。作者認為從本質上說，「等值」或「等效」的翻譯只是一種理想，但這一認識決不是要減輕翻譯工作者的責任心和使命感。「相反，正因為我們清醒地認識到翻譯作為跨語言、跨文化交流的困難的意義，我們就更應知難而進，充分發揮主觀能動性和創造性，以很好完成這一交流任務。另一方面，我們在研究翻譯的原則（標準）時也應該本著實事求是的態度，一切從實際出發，這樣的研究結果才有可能指導實踐，才有意義」〔第196（168）頁〕。以這個標準來衡量，進而結合翻譯的本質來審視嚴復的「信達雅」，就不難看出嚴復提出的這些翻譯原則何以具有生命力，那就是它們符合翻譯實際的需要〔參見第196（168）頁〕。

「從翻譯的實踐看『信、達、雅』」這一章寫得頗見作者的理論功力和學術素養，作者從「翻譯實踐過程中的三階段」的剖析入手，對嚴復的「信達雅」之說進行了實踐層次的檢驗和理論層次的闡發。作者認為，嚴復所說的「信」，首先說的是理解階段，因為只有深刻全面地理解了原文，才談得上「求其信」。嚴復具體指出了在理解階段的三個通病：「淺嘗」、「偏至」、「辨之者少」，有此三病就不能「信」，自然也就不能「達」。嚴復把「信」和「達」看作互為條件，「信」固然是重要的，「顧信矣不達，雖譯猶不譯也，則達尚焉。」理解了而不能表達或表達得不好，那麼對翻譯來說，理解就是空的。嚴復的這一觀點與翻譯過程的理解與表達這兩個階段的關係的分析是一致的。作者進而指出，而「信達之外，求其爾雅」「就是我們所說的使譯文完美的第三階段」，嚴復「十分重視這個階段，期以行遠，也就是我們所說的提高譯文的文字水平，以提高譯文對譯文受眾的可讀性和可接受性」〔第240（207）頁〕。作者的這些分析是中肯的，也是有相當說服力的。

通觀全書，我們可以發現作者的研究有著明確的指導思想，那就是**重繼承、倡融合、貴創立、求發展**。作者是這麼想的，也是努力身體力行的：注重中國傳統譯論的繼承，提倡中外譯論的融合，貴在創立自己的理論體系，尋求譯學的更大發展。在這個意義上說，沈蘇儒先生的《論信達雅 —— 嚴復翻譯理論研究》不僅僅如羅新璋先生所評價的，是「我國第一部研究信達雅的綜合性總結式專著」，更是為加強我國譯學建設指明了一個努力方向，開闢了一條可行的探索之路。

—— 原載《中國翻譯》1999 年第 4 期

論信達雅：嚴復翻譯理論研究 ／ 沈蘇儒著. --
初版. -- 臺北市：臺灣商務，　2000 ［民89］
　　面　；　公分

ISBN 957-05-1667-4（平裝）

1. 嚴復 - 學術思想 - 文學　2. 翻譯 - 歷史

811.7　　　　　　　　　　　　　　89011721

論 信 達 雅
——嚴復翻譯理論研究

定價新臺幣 280 元

著 作 者　沈　蘇　儒
封面設計　吳　郁　婷
校 對 者　李俊男　伍芳萱

出　版　者　臺灣商務印書館股份有限公司
印　刷　所　臺北市 10036 重慶南路 1 段 37 號
　　　　　　電話：(02)23116118 · 23115538
　　　　　　傳眞：(02)23710274 · 23701091
　　　　　　讀者服務專線：080056196
　　　　　　E-mail：cptw@ms12.hinet.net
　　　　　　郵政劃撥：0000165 － 1 號
　　　　　　出版事業　局版北市業字第 993 號
　　　　　　登 記 證

· 2000 年 10 月初版第一次印刷
本書經北京商務印書館授權出版

ISBN 957-05-1667-4（平裝）　　　　　　a02370020

讀者回函卡

感謝您對本館的支持，為加強對您的服務，請填妥此卡，免付郵資寄回，可隨時收到本館最新出版訊息，及享受各種優惠。

姓名：＿＿＿＿＿＿＿＿＿＿＿＿＿＿＿＿　性別：□男 □女

出生日期：＿＿＿年＿＿＿月＿＿＿日

職業：□學生 □公務（含軍警） □家管 □服務 □金融 □製造　□資訊 □大眾傳播 □自由業 □農漁牧 □退休 □其他

學歷：□高中以下（含高中） □大專 □研究所（含以上）

地址：＿＿

電話：（H）＿＿＿＿＿＿＿＿＿（O）＿＿＿＿＿＿＿＿＿

購買書名：＿＿＿＿＿＿＿＿＿＿＿＿＿＿＿＿＿＿＿＿

您從何處得知本書？

□書店 □報紙廣告 □報紙專欄 □雜誌廣告 □DM廣告　□傳單 □親友介紹 □電視廣播 □其他

您對本書的意見？（A/滿意 B/尚可 C/需改進）

內容＿＿＿＿　編輯＿＿＿＿　校對＿＿＿＿　翻譯＿＿＿＿

封面設計＿＿＿＿　價格＿＿＿＿　其他＿＿＿＿＿＿＿＿

您的建議：＿＿

臺灣商務印書館

台北市重慶南路一段三十七號　電話：（02）23116118・23115538
讀者服務專線：080056196　傳真：（02）23710274
郵撥：0000165-1號　E-mail：cptw@ms12.hinet.net

100臺北市重慶南路一段37號

臺灣商務印書館　收

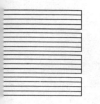

對摺寄回，謝謝！

- -

傳統現代　並翼而翔

Flying with the wings of tradition and modernity.